Le Maître des âmes

DU MÊME AUTEUR

L'Enfant génial, Fayard, 1927. Réed. sous le titre *Un enfant prodige*,
David Golder, Grasset, 1929. Rééd. Les Cahiers rouges, 2005
Le Bal, Grasset, 1930. Rééd. Les Cahiers rouges, 2002
Gallimard, Folio Junior, 2003
Le Malentendu, Fayard, 1930
Les Mouches d'automne, Grasset, 1931.
Rééd. Les Cahiers rouges, 2005
L'Affaire Courilof, Grasset, 1933. Réed. Les Cahiers rouges, 2004
Le Pion sur l'échiquier, Albin Michel, 1934. Réed. 2005
Films parlés, NRF, 1934
Le Vin de solitude, Albin Michel, 1935. Rééd. 2004
Jézabel, Albin Michel, 1936. Réed. 2005
La Proie, Albin Michel, 1938. Rééd. 1992
Deux, Albin Michel, 1939
Les Chiens et les Loups, Albin Michel, 1940. Rééd. 2004
La Vie de Tchekhov, Albin Michel, 1946. Rééd. 1989
Les Biens de ce monde, Albin Michel, 1947. Réed. 2005
Les Feux de l'automne, Albin Michel, 1957
Dimanche (nouvelles), Stock, 2000
Destinées et autres nouvelles, Éditions Sables, 2004
Suite française, Denoël, 2004 (prix Renaudot)

Avertissement de l'éditeur

La présente édition, par souci de vérité historique, respecte scrupuleusement le manuscrit publié en épisodes dans la revue *Gringoire*, ce qui explique, par endroits, la présence de quelques scories ou répétitions.

PRÉFACE

La damnation du docteur Asfar

Le 18 mai 1939, l'« hebdomadaire parisien, politique, littéraire » *Gringoire* entreprend la parution en feuilleton des *Échelles du Levant* [1], le dernier roman d'Irène Némirovsky, « la grande romancière slave » qui publie régulièrement dans ses pages depuis 1933.

Les « Échelles du Levant » sont ces comptoirs commerciaux, villes et ports du Proche-Orient qui, depuis toujours, articulent l'Europe à l'Asie, vissés aux carrefours des épices, de la soie, de la misère et des pogroms. Pendant l'entre-deux-guerres, alors que l'immigration n'a jamais été aussi forte en France, avec l'afflux de réfugiés de toute l'Europe orientale mais aussi d'Espagne, les « Échelles » symbolisent ce flux démographique qui fait naître une forme mutée de xénophobie, envenimant le vieil antisémitisme chrétien du rejet plus global du « métèque ». Dans son emploi

1. C'est aussi le titre d'un roman d'Amin Maalouf (1996), d'où le titre de *Maître des âmes (master of souls)* choisi pour la présente édition, surnom sous lequel Asfar se fait connaître à Paris. *(N.d.E.)*

péjoratif, ce terme est apparu à la fin du siècle précédent, dans le sillage du scandale de Panamá et de l'affaire Dreyfus. Pour ceux qui l'emploient, il est synonyme d'étranger, d'apatride, de Juif. Le héros du *Maître des âmes* est de ceux-là. Son nom, Asfar, d'origine punique, est aujourd'hui encore répandu au Proche-Orient ; en arabe, il signifie « voyager », mais il semble également indiquer une figure universelle, celle d'Ahasvérus, le Juif errant, personnage clé de l'imaginaire romanesque de l'entre-deux-guerres et de l'Histoire contemporaine, comme l'illustre, au moment où paraît *Les Échelles du Levant*, l'odyssée tragique du *Saint-Louis*, dont tant de passagers juifs, refoulés des deux côtés de l'Atlantique, finiront dans les camps nazis.

À l'époque où s'amorce le roman — 1920 —, un débat curieux agite le Sénat. Une mystérieuse contagion, un « microbe anarchique » menacerait de transformer Paris en « nécropole ». Un sénateur désigne l'agent infectieux : une « invasion de métèques de deuxième zone », « exténués, pleins de vermine », et qui ont fondu sur Paris par « centaines de mille ». Bien entendu, ces envahisseurs sont « des israélites dont le flot monte sans cesse de l'Europe orientale [1] ». Les « Échelles du Levant », ce sont aussi ces passerelles d'abordage jetées sur le navire Occident (ce n'est pas un hasard si le domaine de Wardes s'appelle La Cara-

1. Voir Michaël Prazan, « L'entre-deux-guerres et l'affaire de la " maladie n° 9 " », in *L'Écriture génocidaire*, Calmann-Lévy, 2005.

velle) ; elles sont aussi l'ascenseur social, « la dure échelle de la réussite » qu'Asfar le forban désespère d'emprunter, redoutant son inéluctable naufrage : « Je viens de si loin, je monte de si bas... »

Elle aussi venue de loin, Irma Irina Némirovsky n'est certes pas montée de si bas. Elle ne sort pas de la même « boue » qu'Asfar, ce *podol* juif de Kiev par exemple, dont elle décrit la fange dans *Les Chiens et les Loups*. Ses parents habitaient les hauts quartiers du Petchersk et parlaient le français. Ses grands-parents maternels, Iona et Roza, étaient du quartier juif d'Odessa, à deux pas du ghetto de la Moldavanka où Asfar, les brouillons en attestent, a débuté sa vie d'enfant sauvage ; mais Iona, diplômé, travaillait dans une banque, et Roza venait d'une famille favorisée. Ils apportaient une forte dot à Léon Némirovsky, le père d'Irène, qui n'en avait nul besoin : il évoluait dans les milieux de la haute finance et comptait parmi les heureux Juifs *persona grata* à Saint-Pétersbourg. Néanmoins, l'ascension littéraire d'Irène Némirovsky dans la France d'après-guerre, où ses parents avaient fui les désordres révolutionnaires, n'est pas sans évoquer l'épopée médicale d'Asfar, passé en quinze ans du statut de « petit médicastre étranger » à celui de « maître d'âmes ». Statut qui ne le préserve qu'imparfaitement de la suspicion, cette épée suspendue dont ce livre montre une parfaite conscience. Car dans la réussite même, Asfar reste à la merci de la vogue, c'est-à-dire du caprice de bourgeoises sans cervelle, et surtout de la rumeur ; il reste la bête aux abois que son épouse Clara n'a pas cessé de voir en lui. « Le monde qui l'entoure est un monde de fous, celui que j'ai connu », précise Irène Némirovsky, « le monde des riches, mais des riches conformistes. »

Livre terrible, entêté, hâtif, *Le Maître des âmes* est le récit d'une assimilation crapuleuse payée d'un reniement, un mythe de Faust transposé dans l'immigration. Le médecin vendu est le docteur Dario Asfar, ce Knock vénal né en Crimée « de sang grec et italien ». Irène Némirovsky a hésité à l'appeler Papadopoulos, à le faire naître dans une « obscure bourgade » grecque ou même aux États-Unis ; finalement, elle en a fait son propre frère. Avorteur par nécessité, parasite par obligation mais aussi, hélas, par nature : né « loup affamé », Asfar mourra « bête sauvage ». D'emblée défini par « le type levantin » et des « traits qui ne sont pas d'ici », avatar de « toute une lignée d'affamés », il est marqué par l'atavisme, ce bras qui maintient l'étranger dans sa lie : « Je crois que j'étais destiné à être un vaurien, un charlatan, et que je n'y échapperai pas. On n'échappe pas à sa destinée. » Son appétit d'« une carrière honorable » est une illusion que la fréquentation des milieux d'argent a dégrisée. Naguère objet de pitié ou de mépris, il sera sans scrupule. Et l'immaculée Sylvie Wardes, icône virginale d'un Occident consolateur, n'est jamais qu'un pieux fantasme, l'opium du « métèque ». C'est dessillé sur la corruption du « monde » qu'Asfar condescend à redevenir un détrousseur, « un petit rôdeur misérable », bref, à obéir à sa pente et, de « gibier », devenir « chasseur » : logique implacable du roman némirovskien, réduction du naturalisme zolien à sa plus farouche expression. L'homme est un loup pour l'homme, et la rapacité, la fourberie n'épargnent ni les ghettos d'Ukraine, ni les villas de Neuilly ou de la Riviera. Philippe Wardes et Dario Asfar sont deux prédateurs qui ne survivent que l'un aux dépens de l'autre. Tôt ou tard, riche ou pauvre, français ou non, chacun se livre à la traque mutuelle qui est le propre de la race humaine.

Cette férocité, Irène Némirovsky en a observé les ravages aussi longtemps que, de 1929 à 1934, Bernard Grasset fut son fervent éditeur. Depuis les années 20, ce fauve blessé apaisait à Divonne-les-Bains des troubles nerveux préoccupants, jusqu'à délaisser de longs mois la conduite de ses affaires. De 1927 à 1931, il avait enduré les soins du docteur René Laforgue, l'un des pionniers du freudisme, qu'il finit par qualifier de « charcutier de l'âme »; puis, après qu'il se fut répandu en imprécations sur ses collaborateurs, eut sombré dans l'alcoolisme et goûté de la camisole de force, il accusa sa famille d'« assassinat moral » et de « séquestration » à seule fin de l'éloigner de sa maison d'édition. En 1932, à Toulon, le docteur Angelo Hesnard avait apporté un répit en prescrivant la chasse aux « spectres de l'envoûtement judéo-germanique » — entendez la psychanalyse — pour le soumettre à une cure de déculpabilisation. En réalité, Bernard Grasset semblait tombé sous sa coupe et Paris le tenait désormais pour un aliéné. Les actionnaires impatientés suggéraient de le placer sous tutelle. Sous leur pression, sa propre famille intenta à l'éditeur de *David Golder* un procès en empêchement. Irène Némirovsky fut l'un des rares écrivains, en novembre 1935, à lui apporter son soutien public.

Cette affaire qui bouleversa l'édition parisienne [1] est l'une des sources d'inspiration du *Maître des âmes*. Mais, pour façonner le personnage de Wardes, Irène Némirovsky a mêlé les traits de caractère de Bernard Grasset, « l'homme à qui tout réussit, et qui a l'âme malade », à ceux d'un joueur compulsif nommé André Citroën. Quant à Asfar, il est composé d'une multitude d'êtres réels, au nombre desquels le docteur Pierre Bougrat, condamné au bagne en 1927 au terme d'un procès retentissant. Enfin, il n'est pas interdit de voir en ce « maître d'âmes » un double de la romancière : « Il a de l'imagination. Il ne voit pas seulement une phlébite, une paralysie générale, etc., mais il voit l'homme. L'homme l'intéresse. C'est l'homme qu'il veut séduire, vaincre ou tromper, et non la maladie. » Cela est si vrai que lorsqu'elle entreprend ce roman en mars 1938, sous le titre provisoire *Le Charlatan*, Irène Némirovsky commence, comme à son habitude, par concevoir la biographie complète de chacun de ses personnages.

Roman du sang que l'on ne peut ravaler, de la

1. Voir Jean Bothorel, *Bernard Grasset. Vie et passions d'un éditeur*, Grasset, 1989.

« flèche d'Orient » que l'on ne peut dévier pour parler comme Paul Morand, *Le Maître des âmes* conte l'histoire d'un « sauvage » avide de respect, de conquête et d'aisance, qui se fera goule pour gober les âmes, mais aussi consommer de jeunes corps. Ce n'est pas pour rien qu'Elinor, qui représente ici l'appel de l'hérédité, est l'anagramme de l'Orient — ce mot qui, chez Maurras, chez Léon Daudet, chez Céline, mais aussi chez Martin Buber, est synonyme de Juif. Pas pour rien, non plus, qu'au chapitre 29 Asfar cite Ézéchiel. *Le Maître des âmes* serait-il la version dramatique — ou mélodramatique — de *France-la-doulce*, ce roman de Morand qui, en 1934, raillait sur le ton de la gaudriole l'invasion des plateaux français par la « racaille qui grouille » et par « quelques-uns des pirates, naturalisés ou non, qui se sont frayé un chemin, parmi l'obscurité de l'Europe centrale et du Levant, jusqu'aux lumières des Champs-Élysées », ce qui est peu ou prou le sujet d'Irène Némirovsky ? Elle a lu *France-la-doulce*, dont elle pointe la « cocasserie » dans une note personnelle ; la même année, c'est Morand qui publie quatre de ses nouvelles « cinématographiques » chez Gallimard, sous le titre *Films parlés*. Et comment ne pas rapprocher *David Golder* (1930) de *Lewis et Irène* (1924), deux « romans d'affaires » dont l'un commence par « Non, dit Golder » et l'autre par « Quinze, fit Lewis » ? C'est aussi l'incipit du *Maître des âmes* : « J'ai besoin d'argent ! — Je vous ai dit : non. »

Il était naturel, en somme, qu'Irène Némirovsky fût

accueillie à bras ouverts par *Gringoire*, premier hebdomadaire français, qui tirait alors à plus d'un demi-million d'exemplaires. Nul, en 1939, n'a oublié l'extraordinaire succès de *David Golder*, que s'étaient disputé le théâtre et le cinéma huit ans plus tôt. Le premier signe amical est venu de Gaston de Pawlowski qui, dans le numéro du 31 janvier 1931, plaçait la romancière aux côtés de Tolstoï et Dostoïevski dans la « forêt littéraire ». Le même jour, cependant, *Le Réveil juif* rendait un son différent, irrité que les poncifs véhiculés dans *David Golder* au sujet des grands argentiers juifs « agréent aux nombreux antisémites ». Car il était aussi naturel que, chassée de Russie par le bolchevisme, Irène Némirovsky fût reçue dans un hebdomadaire dont l'antimarxisme, avant l'antisémitisme qui le gangrena, était le cheval de bataille de son patron, Horace de Carbuccia. C'est d'ailleurs l'orientation mussolinienne de *Gringoire* qui décide son directeur littéraire, Joseph Kessel, à s'en désolidariser en 1935. Il y avait sans doute fait entrer Irène. Pourtant elle reste. C'est que même la respectable et conservatrice *Revue des deux mondes* lui a refusé des nouvelles, suspectées un peu vite d'« antisémitisme » par René Doumic. *Gringoire*, au contraire, soucieux de ratisser large, ne craint pas le grand écart. Alors qu'en mai 1934, Marcel Prévost y dénonce la « persécution des Juifs » et salue le tempérament slave et la clarté française d'Irène Némirovsky, le 10 novembre 1938 le même journal claironne : « Chassez les métèques. » En juillet 1939, tout en publiant

Les Échelles du Levant, il ouvre sa une à un nouvel éditorialiste fiévreusement antisémite, Philippe Henriot. Il est vrai aussi que, tirage oblige, le Tout-Paris gravite autour d'Horace et Adry de Carbuccia, de Jean Cocteau à Pierre Drieu la Rochelle, pour s'en tenir à la littérature.

De fait, Irène Némirovsky n'a pas manqué d'admirateurs dans la presse antibolchevique et antisémite. Robert Brasillach, en 1932, distingue dans *L'Action française* la « poésie si émouvante et si vraie » des *Mouches d'automne*. Jean-Pierre Maxence, proche de l'Action française, salue en 1939 ses « poignantes histoires » mûries sans hâte [1] ; un an plus tôt, le même applaudissait dans *Gringoire* le « cri du sang » de *Bagatelles pour un massacre*, un pamphlet délirant de Louis-Ferdinand Céline contre toutes les formes de la « juiverie ». Et il est vrai que, dès *Le Malentendu* qu'Irène Némirovsky publie à vingt-trois ans, apparaissait le cliché du « jeune Israélite riche, élégant, long nez pointu dans une face fine et pâle [...] avec des yeux avides ». Quant au bimensuel *Fantasio* dans lequel, encore étudiante, elle fit paraître ses premiers « Dialogues de Nonoche et Louloute » à l'été 1921, il se distinguait par la sottise et la grossièreté de son chauvinisme. Cela suffit-il pour faire d'elle une romancière antisémite, comme l'a hâtivement résumé Léon Poliakov, elle qui se garde de généraliser et ne peint que des êtres singuliers ? Si elle recourt consciemment à des poncifs qui

1. Jean-Pierre Maxence, *Histoire de dix ans*, Gallimard, 1939 ; Éditions du Rocher, 2005, p. 225.

sont ceux de pareils auteurs, ce n'est pas pour juger ses créatures, mais pour les accabler d'une fatalité, d'un poids dramatique supplémentaire. « Humilier, rapetisser les principaux personnages », tel sera d'ailleurs l'art poétique défini en marge de *Suite française*. Elle paiera toujours de ce type de malentendus sa liberté d'écrivain, son style acide et sa volonté, parfois faussée, de ne pas produire l'œuvre attendue d'une romancière « d'origine à la fois russe et israélite, émigrée en France après la révolution de 1917 », ainsi que la présentait Robert Brasillach à ses lecteurs. Car Irène Némirovsky a toujours eu le souci de ne pas verser dans le béat « roman juif », illustré dans les années 1920 par la série des « Juifs d'aujourd'hui » de Jacob Lévy. Il lui répugne que son talent soit suspecté d'empathie. S'interdire de noircir un personnage, fût-ce au prix d'un masochisme, serait pécher par subjectivité. Est-ce le prix à payer pour devenir écrivain français ? Emmanuel Berl, dans un même scrupule, n'a-t-il pas le premier publié *France-la-doulce*[1], qui donne le ton de *Bagatelles* : « La France, c'est vraiment le camp de concentration du Bon Dieu » ?

Pour les uns, forts du recul historique et tristes qu'Irène Némirovsky soit elle-même une immigrée, qui plus est juive, le sordide feuilleton balzacien du *Maître des âmes* est une caricature inexcusable du « métèque

1. *France-la-doulce* fut prépublié dans l'hebdomadaire politique et littéraire *Marianne* qu'Emmanuel Berl dirigeait pour le compte des éditions Gallimard.

mal habillé et mal rasé », affublé de tous les attributs piochés parmi les stéréotypes dont l'époque est prodigue : Asfar, le misérable « petit étranger, bilieux, aux yeux de fièvre », bête « sortie de son souterrain », « petit Levantin des bouges » aux « traits tourmentés » et à la « peau brune » caractéristiques du « masque d'Oriental », est le prototype de la « race obscure », pétrie du « limon de la terre ». Ce qu'on appellerait de nos jours un « délit de sale gueule »...

Irène Némirovsky ignore-t-elle donc la menace antisémite pour parler aussi légèrement, comme ici, de « racaille levantine » ? De tels mots ne sont pas anodins à une époque où *Bagatelles pour un massacre* rencontre un succès populaire : sorti dans les derniers jours de 1937, il s'écoulera jusqu'à quatre-vingt-cinq mille copies de cette logorrhée qui conspue, entre autres, les Juifs venus des « bourbes d'Ukraine ». Or Asfar ne rêve-t-il pas de nettoyer cette « boue » orientale qui lui colle à la peau, de la même façon que les producteurs de *France-la-doulce* ne tremblent que d'être renvoyés dans « les boues de l'Ukraine » d'où ils sont issus ? Irène Némirovsky n'ignore nullement que son Ukraine natale, comme l'écrivait Bernard Lecache dans une terrible enquête publiée en 1927, est « le pays des pogromes », où des dizaines de milliers de Juifs sont morts de 1919 à 1921, sacrifiés sur l'autel de la guerre civile.

Est-ce alors déni de ses racines ? Bien au contraire, le tropisme juif de ses romans montre qu'elle ne cesse de les interroger. « Je n'ai jamais songé à dissimuler mes origines, proteste-t-elle. Chaque fois que j'en ai eu l'occasion, j'ai clamé que j'étais juive, je l'ai même proclamé [1] ! » Blâme-t-on Mauriac de ses portraits au fiel de la bourgeoisie bordelaise ? Ce que l'on feint de lui reprocher, on ne le reproche pas à Isaac Babel qui, dans ses *Contes d'Odessa*, met en scène sans complaisance le petit peuple du ghetto ; on ne le reproche pas à Shalom Asch qui, dans *Pétersbourg*, n'hésite pas à parler de « type juif » ou de « capital juif ». Pourquoi ? Parce que Irène Némirovsky n'écrit pas en yiddish ou en russe, mais en français, la langue de l'antisémitisme de plume, celle de Drumont, de *L'Antijuif* et de Maurras, sans parler de Jules Verne, qui en ont fait une clause du style national, et dont on trouve des traces chez les auteurs les plus respectables, André Gide par exemple. Au risque de la comparaison, elle se rend aimable au lecteur français, de même que, dans ses premières tentatives littéraires, elle accumulait les formules du roman sentimental : quel artiste n'a pas d'abord planté son chevalet dans un musée ?

Irène Némirovsky n'aurait pas dû tant lire les bons auteurs français, étant adolescente. Ainsi, on a peu souligné que le stéréotype du financier « roi du monde » qui apparaît dans *David Golder* est le même que le Gundermann que Zola campe dans *L'Argent* ou que l'Andermatt de Maupassant dans *Mont-Oriol*. Mais qu'Irène Némirovsky emprunte ces personnages, elle

1. *L'Univers israélite*, juillet 1935.

est montrée du doigt. Or ce sont les lecteurs antisémites de *David Golder* qui l'ont rendu suspect, de même que ce sont les nazis qui mettront de l'antisémitisme dans *Le Juif Süss* de Lion Feuchtwanger. Irène Némirovsky en est à ce point consciente qu'au moment d'écrire ce roman elle hésite encore à entreprendre un livre « terriblement provocant », une somme qu'elle appellerait *Le Juif*. Elle y renoncera, de peur de n'être pas comprise : « Évidemment, *Le Juif* serait le mieux, mais des considérations extralittéraires se mêlent à ma crainte. » Peut-on être plus clair ? Les Juifs, dans les romans d'Irène Némirovsky, ne sont pas de la chair à pamphlet ; ils sont sa madeleine, de formidables colporteurs d'imaginaire. À l'un de ses personnages, un Russe, Morand hilare fait dire : « Mort aux youpins. » Voilà bien le type d'abjection absente de ses romans. Car qui traite Asfar de « sale étranger » ? Ses voisins huppés de l'avenue Hoche. Qui dit de lui qu'il a « le trafic dans le sang » ? Ange Martinelli, rongé par le ressentiment social.

Enfin, la vague xénophobe et antisémite qui saisit le corps médical français dans les années 30 est bien réelle. Que reproche par exemple à ses confrères étrangers, en 1930, le secrétaire général de la Confédération des syndicats médicaux, sinon de réaliser des avortements clandestins, de fournir des stupéfiants aux drogués et de « vendre chez nous de la médecine comme on vend des tapis aux terrasses [1] » ? En 1933 et 1935, deux trains

1. Ralph Schor, *L'Antisémitisme en France dans l'entre-deux-guerres*, Complexe, 2005, p. 149.

législatifs viendront restreindre le droit d'exercer la médecine, désormais subordonné à divers certificats de qualité française.

Irène Némirovsky ne produit donc pas des stéréotypes infâmes, elle les détourne. Ils font partie de la panoplie littéraire française depuis Voltaire et les Lumières, comme l'a montré Arthur Hertzberg [1]. Mais ses personnages, avant d'être juifs, sont d'abord des exilés ; leurs travers sont l'effet de la violence économique, raciale, idéologique. Il y a certes de l'ingénuité, encore intacte de la barbarie nazie, à évoquer aussi distraitement dans *David Golder* le milieu de la finance juive dont elle prétend connaître les drames. Ces clichés de seconde main manifestent plus de pitié que de répulsion. Vient toujours un moment où s'exprime sa compassion : « Oh ! pauvre Dario... Ce n'est pas sa faute si vous lui avez donné ce sang. » Est-ce aussi la faute de Shylock, ce prototype du poncif antisémite, s'il est un usurier juif ? Pourtant, ne saigne-t-il pas comme tout autre ?

Irène Némirovsky n'emprunte ces stéréotypes que pour les dévoyer. Dans son théâtre, le trope du « métèque » parvenu entre en contradiction avec lui-même. De même que Golder est prêt à se ruiner pour sa fille et retourne apaisé à ses pères, de même Asfar n'accepte de vendre son âme que pour nourrir les siens, quoiqu'il l'oublie. Tout modelés qu'ils soient sur des

1. *Les Origines de l'antisémitisme moderne*, Presses de la Renaissance, 2005.

caricatures, Golder ou Asfar n'en sont pas moins pétris d'humanité, de souffrances et de beauté. Asfar a secouru la jeune et pauvre Mlle Aron, dont il a fait sa secrétaire. Il se prostitue pour sauver son fils de la malédiction. Sa damnation est un sacrifice. Et puis, Asfar n'est pas méprisable : il est méprisé. Il est affamé. Faim d'honneur, d'estime, de compréhension. La romancière se contente de hisser sur la scène « raciale », qui est le décor de son temps, des ressorts qui sont ceux du roman psychologique.

Comme il y a cent façons d'être antisémite, il y en a cent autres de ne pas l'être, et l'une est de ne pas abandonner aux xénophobes les Asfar et les Golder. Mais on ne tolère pas qu'Irène Némirovsky manifeste si peu d'identification grégaire, ce qui est un préjugé de plus. « Haine de soi », dit-on alors. Mais, outre que nul n'est tenu de se vénérer soi-même, Irène Némirovsky ne se déconsidère pas, elle présente l'image que lui renvoie une France couverte de miroirs déformants, journaux, romans et pamphlets. Ce n'est pas Asfar qu'elle flétrit dans *Le Maître des âmes*, mais la créature négligeable à quoi le réduit l'« expression de cordialité, de compassion et de mépris » qui est l'essence de la tartufferie. Asfar, il le nuance lui-même, n'est pas un métèque, mais « ce que vous appelez un métèque ». Irène Némirovsky n'a pas lu pour rien *Le Portrait de Dorian Gray* lorsqu'elle avait quinze ans. Le motif du reflet haïssable traverse toute son œuvre, de Golder qui se voit décrépir dans la glace, à Asfar qui, dans les vitrines des magasins, s'épouvante de « sa figure anxieuse et sombre, ses oreilles pointues, ses dents longues ». Haine de soi ? Haine du reflet de soi. Si *Le Maître des âmes* est un autoportrait d'une « sordide noirceur », c'est que l'auteur a trempé sa plume dans l'encre de ses futurs persécuteurs.

Le Maître des âmes est un conte qui recourt aux moyens du conte : Asfar est une « bête sauvage perdue loin de sa forêt », puis « un sorcier ». Ce conte est celui du lycanthrope, cet hybride que la presse d'alors décrète « inassimilable », première station d'une lente déshumanisation. C'est celui des racines que l'on n'arrache pas : levés dans l'espoir d'un occident, les héros d'Irène Némirovsky se couchent toujours à l'orient, telle Clara mourante qui se croit revenue chez son père. Ce conte pourrait commencer ainsi : « Prenez une bête affamée, harcelée, avec une femelle et des petits à nourrir, et jetez-la dans une riche bergerie, parmi de tendres moutons, sur un vert pâturage... » Ce *Maître des âmes* serait-il la satire du « mépris bourgeois », de cette France qui n'est plus la mère hospitalière des orphelins de la terre ? Le 2 février 1939, l'Église veut bien accorder le baptême à Irène Némirovsky, mais l'État lui refuse la naturalisation, à elle dont Robert Brasillach, enfant monstre de l'antisémitisme, donnait le talent en modèle aux romancières françaises.

« Simagrées inutiles de l'Europe ! » Ce roman est une réponse aux duperies de l'Occident. « Si vous nous outragez, est-ce que nous ne nous vengerons pas ? »

observe encore Shylock. Les portraits de bourgeois et de femmes du monde, dans les pages qui vont suivre, ne sont pas peu cruels : ignorants, arrogants, cupides, fermés, duplices, embusqués. De la psychanalyse, qui est l'un des thèmes de ce livre et dont l'objet est précisément de soulever « la lie honteuse de l'âme », Irène Némirovsky a retenu l'essentiel : le principe universel du quant-à-soi. Et, de même qu'il a été bercé de paroles perfides (« Mais vous êtes presque des nôtres ! »), Asfar l'humilié, Asfar l'offensé se venge par de fausses promesses. « J'aime vous sentir tellement au-dessus de moi, confesse-t-il à l'inaccessible Sylvie. Et, parfois, je vous hais. Mais, plus encore, je vous aime. » Est-ce Irène Némirovsky qui s'adresse ainsi à la France ?

La publication du feuilleton s'achève en août 1939, quelques jours avant l'entrée en guerre. L'éditeur Albin Michel envisage-t-il de le reprendre en volume ? Pour l'heure, il juge plus urgent d'assurer son auteur de son soutien dans ces « heures angoissantes », son ascendance « russe et israélite » étant susceptible de lui créer des « ennuis ». En avril 1940, avant l'offensive allemande, paraît son testament littéraire, *Les Chiens et les Loups*. Une fois de plus, Irène Némirovsky y peint un portrait sans faiblesse non pas des Juifs français, mais de Juifs venus « de l'Est, d'Ukraine ou de Pologne », ceux que la presse appelle les « Juifs sauvages ». Elle croit cependant nécessaire, consciente de la haine qui poursuit les Juifs, et dont elle se pense encore à l'abri, d'insérer un avertissement : « Pourquoi un peuple refuserait-il d'être vu tel qu'il est, avec ses qualités et ses défauts ? Je pense que certains Juifs se reconnaîtront dans mes personnages. Peut-être m'en voudront-ils ? Mais je sais que je dis la vérité. » Six mois plus tard, le premier Statut des Juifs l'obligera à ne publier ses nouvelles que sous pseudonyme. Dans les deux romans qu'elle termine alors, et dans celui qu'elle n'achèvera pas, les personnages juifs disparaissent : dans un temps épris de caricatures, la subtilité n'est plus de mise. Le 15 juillet 1942, alors qu'arrêtée depuis deux jours elle est transférée au camp de Pithiviers, paraît dans l'hebdomadaire maréchaliste *Présent* l'ultime nouvelle publiée de son vivant. Sa désillusion y est limpide : « Regardez-moi. Je suis seule comme vous à présent, mais non pas d'une solitude choisie, recherchée, mais de la pire solitude, humiliée, amère, celle de l'abandon, de la trahison [1]. » En novembre 1942, sans nouvelles depuis bientôt trois mois, son mari Michel Epstein parvient à la rejoindre, plus loin qu'il ne croyait, à l'Orient de l'Europe : Oswiecim, Pologne, en allemand Auschwitz. Où sont alors les loups, où les barbares, où les sauvages ?

« Mon Dieu ! que me fait ce pays ? » écrivait Irène Némirovsky en juin 1941, écho à l'appel déchirant d'Asfar : « Oui, vous tous, qui me méprisez, riches Français, heureux Français, ce que je voulais, c'était votre culture, votre morale, vos vertus, tout ce qui est plus haut que moi, différent de moi, différent de la

1. Denise Mérande [Irène Némirovsky], « Les Vierges », *Présent*, 15 juillet 1942.

boue où je suis né ! » Irène Némirovsky n'était pas née dans la boue, mais il est juste de dire qu'elle aspirait à la reconnaissance littéraire de la France. Cette France hantée par le spectre de l'Autre, et dont ses romans miroitants reflètent, soixante-dix ans après, le rictus d'épouvante.

OLIVIER PHILIPPONNAT
PATRICK LIENHARDT [1]

1. Olivier Philipponnat et Patrick Lienhardt préparent une biographie d'Irène Némirovsky, à paraître en 2007, en coédition Grasset/Denoël.

1

— J'ai besoin d'argent !

— Je vous ai dit : non.

Dario, en vain, se forçait au calme. Sa voix était stridente dans les moments d'émotion. Il gesticulait. Il avait le type levantin, un air inquiet et affamé de loup : ces traits qui ne sont pas d'ici, ce visage qui semble avoir été pétri avec hâte par une main pleine de fièvre.

Il cria avec fureur :

— Vous prêtez de l'argent, je le sais !

Tous refusaient lorsqu'il les priait humblement. Il fallait d'autres accents. Patience ! Il saurait se servir de la ruse et de la menace tour à tour. Il ne reculerait devant rien. Il mendierait ou il arracherait de force l'argent à la vieille usurière. Sa femme et l'enfant qui venait de naître n'avaient au monde que lui, Dario, pour les nourrir.

Elle haussa ses fortes épaules.

— Je prête sur gages, oui ! Qu'avez-vous à m'offrir ?

Ah ! cela c'était mieux ! Il avait eu raison d'espérer.

Parfois, celui que l'on sollicite répond « non », mais son regard dit « oui ». Demande encore. Offre un service, une complaisance, une complicité. Ne me prie pas, c'est inutile. Achète. Mais que pouvait-il lui donner ? Ici, rien ne lui appartenait. Cette femme était sa logeuse ; il habitait depuis quatre mois un étage vacant dans le petit pavillon qu'elle avait transformé en pension de famille pour émigrés.

— Qui n'a pas besoin d'argent ? dit-elle. Les temps sont durs.

Elle s'éventait. Elle portait une robe de toile rose. Sa figure massive et vermeille était impassible. « Affreuse créature ! » pensa-t-il. Elle fit un mouvement pour se lever. Il se jeta vers elle.

— Non ! Attendez ! Ne partez pas !

Que pouvait-il lui dire encore ? Supplier ? Inutile ! Promettre ? Inutile ! Marchander ? Comment ? Il avait oublié. À l'école de l'Europe, lui, Dario Asfar, petit Levantin des ports et des bouges, avait cru acquérir le sentiment de la honte et celui de l'honneur. Il fallait maintenant oublier les quinze années passées en France, cette culture française, ce titre de médecin français arraché avec peine à l'Occident, non comme on prend le cadeau d'une mère, mais comme on vole le morceau de pain d'une étrangère. Simagrées inutiles de l'Europe ! Elles ne lui avaient pas donné à manger. Il avait le ventre creux, les poches vides, les semelles percées, à Nice, en 1920, à trente-cinq ans, comme au temps de sa jeunesse. Il pensa avec amertume qu'il ne connaissait pas le maniement de ces armes nouvelles : la dignité, la fierté, et qu'il fallait recourir à la prière et au troc, à la sagesse éprouvée, ancienne.

« Les autres vont en horde, encadrés, menés », songea-t-il. « Je suis seul. Je chasse seul, pour ma femme et mon petit ! »

— Comment voulez-vous que je vive ? s'écria-t-il, personne ne me connaît dans votre ville. Voici quatre mois que j'habite Nice. J'ai fait tous les sacrifices pour venir m'installer ici. À Paris, la fortune était à ma porte. Il ne fallait qu'attendre. (Il mentait. Il désirait la convaincre à tout prix.) Ici, je ne soigne que des Russes. Je ne connais que des émigrés affamés. Pas un Français ne m'appelle. Personne n'a confiance en moi. C'est ma figure, mon accent, je ne sais quoi, dit-il, et, en parlant, il passait la main sur ses cheveux de jais, ses maigres joues brunes, ses paupières aux longs cils de femme qui cachaient à demi des yeux durs et fiévreux. La confiance ne se force pas, Marthe Alexandrovna. Vous êtes russe, vous savez comme on vit à l'écart. J'ai un diplôme de médecin français, l'habitude de la France, j'ai acquis la nationalité française, mais on me traite en étranger, et je me sens étranger. Il faut attendre. Je vous répète : la confiance ne se force pas, mais se sollicite, se gagne patiemment. Mais, en attendant, il faut vivre. C'est votre intérêt de m'aider, Marthe Alexandrovna. Je suis votre locataire. Déjà, je vous dois de l'argent. Vous me chasserez. Vous me perdrez. Mais qu'y gagnerez-vous ?

— Nous aussi, dit-elle en soupirant, nous sommes

de pauvres émigrés. L'époque est dure, docteur... Que puis-je faire pour vous ? Rien.

— Quand ma femme reviendra ici, lundi, Marthe Alexandrovna, faible encore, avec un enfant nouveau-né, comment les nourrir ? Dieu les garde ! Que deviendront-ils ? Prêtez-moi quatre mille francs, Marthe Alexandrovna, et demandez ce que vous voulez en échange.

— Mais quelle garantie pouvez-vous me donner, malheureux ? Avez-vous des valeurs ?

— Non.

— Des bijoux ?

— Rien. Je n'ai rien.

— Toujours on me laisse en garantie un bijou, des couverts d'argent, une fourrure. Vous n'êtes pas un enfant, docteur, vous comprenez que je ne puis obliger les gens pour rien. Croyez que je le regrette. Je n'étais pas née pour faire ce métier de prêteuse sur gages. Je suis la générale Mouravine, mais que faire quand la vie vous prend là ? dit-elle en portant la main à la naissance de sa gorge d'un geste qui avait été applaudi au temps de sa jeunesse, quand elle était actrice de province, car le vieux général ne l'avait épousée qu'en exil, après avoir reconnu le fils qu'il avait eu d'elle.

Elle fit le mouvement de serrer un invisible collier autour de son cou blanc et trapu.

— Nous étouffons tous de misère, docteur, cher docteur ! Si vous connaissiez ma vie ! dit-elle, employant la tactique commune à tous ceux que l'on sollicite et qui, pour mieux refuser de l'argent, tournent vers eux-mêmes la pitié dont ils sont capables ; je travaille comme une domestique. J'ai à ma charge le général, mon fils et ma bru. Tous viennent implorer mon aide et je ne puis demander l'aide de personne.

Elle prit le mouchoir de coton rose passé dans sa ceinture et elle essuya le coin de ses yeux. Sa figure, rouge et lourde, dégradée par l'âge, mais où demeuraient encore, dans la ligne du petit nez courbe et fin en bec d'aigle, dans la forme des paupières, les vestiges d'une beauté ruinée, se couvrit de larmes.

— Mon cœur n'est pas une pierre, docteur.

« En pleurant, elle me chassera d'ici », se dit Dario avec désespoir.

Chacune des pensées de Dario s'accompagnait d'un flot de souvenirs. Lorsqu'il songeait : « On nous chassera d'ici. Nous partirons. Nous n'aurons pas une place où reposer nos têtes. Nous ne saurons où aller », les images qui se levaient en lui n'étaient pas nées de son esprit seul, mais engendrées par sa chair qui avait eu froid, par ses yeux brûlés de fatigue, au terme d'une longue nuit de vagabondage. Plus d'une fois, il n'avait su où coucher ; il avait erré dans les rues ; il avait été mis à la porte des hôtels. Mais tout cela, qui avait paru normal dans l'enfance, dans l'adolescence, dans les premières misérables années d'étude, lui semblait maintenant une déchéance à laquelle la mort serait préférable. Certes, l'Europe l'avait gâté !

Il regarda la chambre, les meubles. Trois pauvres

pièces au-dessus de la pension de famille, un carrelage rouge, à peine couvert par de minces tapis ; dans le salon, deux fauteuils de peluche jaune, fanés par le soleil et, dans leur chambre, ce grand beau lit français, où l'on dormait si bien, comme il aimait tout cela !

Il pensa à l'enfant que l'on installerait dans sa petite voiture sur l'étroit balcon ; le vent de la mer soufflerait jusqu'à lui, par-dessus les toits de la rue de France ; il entendrait les cris : « Sardini, belli sardini » qui montaient, le matin, du marché proche ; ses poumons respireraient l'air vif ; plus tard, il jouerait au soleil. Il fallait rester ici et obtenir l'argent de cette femme. Tour à tour, avec angoisse, colère, espoir, il regardait les murs, les meubles et le visage de la générale. Il serrait les lèvres et se croyait impassible, mais ses yeux inquiets, éloquents, désespérés le trahissaient.

— Marthe Alexandrovna, vous ne me perdrez pas ? Quatre mille francs, vous trouverez quatre mille francs pour moi. Vous attendrez pour le trimestre dû. Vous ne me chasserez pas. Vous attendrez un an. Dans un an, que ne ferai-je pas ? Avec quatre mille francs, je pourrai me vêtir décemment. Est-ce que, en ce moment, je puis franchir le seuil d'un grand hôtel ? Qui me laissera entrer ? Je sue la misère... Des chasseurs de palaces, à Nice, à Cannes, à Cimiez ont promis de me faire appeler si on avait besoin d'un médecin. Mais regardez ces souliers qui prennent l'eau, regardez ce veston, dit-il en montrant l'étoffe qui brillait au soleil ; je vous parle dans votre intérêt, Marthe Alexandrovna. Vous êtes femme. Ne savez-vous pas reconnaître un caractère hardi, la volonté, le courage ? Quatre mille francs, Marthe Alexandrovna, trois mille ! Au nom du Seigneur !

Elle secoua la tête.

— Non.

Elle répéta plus bas : « Non », mais il écoutait moins les paroles que le son de sa voix ; les mots ne signifiaient rien, le ton seul... Avait-elle murmuré « non » avec impatience ? L'avait-elle crié avec colère ? Si vraiment le refus était sans rémission, sans appel, elle crierait avec fureur et le chasserait brusquement. Ce « non », cet accent plus doux, ces larmes et, cependant, le dur regard de ses yeux glauques qui devenait plus dur encore, insistant, et aigu, cela voulait dire qu'il s'agissait de marchandage, et aucun marchandage ne devait faire peur. Aussi longtemps qu'il s'agissait de trafiquer, de palabrer, d'acheter ou de vendre, rien n'était perdu.

— Marthe Alexandrovna, dit-il, ne puis-je rien pour vous ? Vous savez que je suis discret et dévoué. Réfléchissez. Vous me paraissez inquiète, Marthe Alexandrovna, ayez confiance en moi...

— Docteur, commença-t-elle.

Elle se tut. À travers les planches minces parvenait jusqu'à eux le bruit de la pension de famille ; là vivaient, se querellaient, pleuraient et riaient des émigrés qui mangeaient leur dernier argent, se haïssaient ou s'aimaient. On entendit les voix, les pas rapides et pressés des jeunes filles, le piétinement las et sans but des vieillards entre quatre tristes murs. Que d'intrigues entre eux ! Que de drames ! La générale n'ignorait rien, certes... Elle avait besoin de lui. Il ne reculerait devant rien au monde. Il ressentait cette panique intérieure qui envahit l'âme comme un flot sauvage. Avant tout, vivre ! Périssent les scrupules, les lâches craintes ! Avant tout, conserver le souffle, la nourriture, l'existence, la femme, l'enfant bien-aimé !

Elle soupira lourdement.

— Approchez-vous, docteur... Docteur, vous connaissez la femme de mon fils, Elinor, cette Américaine qu'il a épousée ? Docteur, c'est une mère désespérée qui vous parle... Ce sont des enfants. Ils ont fait une bêtise, une folie...

Elle froissa son mouchoir dans ses mains, essuya son front et ses lèvres. Le soleil, au moment de disparaître, étincela un instant au-dessus des toits, pénétra dans la chambre. C'était une des premières journées d'un printemps orageux. La générale avait très chaud, haletait un peu et paraissait plus humaine, pleine de colère et de crainte.

— Mon fils est un enfant, docteur... Elle, je la crois pleine d'expérience. Mais le fait est là. Ils ne m'ont rien dit jusqu'ici... Docteur, nous ne pouvons pas nous permettre d'avoir encore une bouche affamée à nourrir... Je succombe sous le poids de tous ceux qui sont accrochés à moi et attendent de moi leur pain. Un enfant encore ? Docteur, c'est impossible...

2

À l'hôpital Sainte-Marie, la femme de Dario, Clara, son enfant auprès d'elle, était couchée dans une chambre étroite et propre, la fenêtre entrouverte, une couverture chaude sur ses jambes.

Quand la sœur demandait : « Vous êtes bien ? » les yeux de Clara se tournaient vers elle avec gratitude ; elle regardait en souriant la cornette blanche ; elle répondait avec une timide fierté :

— Comment serais-je mal ? N'ai-je pas tout ce qu'il me faut ?

C'était le soir. On fermait les portes. Elle n'avait pas vu Dario depuis la veille mais elle espérait encore qu'il viendrait ; les sœurs connaissaient sa profession de médecin et le laissaient entrer en dehors des heures réglementaires.

Elle regrettait que Dario n'eût pas consenti à la laisser dans la chambre commune. Elle n'avait jamais eu d'amies. Elle ne s'était jamais liée intimement avec une autre femme. Elle était sauvage, peureuse... Dans ces villes étrangères, tout l'étonnait. Elle avait appris le français péniblement. Maintenant elle parlait, quoiqu'avec un mauvais accent, la langue du pays, mais elle avait pris le pli de vivre à l'écart. Quand Dario était avec elle, elle n'avait besoin de personne ; ici, l'enfant eût dû lui suffire, mais elle se prenait à désirer parfois auprès d'elle la présence d'une femme. Elle les entendait rire dans la salle commune... et ce devait être agréable de comparer son enfant à d'autres. Aucun autre enfant ne pouvait être aussi beau que le sien, son fils, son Daniel, ni téter aussi vite et aussi vigoureusement, ni avoir un corps si bien formé, d'aussi agiles petites jambes, d'aussi parfaites mains. Mais Dario voulait pour elle une chambre particulière, le confort, le calme, le luxe. Cher Dario, comme il la gâtait !... Croyait-il donc la tromper ? Ne devinait-elle pas que sa vie était difficile ? Ne savait-elle pas reconnaître la fatigue dans ses mouvements saccadés, dans sa voix, dans les gestes rapides de ses mains tremblantes ?

Mais la naissance de l'enfant lui versait la paix dans le cœur. Elle ne savait pourquoi ; elle ne s'inquiétait plus. Elle était trop reconnaissante à Dieu pour garder l'inquiétude en elle. Elle se penchait légèrement hors du lit, parfois, et elle attirait à elle — plus près, toujours plus près — le berceau, le retenant contre elle. Elle ne voyait pas l'enfant ; elle l'entendait respirer. Elle tournait alors doucement sur le côté son corps douloureux. Elle abandonnait le berceau et croisait ses bras sur sa poitrine où le lait, en montant, à cette heure, comme une marée, battait avec une pulsation rapide comme celle de la fièvre. Elle était si menue que les flancs, la poitrine, les genoux minces soulevaient à peine le drap. Son visage était à la fois trop jeune et trop vieux pour son âge ; elle avait plus de trente ans. Certains traits — le front, petit et bombé, sans rides, les paupières intactes, le sourire aux dents blanches, régulières, magnifiques, sa seule beauté — étaient d'une jolie fille, presque d'une adolescente, mais des mèches éparses dans ses cheveux crêpelés, mal coiffés, grisonnaient ; les yeux bruns étaient tristes, ils avaient versé des larmes, veillé, contemplé la mort sur des visages aimés, attendu avec espoir, regardé avec courage ; la bouche, au repos, était lasse, naïve et douloureuse.

Les derniers visiteurs partis, les petits chariots portant les légers repas roulaient d'une porte à une autre. Les femmes qui nourrissaient leurs enfants se préparaient à la tétée du soir. Les enfants, réveillés, criaient. La sœur entra chez Clara, l'aida à s'asseoir sur son lit, lui mit son fils dans les bras. C'était une forte femme, au visage rude, joufflu et rose.

Un instant, toutes deux regardèrent en silence le petit qui tournait de côté et d'autre sa tête douce et chaude, pleurant un peu et cherchant le sein, mais bientôt il s'apaisa et elles entendirent le chant confus exhalé d'un enfant rassasié, heureux, qui suce le lait et s'endort. Elles commencèrent de parler à voix basse :

— Votre mari n'est pas venu vous voir aujourd'hui ? demanda la sœur.

Elle avait l'accent chantant de Nice.

— Non, dit Clara un peu tristement.

Elle savait qu'il ne l'avait pas oubliée. Mais peut-être n'avait-il pas eu l'argent du tramway ? La clinique était assez loin du centre de la ville.

— Un bon mari, dit la sœur en avançant les mains vers l'enfant endormi.

Elle voulut le prendre et le porter sur la balance, mais aussitôt il ouvrit les yeux et ses mains remuèrent. Clara le serra contre elle.

— Laissez. Laissez-le. Il a encore faim.

— Un bon mari et un bon père, dit la sœur. « Ont-ils bien tout ce qu'il faut ? Ne manquent-ils de rien ? », voici ce qu'il me demande chaque jour. Oh ! il vous aime... Assez maintenant ! fit-elle en se levant et en retirant l'enfant des bras de Clara.

Clara le laissa aller, mais après un mouvement instinctif pour le garder auprès d'elle qui fit rire la sœur.

Vous le nourrissez trop. Vous le rendrez malade cet enfant !

— Oh ! non, madame, dit Clara — elle n'avait jamais pu s'habituer à appeler « ma sœur » la religieuse qui la soignait —, mais je suis heureuse de lui donner à boire autant qu'il le désire, car mon premier enfant est mort parce que je n'avais pas assez de lait pour le nourrir ni d'argent pour en acheter.

La sœur haussa légèrement les épaules, avec une expression de cordialité, de compassion et de mépris qui signifiait : « Tu n'es pas la seule, va, pauvre petite ! J'en ai vu de la misère... » et, à ce mouvement et au regard lancé sous la cornette, Clara sentit que l'amertume et une certaine honte, inséparable du malheur, l'abandonnaient. À personne, jamais, elle n'avait parlé du premier enfant. Elle dit, bas et vite :

— Avant la guerre, mon mari m'a laissée seule à Paris. Il est parti pour les colonies françaises. Il espérait y travailler. Ni les voyages, ni les séparations ne nous font peur ; nous sommes des étrangers. Il m'a dit : « Clara, je pars. Ici, nous mourons de faim. Je n'ai pas d'argent pour ton passage. Tu viendras plus tard. » À peine le bateau était-il parti que je suis tombée malade et j'ai appris qu'un enfant devait naître. Je n'avais pas d'argent. J'avais perdu le petit emploi qui me permettait de vivre. Plus tard, on m'a dit : « Il fallait vous adresser là et là. » Mais je ne savais rien. Je ne connaissais personne. L'enfant est mort, presque de faim, dit-elle en baissant les yeux.

Elle tressait fébrilement les brins de laine qui bordaient son châle.

— Bon, bon, celui-ci vivra, dit la sœur.

— Il est beau, n'est-ce pas ?

— Bien sûr.

La sœur passa la main sous la couverture de Clara.

— Vos pieds sont glacés, petite. Je vais faire une boule. Couvrez-vous bien. Les mauvais jours sont oubliés. Votre mari est revenu et il prendra bien soin de vous.

— Oh ! mais, dit Clara en souriant faiblement. Je ne

suis plus une petite oie maintenant, je suis vieille. Et j'habite la France depuis quinze ans. Je n'aurai plus peur. En ce temps-là, j'étais perdue ici. J'étais...

Elle se tut brusquement. À quoi bon en parler, et qui la comprendrait ? La sœur avait soigné sans doute bien des pauvres filles venues de leur village, mourant de faim dans les rues de Nice, mais Clara ne pouvait s'empêcher de croire que, pour elle, cela avait été pire ; elle venait de si loin, et chaque pierre semblait la repousser, chaque porte, chaque maison dire : « Va-t'en ! Retourne chez les tiens ! Nous avons nos misères à secourir, étrangère ! »

La sœur glissa la boule chaude sous ses pieds, lui sourit et s'en alla.

— Je vais vous chercher à dîner, dit-elle sur le pas de la porte. Voici votre mari, petite !

Clara jeta ses bras hors du lit.

— Dario ! Toi ! Enfin !

Elle lui saisit la main, la pressa contre sa joue et ses lèvres.

— Je ne pensais plus te voir ce soir ! Pourquoi es-tu venu ? Il est si tard. Et tu es si fatigué, dit-elle.

Quoiqu'il n'eût rien dit, elle savait qu'il était harassé.

Elle prit son mari à bras-le-corps, le serra de toutes ses forces, appuya sa tête contre la poitrine de Dario, assis sur le lit.

— Es-tu bien ? L'enfant va bien ? Il n'est rien arrivé ? Rien de mal ? demanda-t-il.

— Rien, rien, pourquoi ?

Ils parlaient français, grec, russe, mélangeant les trois langues. Elle lui caressa les doigts.

— Pourquoi, chéri ?

Il ne répondit pas.

— Tes mains tremblent, dit-elle.

Mais elle ne le questionna pas davantage. Elle garda ses mains dans les siennes et, peu à peu, leur tremblement cessa.

Il répéta anxieusement :

— Es-tu bien ?

— Je suis bien. Je suis heureuse comme une reine. J'ai tout ce qu'on peut désirer, mais...

— Mais ?

— Je voudrais être rentrée, revenir près de toi au plus vite.

Elle regarda le visage las, hagard de son mari, son linge froissé, sa cravate mal nouée, son veston qui n'avait pas été brossé et où des boutons manquaient.

— C'est vrai, Dario, ce que tu m'as dit, que tu avais beaucoup de malades, que tu ne manquais de rien ?

— C'est vrai.

La sœur revint, portant le plateau.

— Mange, dit-il. Regarde l'excellent potage. Mange vite, il va refroidir.

— Je n'ai pas faim.

— Tu dois manger pour avoir du bon lait.

Elle avala quelques cuillerées qu'il portait à sa bouche en riant et, mise en appétit, elle termina le léger repas.

— Et toi ? As-tu dîné ? demanda-t-elle.

— Oui.

— Avant de venir ici ?

— Oui.

— Ah ! c'est pour cela que tu es en retard ?

— Oui. Te voilà rassurée.

Elle sourit. Il prit sur le plateau un morceau de pain qu'elle avait laissé, le dissimula dans sa main ; pour ne pas fatiguer Clara, on avait épinglé en écran une feuille de papier bleu devant la lampe. La chambre était à demi sombre, mais elle vit qu'à la dérobée, il mangeait avec avidité le morceau de pain.

— Tu as encore faim ?

— Non. Mais non...

— Dario, tu n'as pas mangé !...

— Que vas-tu imaginer là ? dit-il de sa voix caressante, Clara, sois calme. Ne t'inquiète pas. Toute inquiétude est mauvaise pour l'enfant.

Retenant son souffle, il se pencha sur le berceau.

— Clara, il sera blond...

— Non, c'est impossible. Nous sommes si bruns tous les deux. Mais nos parents ?...

Ils firent un effort de mémoire. Lui, Dario, de bonne heure avait été orphelin. Clara s'était enfuie de la maison paternelle à quinze ans pour suivre ce vagabond qu'elle aimait. Des profondeurs du passé, comme on voit des silhouettes à peine distinctes, au bout d'un long chemin, quand vient la nuit, surgirent de pâles figures, à demi effacées ; une femme, vieille avant l'âge, coiffée d'un grand châle noir jusqu'aux sourcils, une autre femme sans cesse ivre, la bouche ouverte, clamant des imprécations et des injures sur la tête d'un faible enfant terrifié ; le père de Clara, avec son front ridé, sa longue barbe grise tombant sur sa poitrine ; le père de Dario, le Grec, le misérable vendeur ambulant. De celui-ci, Dario se souvenait mieux : lui-même était sa vivante image.

— Nos parents étaient bruns comme nous.

— Nos grands-parents ?

— Ah ! ceux-là...

Ils étaient inconnus. Ils étaient restés dans les lieux d'origine ; la Grèce, l'Italie, l'Asie Mineure, quand les enfants étaient partis et avaient essaimé au loin. Pour les générations sorties d'eux, ils étaient comme s'ils n'avaient pas vécu. Peut-être, l'un d'eux, de ces Levantins disparus, avait eu, dans son berceau, ce duvet blond, cette peau claire. Peut-être !...

— Clara ! Comment peut-on connaître ses grands-parents ? Tu te prends pour une bourgeoise française.

Ils sourirent. Ils se comprenaient bien. Ils étaient unis non seulement par la chair, par l'esprit, par l'amour, mais nés dans le même port de Crimée, parlant la même langue, ils se sentaient fraternels ; ils avaient bu à la même source ; ils avaient partagé un pain amer.

— La mère supérieure est venue me voir à la naissance de l'enfant. Elle m'a demandé si la famille était heureuse. Dario, dans les chambres voisines, j'entends à l'heure des visites les grands-parents, les tantes s'exclamer : « Il ressemblera à grand-père, au cousin Jean, à ton oncle mort en 14. » Jamais je n'avais entendu cela.

Ils portent de petits paquets enrubannés à la main. La sœur me dit que ce sont des bavoirs, des petites robes, des hochets, des pelisses. Et ces chemises que l'on coud dans de vieux draps..., dit-elle à voix basse.

Elle était fatiguée. Elle parlait doucement, s'arrêtait et respirait avec peine. Elle ne pouvait trouver des mots pour exprimer son étonnement, son émerveillement quand elle imaginait ces familles penchées autour d'un berceau, ces draps usés par le frottement des corps, nuit après nuit, pendant une longue vie, ces draps où l'on taillait des chemises, des couches pour un nouveau-né.

— Je dis à la sœur qui me soigne : « Nous n'avons pas de famille. Personne ne se soucie de nous. Personne ne se réjouira de la naissance de cet enfant. Personne n'a pleuré à la mort de l'autre. » Elle m'écoute. Elle ne comprend pas.

— Comment veux-tu qu'elle comprenne ? dit Dario en haussant les épaules.

Il s'inquiétait de la fatigue et du trouble de Clara. Il voulut la faire taire. Mais, en parlant, elle s'endormait, le front posé sur le bras de son mari. La sœur entra, ferma sans bruit les volets et la fenêtre ; à l'hôpital Sainte-Marie, on craignait l'air nocturne.

Clara ouvrit les yeux tout à coup, balbutia avec un accent d'angoisse :

— Tu es là, Dario ? Toi ? C'est bien toi ? L'enfant vivra ? L'enfant sera bien soigné ? Il ne manquera de rien ? Il vivra ?

Elle répéta : « Il vivra » et s'éveilla tout à fait. Elle sourit.

— Dario, chéri, pardonne-moi, je rêve. Pars maintenant. Va. Il est tard. À demain. Je t'aime.

Il se pencha, l'embrassa. La sœur, en grondant amicalement, le poussait vers la porte : il était plus de huit heures. On allumait, dans les couloirs, les petites veilleuses bleues qui remplaçaient la nuit les lumières éteintes et, de place en place, sous les numéros des chambres où étaient couchées les opérées, les grandes malades, une sœur mettait en lumière les pancartes : « Silence. »

Dehors, c'était une belle nuit de printemps, et Dario respirait l'odeur, familière depuis l'enfance, qui se retrouve de la Crimée à la Méditerranée : jasmin, poivre, et le vent de la mer.

3

La générale avait promis l'argent pour le lendemain. Ce soir, Dario n'avait encore rien. Il fit à pied la route depuis la clinique jusqu'à son domicile. Devant sa porte, il vit une femme qui cherchait à lire le numéro de la maison, mal éclairé par la flamme d'un bec de gaz. Elle était nu-tête ; elle portait un châle sur les épaules. Elle respirait vite ; elle semblait impatiente et anxieuse.

En voyant Dario, elle demanda :

— C'est bien ici qu'habite un médecin ?

— Oui, c'est moi.

— Pouvez-vous venir tout de suite, docteur ? C'est pour mon patron. C'est très urgent.

— Certes, je vous suis, dit Dario, le cœur plein d'espoir.

Ils firent quelques pas le long de la rue déserte. En marchant, Dario arrangea sa cravate, passa la main dans ses cheveux épais, toucha avec malaise sa joue mal rasée.

Mais la femme s'arrêta brusquement ; elle hésita, s'approcha de Dario et le regarda avec attention.

— Vous êtes bien le docteur Levaillant ?

— Non, fit-il lentement, je suis médecin également, mais...

Elle l'interrompit.

— Vous n'êtes pas le docteur Levaillant ?

— Il habite plus loin, au 30 de la même rue ; si vous ne le trouvez pas, dit Dario en saisissant par la manche la femme qui s'éloignait, je suis chez moi toute la soirée. Mon appartement est au-dessus de la pension de famille « Mimosa's House ». Je m'appelle le docteur Asfar.

Mais elle avait disparu déjà. Elle avait traversé la rue en courant. Elle sonnait à une porte qui n'était pas celle de Dario. Il rentra chez lui.

S'appeler Levaillant, Massard ou Durand, quel rêve ! Qui aurait confiance en lui, Dario Asfar, avec sa figure et son accent de métèque ? Ce docteur Levaillant, son voisin, il le connaissait. Comme il enviait sa barbe grise, son air bonhomme et tranquille, sa petite voiture, sa jolie maison...

Il monta lentement l'escalier commun à son logement et à la pension de famille. Il revenait en pensée vers Clara et l'enfant, son bonheur, ses seuls amours. Il avait un fils, lui, Dario ! Il chercha dans son cœur quelle chance, quel dieu implorer, à qui demander protection pour son fils ? Mais il ne ressentait pas l'orgueil naturel au père. Il était inquiet, accablé. Sans cesse, du mouvement qui lui était familier, il passait sa main le long de son visage. Il n'eût pas aimé transmettre à son fils ses traits tourmentés, cette peau brune, ni cette âme.

Il entra. Il ne se sentait pas à l'aise. Il ne se sentait pas chez lui dans cette maison. Nulle part encore, il ne s'était senti chez lui. Il alluma la lampe et s'assit sur une chaise. Il avait faim. Depuis le matin, la faim le poursuivait. Le petit morceau de pain qu'il avait mangé à la clinique, loin de l'apaiser, avait augmenté encore son désir de nourriture. Il ouvrit le buffet, les tiroirs de la table, sachant parfaitement qu'il ne trouverait ni viande, ni pain, ni argent.

Il passait et repassait devant un petit miroir pendu au mur, et il avait honte des regards obliques que son image lui jetait, de sa pâleur, du pli amer et désespéré de ses lèvres, de ses mains tremblantes.

« Une nuit est vite passée », dit-il à mi-voix, se rassurant lui-même, se forçant à se railler lui-même. « Est-ce la première fois que tu as faim ? Dario, souviens-toi du temps passé ! »

Mais les souvenirs ajoutaient au présent un écho et des prolongements de détresse presque insupportables.

« Comme je suis gâté », songea-t-il avec mépris. « Je sais que je mangerai demain, et cela ne me suffit pas ? Autrefois... »

Mais autrefois, il savait qu'il n'était qu'un petit rôdeur misérable, qu'il pouvait mendier, voler (il pensa à cette charrette pleine de pastèques qu'il avait renversée avec d'autres enfants du port, et comment il s'était enfui, serrant dans sa blouse, contre la peau nue, le melon d'eau lisse et frais...). Il sentait encore dans sa bouche le goût de cette chair rose et entre ses dents le craquement des pépins noirs, les rafles dans les marchés, les razzias dans les jardins... Il sourit et gémit tout haut.

Maintenant, il ne pouvait plus demander la charité d'un repas, emprunter quelques sous pour acheter un morceau de pain. Il était plus sourcilleux, plus exigeant, plus lâche. Surtout, il fallait sauver la face, garder l'apparence du bien-être, d'une situation aisée, au prix de n'importe quel sacrifice, de n'importe quel mensonge. (Ainsi, depuis que sa femme était à la clinique, las parfois d'espérer en vain les malades derrière sa porte close, il partait pour une promenade dans la campagne, sa trousse sous le bras pour donner le change.)

Ces derniers jours, si difficiles, il n'avait même pas osé se procurer de l'argent, comme lorsqu'il était étudiant à Paris, en vendant tel ou tel objet. Il eût pu le faire. Il avait quelques livres. Mais il lui semblait que tous les habitants de Nice le reconnaîtraient. C'était une ville de province; les ménagères bavardaient entre elles, les concierges étaient à l'affût, dès le matin, sur le pas de leurs portes. Les petits commerçants du quartier le suivaient du regard quand il sortait de chez lui. Il craignait jusqu'au coup d'œil ironique et perçant des cochers qui feignaient de dormir au soleil, une fleur à la bouche, en attendant les clients, tandis que leur cheval, à côté d'eux, agitait ses longues oreilles coiffées de paille. Oui, tous, ici, l'épiaient, le dénonceraient. On n'était pas perdu ici, miséricordieusement seul, comme à Paris. Tous haïssaient, songeait-il, ce garçon mal vêtu, à l'accent étranger, ce malchanceux, ce pauvre. Que serait-ce s'ils le voyaient arpenter les rues de la ville, un paquet sous le bras, cherchant à vendre quelques livres.

« Non, c'est impossible ! » pensa-t-il.

La nuit était douce et un peu étouffante. Il ôta son veston, arracha son col, prit un journal du soir, mais les lettres dansaient devant ses yeux. La faim augmentait, creusait en lui ce chemin qui du corps de l'homme va jusqu'à l'intérieur même de l'âme et charrie un flot de pensées haineuses, désespérées, viles. Il voyait en esprit la générale et Elinor, et non seulement il n'éprouvait pas de remords, mais une satisfaction dure et cynique. Peut-être la générale avait-elle eu raison ! À quoi bon se réjouir d'avoir mis un enfant au monde ? Serait-il seulement capable, lui, Dario, de nourrir ce fils dont il était si fier ?

De l'autre côté de la rue, il y avait un petit restaurant. De sa fenêtre, Dario voyait une pièce éclairée, quelques tables recouvertes de longues nappes blanches. Par moments, un des garçons s'approchait de la fenêtre et prenait les plats préparés, dressés derrière les vitres pour allécher les passants. Du pain doré, des pêches dans une corbeille, un homard froid hérissé de dards, du vin d'Italie, la bouteille ronde enveloppée de paille tressée. Voici un promeneur, une femme à son bras, qui s'arrête, qui désigne avec sa canne l'enseigne du petit restaurant. Ils entrent. « Ils vont bien manger », pensa Dario.

Il s'est levé, il colle son visage à la fenêtre, mais elle forme une barrière entre lui et l'image de la nourriture.

Il ouvre la croisée ; il se penche. Il cherche à humer l'odeur qui doit filtrer du soupirail éclairé, une odeur fine, sans doute, de potage chaud, de beurre cher, de légumes lentement cuits dans la poêle et rissolés, de viande enfin. Mais le restaurant était trop loin. Ce qu'il respirait, c'était un parfum de fleurs écrasées qui lui montait à la tête et l'écœurait. Sur un banc, dans l'ombre, à ses pieds, un homme et une femme s'embrassaient. La faim se mêlait dans le corps de Dario à d'autres désirs. Il convoitait la viande et le vin, le pain et la femme, ces fruits moelleux dans leur lit de mousse, ces seins nus dont il croyait deviner l'éclair blanc, brusquement jailli des ténèbres. Mais les amoureux se levèrent et partirent ; ils se tenaient par la taille et trébuchaient en marchant comme pris de boisson. Dario jura tout bas. Pourquoi, pour d'autres, la vie avait-elle un goût subtil et délicieux ? Pour lui, c'était une nourriture crue et grossière à chercher avec peine, à arracher avec effort. D'un coup de dents, lorsqu'il était impossible de faire autrement. Pourquoi ?

4

Clara devait rentrer le lendemain. Avec les quatre mille francs de la générale, Dario avait payé les dettes pressées, celles qui le harcelaient depuis Paris et celles d'hier, de Nice. Il avait le front haut maintenant. Il ne passait plus en baissant la tête, en rasant les murs, devant le seuil du boulanger, ni devant la charcutière qui trônait parmi les guirlandes de cervelas dans un magasin orné de glaces. Enfin, il avait acheté une voiture pour l'enfant, un berceau, un manteau pour Clara qui n'avait au monde que les vêtements portés sur elle quand elle était entrée à la clinique. Lui-même, Dario, avait mangé, bu, s'était commandé un costume neuf, avait donné des arrhes, et il lui restait encore mille francs qu'il avait déposés dans une banque.

Enfin, la chance ayant tourné, il avait été appelé la veille par un ménage de jeunes fonctionnaires français, arrivés à Nice depuis vingt-quatre heures, et dont l'enfant était brusquement tombé malade pendant la nuit, parmi les malles défaites et la paille du déménagement qui traînait encore sur les planchers.

Eux, ils avaient accueilli Dario comme un sauveur. Ils l'avaient écouté avec reconnaissance, amour, respect. Avec eux, comme Dario s'était senti bon ! Comme il leur avait parlé doucement ! Comme il avait été heureux de les rassurer, de flatter la mère. (« Ce n'est rien, ce n'est que le faux croup. Demain, il n'y paraîtra plus. Quel beau petit homme ! quel solide petit homme ! Dormez tranquille, madame. Soyez rassuré, monsieur. C'est une bêtise ! Ce n'est rien ! »)

Ils l'avaient remercié, reconduit jusqu'à la porte, éclairé dans l'escalier. Ils s'étaient mille fois félicités de cet heureux hasard, de la chance qu'ils avaient eue en découvrant ainsi, dans leur affolement, dans cette ville inconnue, un médecin si savant, si dévoué, si courtois. Dario avait pensé :

« C'est donc vrai que les mauvais jours sont passés ? Ils paraissent inoubliables et ils s'envolent si vite ! Pourquoi ai-je désespéré ? Pourquoi ai-je mal agi ? »

Car le bonheur le rendait vertueux. Elinor, elle, était restée couchée quarante-huit heures et elle se portait à merveille maintenant. C'était une Américaine coriace. Elle n'en était pas à son coup d'essai, certes...

Dario avait dîné et il dormait. Cette nuit était la fin du carnaval. Dans le tumulte de la foule sous ses fenêtres et le fracas des feux d'artifice, il n'entendit pas tout d'abord les coups frappés à sa porte. Les cris enfin pénétrèrent jusqu'à lui. Il ouvrit et vit sur le seuil la générale décoiffée, haletante, un châle de soie écarlate sur sa chemise longue et raide, à l'ancienne mode, qui tombait jusqu'au sol.

— Venez vite ! Venez vite ! Docteur ! Au nom du ciel, mon fils s'est tué !

Il s'habilla à la hâte et descendit derrière elle. Dans le salon de la pension de famille, le fils de la générale, un grand jeune homme maigre, voûté, mal rasé, pâle, qui avait l'expression hautaine et stupide d'un lévrier, s'était tailladé les veines à coups de canif, perdait son sang, étendu sur le canapé de coutil gris. Ce garçon était le mari d'Elinor qui, seule, ne se trouvait pas dans la pièce. Tous les habitants de la pension de famille, réveillés, faisaient cercle autour du canapé. Des serviettes mouillées traînaient par terre ; des cuvettes pleines d'eau étaient posées sur les meubles. Le canapé, que l'on transformait en lit pour la nuit, avait été tiré au centre de la pièce et ses draps arrachés, pleins de sang, étaient jetés dans un coin. Le canif dont s'était servi le blessé était également à terre, ouvert encore, et à chaque instant quelqu'un marchait sur la lame, se coupait et, avec un hurlement de douleur, le rejetait au loin d'un coup de pied ; les spectateurs étaient tellement intéressés par la scène qui se déroulait sous leurs yeux que personne ne pensait à le ramasser. Avec la vraie prodigalité russe, ils avaient allumé l'électricité non seulement dans la chambre, qui était éclairée par un grand lustre antique à trois rangs, gris de poussière, mais sur les tables et jusque dans les pièces voisines, partout où se trouvait une lampe. Les fenêtres étaient fermées ; on étouffait. Des femmes, à demi vêtues, entouraient Dario. L'une d'elles, grande, maigre, les yeux caves, en chemise de nuit, un voile de gaze flottant sur ses cheveux longs, une cigarette allumée à la bouche et les pieds nus, répétait avec un accent d'autorité, en tirant la manche de Dario :

— Il faut le transporter dans sa chambre.

— Mais non, princesse, vous savez bien que c'est impossible, criait une autre. Il n'a pas de chambre. Sa chambre est louée à la baronne qui est couchée avec un Français !

— Il faut les faire lever.

— Un Français ? Mais il ne se lèvera pas. Est-ce qu'un Français peut comprendre ?

La générale, soutenue par sa belle-mère, une vieille femme en caraco de laine noir, aux cheveux gris, à la mâchoire tombante et tremblante, s'était accrochée des deux mains au bois du divan et ne voulait pas lâcher prise. Son mari était assis dans un coin, sur une chaise, serrant sur son cœur un bouledogue rose. Le général était un petit vieillard maigre et blanc, le menton orné d'une barbiche légère. Il pleurait sans bruit, pressé contre le chien qui poussait de longs hurlements plaintifs.

— Le chien hurle à la mort ! cria la générale. Mon fils meurt ! Il va mourir !

— Écartez-vous ! dit Dario, mais personne ne l'écoutait.

— Marthe Alexandrovna, du calme ! Pour l'amour du Christ, contenez-vous ! criait l'une des femmes, d'une voix où passaient les vibrations de l'hystérie. Il faut être calme !

— Où est sa femme ? Où est Elinor ? demanda Dario.

— Elle l'a tué ! clama la générale. C'est la faute de cette petite vaurienne, de cette grue de bas étage, de cette Américaine qu'il avait ramassée dans le ruisseau ! Elle est partie ce matin ! Elle l'a abandonné ! Il a voulu se tuer pour elle !

— Quel péché ! Quelle honte ! sanglotait la vieille en caraco noir. Mitenka, mon chéri, le chéri de sa grand-mère ! Il va mourir ! J'ai vu mourir mon mari, mes deux fils sous les balles des bolcheviks, Mitenka, mon seul amour en ce monde !

— Je lui disais : « Ne l'épouse pas... », gémissait la générale dont le contralto couvrait sans effort le tumulte. Un Mouravine n'épouse pas une fille du pavé de Chicago. Est-ce que je sais d'où elle venait ? Elle a couché avec toute la ville avant qu'il l'eût prise ! Une Américaine, le cœur dur comme une pierre ! Est-ce qu'elle pouvait le comprendre ? Est-ce qu'elle pouvait comprendre une âme comme la sienne ? Mitenka ! Mitenka !

Mitenka, cependant, grâce aux soins de Dario, avait ouvert les yeux. Les deux femmes, à genoux devant lui, lui couvraient les mains de baisers. Dario repoussa les deux battants de la fenêtre ; l'air, dans cette pièce close, était irrespirable.

— Fermez la fenêtre ! cria la grand-mère. Il est nu ! Il va prendre froid !

Les femmes plus jeunes, qui avaient occupé jusqu'ici la scène, entrant dans la chambre et en sortant, se heurtant, affolées, dans les portes, répandant l'eau des cuvettes qu'elles portaient, la rassuraient.

— Mais non, Anna Efimova ! Il faut de l'air ! L'air pur est nécessaire ! L'air pur n'est pas dangereux !

— Mais couvrez-le alors, couvrez-le ! Voyez ! il s'évanouit de nouveau ! Il frissonne ! Fermez les fenêtres ! Fermez-les !

— Au contraire ! Ouvrez-les ! Ouvrez-les plus largement ! criaient les femmes.

Dario, las de supplier : « Écartez-vous, laissez-le », prit de force les poignets de la générale et la rejeta dans un fauteuil.

— Elle s'est évanouie ! s'exclamèrent les femmes. De l'eau ! de l'eau !

Le général leva enfin la tête qu'il avait tenue cachée jusque-là dans le pelage de son bouledogue.

— Docteur ! Sauvez-le, docteur !

— Ne vous inquiétez pas, général, il est très légèrement blessé.

— Docteur ! Sauvez-le ! cria la générale, et, échappant aux bras qui la tenaient, elle se précipita de nouveau au pied du canapé et, saisissant la main de Dario, elle la couvrit de baisers. Au nom de votre femme ! Au nom du bébé qui vient de naître ! Que je vive cent ans, jamais je n'oublierai ! C'est mon fils !

— Mais ce n'est rien, ce sont des blessures insignifiantes, laissez-le tranquille et dans vingt-quatre heures il n'y paraîtra plus.

— Maman ! murmura le blessé.

Puis il fondit en larmes.

— Elinor !

— Mon enfant ! Mitenka, mon chéri ! cria la grand-mère, et des larmes, les petites larmes rares de la vieillesse, parurent au coin de ses yeux et coulèrent sur ses joues. Soyez béni, docteur, vous l'avez rappelé à la vie !

— Il est sauvé ? Vous me le jurez, docteur ? Mon enfant est sauvé ?

La générale se jeta tout à coup sur son fils, le saisit par les épaules, le secoua, les yeux étincelants de fureur.

— Misérable petit imbécile ! Tu n'as donc pas pensé à ta mère ? À ton père ? À ta pauvre grand-mère ? Se tuer pour une garce ! Se tuer pour une fille des rues, pour une maudite Américaine !

Les femmes s'empressèrent de nouveau.

— Marthe Alexandrovna ! Calmez-vous ! Vous vous tuez ! Et lui ! Regardez-le, il pâlit !... Docteur, docteur, un calmant pour la générale !

— Maman, vos reproches me désespèrent, sanglotait Mitenka, mais je veux Elinor !

— Elle reviendra, mon chéri, elle reviendra, dit la grand-mère.

— Sois un homme, mon fils, murmura le général, serrant si fort, dans son émotion, la tête du chien, que celui-ci poussa un cri déchirant.

— Si elle revient, hurla la générale, je la chasse, je

l'étrangle de mes propres mains ! Je la rejette au ruisseau d'où elle sort ! Une grue que j'ai traitée comme ma fille ! Tout ce que j'ai fait pour elle ! Je voyais bien des choses. Je fermais les yeux... pour Mitenka ! Je faisais la cuisine, moi, la générale Mouravine, je portais la boîte à ordures, je faisais le lit de cette maudite Américaine ! J'ai payé quatre mille francs pour... Mais cet argent, je le veux ! Vous allez me le rendre ! dit-elle tout à coup, en se tournant furieusement vers Dario. Demain ! Pas plus tard que demain ! Je veux l'argent dépensé pour cette fille !

Heureusement elle s'écroula aussitôt sans connaissance aux pieds du blessé qui s'était évanoui de nouveau.

Dario en profita pour faire enfin partir les femmes.

Resté seul, il porta la générale dans la chambre voisine et lui jeta le contenu d'une cuvette d'eau à la figure. La générale revint à elle.

— Docteur ! Je ne reconnais pas les dettes faites par ma bru, dit-elle dès qu'elle eut ouvert les yeux. Je vous prie de me régler immédiatement ce que vous me devez.

— Êtes-vous folle ? cria à son tour Dario. Est-ce ma faute si votre bru est partie ?

— Ce n'est pas votre faute, mais il ne sera pas dit qu'elle a tué mon fils et m'a extorqué quatre mille francs ! Savez-vous ce que c'est pour nous, quatre mille francs ? Pour vous les donner, j'ai dû vendre la bague de fiançailles et les saintes icônes d'une amie qui me les avait laissées en garantie d'un prêt. Elle pleurait, elle me baisait les mains, elle me suppliait d'attendre huit jours. J'ai réduit au désespoir une amie d'enfance pour cette femme ! Et l'enfant n'était même pas de Mitenka, sans doute !

« C'est cela qui paraît lui être le plus sensible », pensa Dario qui étouffait avec peine un rire nerveux. « L'enfant qu'elle a tué n'était pas de Mitenka ! »

— Mais moi non plus, je n'ai pas d'argent ! s'écria-t-il. Laissez-moi le temps d'en gagner. Où voulez-vous que je les prenne ? J'ai payé de vieilles dettes. Il me reste mille francs et ma femme et mon petit rentrent de la clinique demain ! Cet argent est à moi, enfin ! Je l'ai gagné !

Elle ricana.

— Allez-vous dire comment ?

— Et vous ?

— C'est donc un chantage ? s'écria-t-elle avec fureur.

— Mais, malheureuse folle que vous êtes, comprenez donc...

— Je ne comprends qu'une chose : personne ne me paie ! Tous ceux qui sont ici vivent à mes crochets. Mon mari est un pauvre être incapable de gagner le pain qu'il mange et mon fils ne vaut guère mieux ! Pour eux, je travaille sans un instant de répit ! Moi, la générale Mouravine, moi, une artiste ! Cet argent, mon cœur saignait de vous le donner ! Mais il le fallait ! Pour Mitenka ! Et maintenant, cette femme est partie et il me faudra vivre sachant que vous et votre femme vous vous gobergez avec mon argent ? Écoutez bien, docteur ;

nous garderons secrète, l'un et l'autre, cette histoire de famille, mais si demain je ne suis pas payée, vous pouvez partir et aller ailleurs. Seulement, comme vous me devez un trimestre, je retiens tout ce que vous possédez ! Je retiens vos malles, et la ville entière saura que vous avez été chassé honteusement de ma maison !

Dario vit en un éclair sa réputation compromise, son avenir perdu. Il n'eut pas un cri de révolte. Sa vie ne l'avait pas préparé à la révolte, mais à l'obstination, à la patience, à l'effort sans cesse déçu, sans cesse renouvelé, à la résignation apparente qui augmente et concentre les forces de l'âme. Il dit :

— Assez, Marthe Alexandrovna, vous aurez votre argent demain.

5

Dario comprenait que la générale, comme toutes les femmes habituées à régner en despotes sur des familles terrifiées, ne s'arrêterait jamais à considérer si une chose était logique et possible, mais réclamerait son dû avec une obstination de mule et qu'elle réussirait à l'obtenir. Il devait trouver l'argent aujourd'hui même.

Dès les premières heures de la matinée, il quitta son lit où il s'était agité tout le reste de la nuit sans dormir. Il fallait sortir aussitôt que possible ; la journée entière s'écoulerait peut-être en démarches. Plus longue était la journée, plus grandes ses chances ! Mais, en réalité, à l'instant même où il sortait de chez lui, il ne savait pas encore à qui il s'adresserait. Sa pensée semblait douée brusquement d'une force et d'une agilité surprenantes. Elle s'élançait dans toutes les directions possibles, cherchant mentalement une issue, explorant en un instant tous les chemins, comme une bête poursuivie par le chasseur.

Il pensa aux jeunes fonctionnaires dont il avait soigné

l'enfant. Non, cela était impossible. « Et s'ils se laissent attendrir, songea Dario, un jour ils bavarderont. Qui croira en moi, ensuite? Qui m'appellera? Qui me confiera sa vie? » Les mêmes mots se reformaient sans cesse dans son esprit : « Pas un sou, une femme qui relève de couches, un enfant nouveau-né et de l'argent à trouver avant midi si demain et les jours suivants je veux vivre! Qui m'aidera? Qui? »

Il pensa alors à Ange Martinelli, dont il soignait le fils. Ange était maître d'hôtel, à Monte-Carlo, dans le grand palace neuf, bâti auprès du casino. Il avait son logement personnel à Nice, derrière l'église Sainte-Réparate, et là vivait son fils. Ce jeune homme, âgé de vingt ans, était malade, et Dario avait été appelé par le père, en désespoir de cause, comme on s'adresse au guérisseur, au sorcier, lorsque tout vous abandonne. C'était pour Dario le seul espoir, car Ange était riche.

Il était trop tôt pour se présenter chez Ange. Il s'arrêta sous les arcades. L'odeur des fruits confits qui s'échappait d'un soupirail, chez Vogade, lui souleva le cœur. Est-ce qu'un jour viendrait où il mourrait de faim de nouveau, où il respirerait l'odeur de la nourriture comme une bête affamée?

La rue était bordée de magasins aux portes encastrées de glaces, et chacune d'elles lui renvoyait son image, sa figure anxieuse et sombre, ses oreilles pointues, ses dents longues. Il se haïssait de ressembler à tous ces marchands de tapis, de lorgnettes, de cartes postales obscènes qui traînaient déjà depuis la place Masséna jusqu'à la promenade des Anglais. Cette vie d'aventures, d'expédients, certes, c'était le lot qui lui avait été destiné dès l'enfance, comme à eux, à cette racaille levantine, ses frères. N'était-il donc en rien différent d'eux ? Comme il leur ressemblait par les traits du visage, par l'accent, par sa maigre échine, ses yeux brillants de loup.

Enfin, il arriva chez Martinelli. Dans la vieille maison noire, à l'ombre de Sainte-Réparate, Martinelli habitait un très modeste appartement.

« C'est un as, pensa amèrement Dario. Il est riche, mais il vivra toujours ainsi. Un buffet de bois blanc, du vin rosé, la friture du Var dans un saladier ébréché, tandis que moi... je dois bluffer. Je ne puis montrer ma misère, il me faut des meubles, des vêtements décents, une surface, une apparence. Un maître d'hôtel peut se permettre d'être un sage. »

Il sonna. Sur le palier commun à deux logements, une fille aux jambes nues faisait couler l'eau d'une fontaine sur un poisson vermeil qu'elle tenait dans sa main. Dario lui lança un regard vif et brûlant. Le désir des femmes l'envahissait parfois brusquement, aux instants les plus durs de son existence, comme si toute la lie, au fond de son âme, remontait alors à la surface.

Martinelli lui ouvrit.

— Vous, docteur ? Entrez.

— Comment la nuit s'est-elle passée ?

— Toujours la même chose. Il avait de la fièvre. Il était agité. Ce matin, c'est tombé à trente-sept.

— Pas d'hémoptysie ?

— Non.

Martinelli était en manches de chemise. C'était un homme de belle prestance, la figure rouge et massive, les cheveux très noirs, les yeux extrêmement vifs ; le regard rapide glissait sous les paupières à demi baissées, regard prompt et hardi, en éclair, commun à tous les chefs, qu'ils servent dans les hauts grades de l'armée ou des cuisines, qui doit tout voir, tout jauger, ne rien oublier. Il semblait lire les pensées de Dario sur son visage. Il demanda :

— Est-ce que vous deviez venir le voir aujourd'hui, docteur ?

— J'ai jugé cela préférable.

Martinelli le fit entrer dans la salle à manger.

— Il dort, à présent. Vous pensez, pour moi, quelle vie ! Je suis crevé. Le gala Or et Argent hier. Le gala des Perles, ce soir. Un boulot de forçat, personne sur qui me reposer, et ce petit...

Il serra les lèvres avec force.

— Ce petit... Un si bel avenir ! Chef cuisinier quand il aurait voulu ! Il avait le don, le génie de la cuisine, et si gentil, si affectueux... Mais je suppose qu'il est fichu...

Il regarda Dario avec une expression de colère et d'espoir.

— À vingt ans, fichu ! Ce ne devrait pas être permis, s'exclama-t-il d'une voix sourde et angoissée. Il faut le sauver, docteur ! Essayez encore, tentez n'importe quoi, murmura-t-il.

On entendit le malade tousser.

— Je le guérirai, dit Dario, je vous le jure. Vous voyez vous-même qu'il va mieux. Il y a une amélioration sensible. Il est jeune, il est bien soigné, ne perdez pas l'espoir.

Il parla si longtemps, avec tant de persuasion, que le maître d'hôtel dit avec reconnaissance :

— Jamais je ne vous remercierai assez de vos bons soins, docteur.

« C'est l'instant », songea Dario, la bouche sèche.

Il dit à voix basse :

— Je viens vous supplier, moi aussi, moi, à mon tour. Prêtez-moi de l'argent, Martinelli, sauvez-moi !

Non, ce n'était pas ce qu'il fallait dire. À quoi bon implorer la pitié ? Rien pour rien ! Il le savait ! Il avait assez vécu pour l'avoir appris et ne jamais l'oublier.

— Je sais : l'argent c'est l'argent. Mais ne pouvez-vous miser sur moi ? Vous jouez aux courses, je le sais. Regardez-moi comme un cheval qui peut vous rapporter le double, le triple de ce que vous aurez risqué sur lui. J'ai la santé, la jeunesse, mes diplômes, ma science, ma profession. Je suis un bon médecin. Vous savez que je soigne bien votre fils. Mais je ne suis pas connu ici. Je suis entouré d'émigrés russes qui me prennent mon temps sans me payer. J'ai quelques malades, des gens bien. Ils ont confiance en moi. Ils me garderont, mais je ne peux pas leur demander de l'argent, pas encore ! Le médecin réclame ses honoraires deux fois par an, et cela est admis, respecté, mais montrer de la hâte, mais étaler sa misère ? Fi donc ! Cela offense mortellement les hommes, ce manque de pudeur, cette impatience indécente, mais moi, cependant, je n'ai rien, je n'ai plus rien ! Je dois payer ce matin une dette de quatre mille francs, mais cela même ne suffira pas... Écoutez-moi, Martinelli ! Misez sur moi ! Pariez sur moi ! Prêtez-moi dix mille francs, mais laissez-moi souffler un an pour vous les rendre et demandez-moi tous les intérêts que vous voudrez ! Vous vous dites : « Dans un an, il sera au même point », mais c'est impossible ! J'ai de la force, de l'espoir, du courage ! Ce n'est pas ma faute si je mets un si long temps à réussir ; je suis parti de si bas. Ayez confiance en moi. Un an. Je ne vous demande qu'un an. Que puis-je faire pour vous ? Réfléchissez. Je puis vous être utile. Secourez-moi et, le cas échéant, vous trouverez en moi l'ami le plus dévoué... le plus discret... Aidez-moi !

Ange, cependant, l'écoutait sans un mot. Ce masque impassible, clos, de l'homme à qui on demande de l'argent ou un service, et qui vous laisserait mourir devant lui sans faire un mouvement pour vous sauver, il fallait s'y accoutumer et ne plus en avoir peur ! Il fallait deviner par quels artifices, par quelle insistance on arrive enfin à forcer ces âmes.

En suppliant ainsi, Dario s'abaissait en vain. Le salut était ailleurs. Il parvint à se calmer. L'expression de son visage changea. Il se composa un air de dignité, de froideur. Il retrouva enfin ce regard brillant et vide qui s'interpose comme un écran entre le médecin et son malade.

— N'en parlons plus. Si vous ne désirez pas me rendre ce service, je serai forcé de quitter Nice et, écoutez-moi bien, Martinelli, si quelqu'un au monde peut sauver votre fils, c'est moi. Il était à la mort. Il va mieux. Il ira mieux. La fièvre baisse. Il va reprendre du poids, il quittera son lit, vous le verrez guéri. Mais si je pars, si vous me laissez partir, et si plus tard...

— Taisez-vous, dit sourdement Martinelli. Vous me faites marcher, mais...

« Et pourtant, tu trembles », pensa Dario. « Là où rien ne mord, n'entame l'adversaire, il reste encore ceci — le prendre par l'espoir ! »

— Adieu, Martinelli.

— Attendez, bon Dieu, vous...

À partir de cet instant, Dario se sentit tranquille : il obtiendrait ce qu'il voulait. Il se lierait une fois de plus pour l'avenir. Dans un an, la situation serait aussi dure, mais, pour le moment, il avait gagné. Il aurait ses dix mille francs.

Martinelli lui fit signer un chèque à la date du 31 mars de l'année suivante. Dans un an, si Dario ne payait pas, il serait poursuivi pour émission de chèque sans provision, mais ceux qui n'ont jamais vécu qu'au jour le jour ignorent la prévoyance, vertu des riches, vertu d'heureux. Dario signa.

6

C'était l'instant, à la fin de la nuit, où le jeu va finir, aux yeux de Philippe Wardes, l'instant le meilleur. Pendant les derniers coups d'une partie, le gain et la perte, par l'énormité même des sommes engagées, cessent d'exciter la cupidité, le désespoir ou l'envie, cessent pratiquement d'exister. Le corps ne sent plus la faim, ni la fatigue ; l'âme se délivre de l'inquiétude. Le bonheur est atteint.

À l'extrême limite de la résistance nerveuse se crée une zone de calme où le joueur, à la fois, joue et se regarde jouer avec détachement, avec une profonde paix. Wardes avait conscience de son calme. Il savait que sa belle tête massive et pâle était droite sur ses épaules, qu'il n'inclinait pas le cou, ne s'abandonnait pas, que ses mains, petites et potelées de femme, retournaient les cartes sans trembler.

Par son audace, son courage, son invulnérabilité, il régnait. Le plaisir du risque, depuis longtemps, était dépassé, plaisir vulgaire, nourriture des âmes médiocres.

Pour lui, il n'y avait pas de risques. Il savait qu'il traversait une passe heureuse. Il savait qu'il allait gagner. Effectivement, chaque coup était heureux. C'était toujours ainsi quand venait le jour : au moment où se disperse la foule grossière des joueurs sans espérance, sans vertu, lui qui avait tenu plus longtemps que les autres, lui qui avait méprisé les conseils de l'amitié, les lâches appels de la prudence (que disaient son notaire, sa femme, son médecin ? « Vous vous ruinez, vous vous tuez ! » Bah ! laissez-les dire !), il avait enfin obtenu sa récompense. Instant surhumain où la créature mesure ses forces et sent que rien ne l'abattra, rien ne l'arrêtera. Les cartes lui obéissaient. Son cœur battait aussi régulièrement et tranquillement que celui d'un enfant. Avec le sentiment de sécurité que peut éprouver un somnambule sur le bord d'un toit, il poursuivait la partie et la chance aveugle le servait. Une heure encore ! Un instant encore ! Il n'avait plus ni corps, ni pesanteur, ni chaleur humaine. Il eût volé dans les airs. Il se fût maintenu à la surface de l'eau. Il devinait les cartes qu'il tenait à la main avant de les voir, avant de les prendre entre ses doigts. Dommage seulement que cette lumière insistante, en face de lui, cette lampe blanche et brutale blessât ses yeux. Il fit un mouvement d'impatience et, comme le somnambule qu'un geste effrayé retient sur le bord de l'abîme, il revint à lui. Il vit brusquement qu'autour de lui les derniers joueurs jetaient les cartes, que l'on tirait les rideaux et que la lumière du matin entrait par les baies ouvertes sur la rade.

C'était fini. La nuit était depuis longtemps terminée. Hagarde, éblouie, tremblante, son âme réintégrait un corps pesant, fatigué, couvert de sueur, mourant de soif, il retrouvait le souvenir de tout l'argent perdu avant le coup de veine. Il en souffrait : ce joueur effréné, dans l'ordinaire de sa vie, était « près de ses sous », comme disaient ses ouvriers. Rien de commun entre Philippe Wardes, le grand fabricant de moteurs, pour qui le jeu était à la fois une nécessité publicitaire et une tyrannique habitude, et ce demi-dieu qu'il avait hébergé en lui pendant quelques heures et qui s'était retiré maintenant, le laissant faible et démuni. Un esprit libre et sauvage l'avait fui. Il ressentait la douleur habituelle dans la nuque, des élancements, la courbature de ses reins, l'amertume d'une bouche de quarante ans brûlée par l'alcool et le tabac.

Cependant, il ramassait l'argent gagné, le mettait dans ses poches, en abandonnant une partie aux mains des employés du Sporting. Il descendait les marches du casino et les voix des croupiers, des chasseurs et des grues de Monte-Carlo formaient autour de lui le chœur auquel il était accoutumé.

— Il est formidable... Quel cran... Comment peut-il tenir ainsi ? L'avez-vous vu hier ? Aujourd'hui il gagne ce qu'il veut. Hier, il perdait. Avec quel flegme il encaisse... Quelle fortune... Personne ne l'égale. Et il est un des plus grands industriels de France à l'heure actuelle...

Il les écoutait et il respirait encore avec plaisir ces faibles bouffées d'encens. À certains moments de fatigue, d'une fatigue qui, chez lui, n'était pas uniquement physique, mais semblait couler jusqu'à son âme même, seules les louanges le rassérénaient. Les paroles d'approbation lui étaient un appui, une assurance, la seule réalité dans un monde d'apparence.

Une fille qui sortait derrière lui du casino, en robe du soir, le fard commençant à couler sur son visage, passa près de lui et, en lui lançant la dernière œillade de la nuit — provocante, chargée d'un suprême espoir, comme le pêcheur déçu jette encore une fois l'hameçon dans la rivière, déjà debout sur la berge, déjà prêt à s'en aller, et pense : « Qui sait ? » —, elle dit à mi-voix, le rire impudent et la voix humble :

— Et beau avec ça !

Il bombait encore le torse, rejetait en arrière sa tête lourde, mais d'un noble dessin. Il avait la taille et les muscles d'un athlète, d'épais cheveux noirs formant trois pointes sur son front et ses tempes, une bouche terrible, impérieuse, aux lèvres minces et serrées, mais le teint livide, des poches bleues sous les yeux, et le regard ne se fixait jamais sur personne, mais sans cesse glissait, se détournait, impatient, alerté par une inquiète recherche, tandis que battait doucement d'une pulsation légère et ininterrompue sa paupière gauche.

Il fit signe à la fille de le suivre et traversa la rue pour rentrer à l'hôtel. Son domicile officiel était La Caravelle, une maison à quelque distance de Cannes, mais, tandis que sa femme et son enfant y vivaient, lui-même occupait un appartement à l'hôtel, à Monte-Carlo, et ne le quittait que pour le casino.

Du Sporting sortaient les derniers joueurs, la vieille garde. C'était l'heure où le peuple las des petites prostituées, des marchandes de fleurs, des chasseurs du cercle, se disperse enfin et va prendre un repos mérité. On voyait apparaître des enfants, dans leurs légères voitures, des ménagères, un bouquet de violettes fraîches posé sur le couvercle du panier à provisions. Le vent et la lumière blessaient les yeux de Wardes. Il titubait. En montant le perron de l'hôtel, il lui semblait qu'à chaque pas ses genoux allaient se dérober et se rompre sous lui. Il entra avec la femme.

Chez lui, les persiennes étaient fermées, les lourds rideaux tirés. Une zone de silence entourait certains appartements de l'hôtel, protégeait le précieux sommeil des clients, sommeil qui se prolongeait jusqu'aux dernières heures du jour. Sur sa table, il trouva un message téléphoné de sa femme. Mais il ne répondrait pas. Elle avait l'habitude.

Il enferma l'argent gagné, revint vers la fille qui l'attendait. Elle était heureuse : avoir levé Wardes était un chopin. C'était une petite femme qui aimait le travail bien fait. « Il en aura pour son argent », pensa-t-elle, avec le sentiment d'intime satisfaction que donnent à la conscience les intentions excellentes : « Se méfier toutefois — plus c'est riche, plus c'est rat », lui avait dit souvent sa mère.

Mais il ne demanda pas grand-chose. Bientôt elle dormait. Elle seule.

Wardes, pourtant, avait bien espéré, cette nuit, le

sommeil qui le fuyait à Paris et dans sa maison de Cannes. Ici, après le jeu, parfois, quand il s'y attendait le moins, quand il s'était résigné à l'insomnie, quand il songeait encore : « Je ne dors pas. Je ne dormirai pas », voici qu'il sombrait, qu'il coulait à pic dans de fraîches et vides ténèbres, voici qu'il mourait et revenait enfin à la lumière, tout étonné d'avoir pu dormir.

Il soupira profondément, étreignit l'oreiller, le prit à pleins bras, comme on se presse contre un ami, comme un enfant dans les bras de sa nourrice, cherchant la place la plus fraîche sur la toile froide, le froissant entre ses mains, le poussant du front, de la joue, serrant les paupières, attendant avec patience, espérant la venue du miracle.

Mais il ne s'endormait pas.

Il se tourna sur le côté, souleva en tâtonnant la bouteille de Perrier glacée, se versa à boire. On lui préparait toujours une bouteille d'eau gazeuse à son chevet ; sa gorge était sans cesse en feu. Il but, il jeta l'oreiller à terre, il allongea sa tête bien à plat sur le traversin, demi-nu, les mains croisées sur sa poitrine, comme dans l'enfance. Mauvais souvenirs pour lui, ceux de l'enfance... La maison noire de Dunkerque où il était né, le bruit de la pluie sur les vitres, cette haute chambre glacée où son père le forçait à dormir... Il était le fils d'un industriel du Nord d'origine belge, et d'une Polonaise qui avait abandonné son mari pour suivre un compatriote ; l'amant était musicien dans un petit théâtre de province ; il avait traversé Dunkerque en tournée. Le mari trompé poursuivait et châtiait durement l'épouse coupable dans l'enfant innocent. Dans cette chambre de province, vaste et noire, dans ce grand lit qui craquait et gémissait à chacun de ses mouvements, Wardes avait pris son horreur de la solitude, le besoin d'avoir à ses côtés, pendant la nuit, un être vivant, n'importe lequel, une femme ou un chien, mais qu'il pût réveiller et jeter dehors lorsque sa présence, son corps, son souffle tout à coup lui deviendraient odieux.

Elle dormait, la femme qu'il avait ramassée dans la rue et couchée près de lui. Elle était pesante et inerte à ses côtés, comme une pierre.

Il se força également à l'immobilité absolue. Il s'endormait, il allait dormir ; il sentait le sommeil couler vers lui comme une eau douce et profonde, s'insinuer dans ses veines, dissoudre un noyau dur de crainte, de colère et d'angoisse qui s'était formé à l'intérieur de son être ; il sourit ; déjà passaient dans son esprit des images confuses : il revoyait le tapis vert de la salle de jeux, des lumières qui tantôt grandissaient, tantôt se perdaient dans le lointain, et des figures pâles, inclinées vers lui. Il les regardait tour à tour, ne les reconnaissait pas et pensait : « Voici que je dors. Puisque ce sont des inconnus que je vois, cela signifie bien que ce ne sont pas des souvenirs, mais des visions, des rêves... »

Et, tout à coup, il s'éveilla, comme si quelqu'un l'eût poussé par l'épaule. Il se redressa, s'assit sur son lit, alluma, regarda la montre jetée auprès du lit avec la monnaie, le briquet, le mouchoir, les clefs. Il n'avait dormi que quelques minutes, cinq ou dix au plus. Un instant, il eut l'espoir que la montre s'était arrêtée, mais non ! Le sommeil avait fui et ne reviendrait pas. Il demeura encore quelques secondes immobile. Que son cœur battait vite ! Il écoutait ce battement rapide et pensait :

« Non ! Non ! c'est impossible ! Je ne pourrai pas supporter longtemps cette torture... ces insomnies... Je mourrai... »

Mais penser à la mort était terrible. Penser à la mort était plus terrible que la mort elle-même.

Il rejeta brusquement la couverture, se leva ; il alla dans la salle de bains, mouilla d'eau froide son torse nu et son visage. Il allumait sur son passage toutes les lampes et il regardait avec accablement, dans chaque glace, ce visage que personne ne lui connaissait, ce visage modelé par la fatigue et la solitude. Ces yeux effrayés et cette bouche tremblante, c'était cela Wardes, le beau Wardes ?

Il était facile de se vanter d'une organisation nerveuse exceptionnelle, facile de dire à ses subordonnés : « Voyez, je ne sais plus ce que c'est que le sommeil. Je ne m'en porte pas plus mal. Je travaille lorsque vous dormez. »

Cette nuit encore, avec courage, il pensa :

« Puisque je ne peux pas m'endormir, travaillons. »

Il prit ses dossiers, s'assit devant le ridicule bureau de dame qui se trouvait dans le petit salon voisin de sa chambre, il annota deux pages, puis les laissa retomber. Hélas ! le travail était impossible. Il ne parvenait pas à fixer sa pensée sur les pages qu'il lisait. La pensée se dérobait, lui échappait, parcourait en toute indépendance, et sans se soucier des efforts surhumains de Wardes, son chemin à elle, déjà mille fois parcouru. L'insomnie engendrait en lui un état d'angoisse qui se traduisait tout d'abord par une inquiétude étrange, par une sombre humeur, puis par une agitation intérieure qui envahissaient l'être et le laissaient tremblant et sans défense, puis par la peur. Que redoutait-il ? L'anxiété l'étouffait. Tantôt ses yeux lui faisaient mal ; il imaginait un afflux de sang dans sa rétine, sa capacité de vision diminuée, l'infirmité, la cécité. Il imaginait cela avec tant de forcc que, devant son regard, les lumières se dédoublaient, vacillaient, se voilaient. Il passa la main sur ses paupières.

« Ce n'est pas vrai. C'est impossible ! Pourquoi ai-je peur ? C'est impossible ! Pas plus de raison à cela que si je redoutais de voir le plafond s'entrouvrir, les murs s'écrouler sur moi. »

Il se tourna enfin lentement vers la glace. Qu'allait-il voir ? Sans doute, des yeux tuméfiés, gonflés de sang, d'où le sang coulait comme des larmes ? Mais non ! Rien ! Ils étaient irrités par l'insomnie et la fumée épaisse des salles de jeu ; il les voyait dans le miroir, dilatés d'effroi, mais intacts.

Un peu plus tard, il pensa que cette fumée lui corrodait non seulement les yeux, mais les poumons. Il était oppressé. Il haletait en montant un escalier, lui qui, autrefois, battait tous ses amis à la course ! Il se tuait. Son cœur était malade. Il brûlait la chandelle par les deux bouts. Encore une année, encore six, sept mois et il tomberait malade, et il... Mais là, sa pensée se dérobait ; elle se cabrait comme un cheval effrayé. La peur de la mort était une porte ouverte à ce qu'il redoutait le plus au monde : la terreur pure, sans causes, le sentiment de menace inconnue, contre lequel l'âme nue et pantelante ne peut se défendre que par un effort désespéré et vain, par un acte de violence, de folie, par un cri, par un meurtre... Il se jeta hors de la chambre d'un bond, ouvrit la fenêtre. Il faisait grand jour. Cela le sauva. Il n'eût pu supporter la nuit, le silence et de profondes ténèbres. Que tout était beau, amical dans la lumière de midi ; le vent qui soufflait de la rade le calmait ; maintenant, c'était fini, la crise était passée, il allait fermer les volets, tirer les rideaux et dormir.

Il revint dans sa chambre à coucher, se jeta sur son lit, mais il était trop tard maintenant. Il avait abandonné son âme aux démons. Ils avaient pénétré en lui à la faveur de l'insomnie. Ils se riaient de lui. Ils se le renvoyaient l'un à l'autre, comme une balle. Ils le précipitaient de l'angoisse à une exaspération meurtrière. Il était perdu, sans défense, seul, à la dérive. Enfant, il s'éveillait dans la nuit et peu à peu sa panique devenait telle que seuls des appels déments, des cris sauvages pouvaient le délivrer. Il criait alors, sachant que son père viendrait et le battrait.

Il voulut boire encore; la bouteille était vide. Il en saisit une autre préparée dans un seau à glace sur la table. Il fit sauter le bouchon au plafond. Au bruit, la femme se réveilla, lui parla. Il ne répondit rien. Alors, elle s'étira et sourit. Ce mouvement de plaisir, ce bien-être... il en eût pleuré d'envie. Il se coucha auprès d'elle. Oh! s'endormir, perdre conscience, s'assoupir, ne fût-ce que quelques instants! Tenir en échec cette bête sauvage prête à jaillir hors de son cœur! Il la sentait monter en lui avec une force effrayante, cette sombre fureur presque démente.

La femme lui tournait le dos et se rendormait. Sa respiration était saccadée, rapide et aiguë, accompagnée parfois du sourd gémissement d'une bronchite mal guérie. De toute son ouïe exaspérée, Wardes recueillait ces faibles râles. Il les attendait, les soulignait d'un ricanement, les écoutait, attendait encore, soupirait avec haine : « La garce! »

Ce fut alors qu'il la réveilla, la jeta hors du lit. Elle poussa un cri :

— Mais qu'est-ce que tu as, mon chéri? Tu es malade?

— F... le camp!

— Mais quoi? Mais je n'ai rien dit! Mais on n'est pas des chiens! F... le camp! f... le camp! Je n'ai rien fait... Ce n'est pas comme si on t'avait pris de l'argent, ou quoi... D'abord, tu ne m'as pas payée!

Elle s'habillait à la hâte; elle avait une courte chemise de soie rose brodée de papillons noirs et, sur le dos et les épaules, des marques de ventouses. Il éclata de rire, fit un pas vers elle. Sa figure était si effrayante que la femme mit son coude devant sa joue, comme un enfant qui veut se garer des gifles. Il voyait qu'elle avait peur et il en était heureux ; son cœur battait plus librement.

— Plus vite ! plus vite !

Il s'amusait à l'affoler davantage. Il lui jetait ses vêtements dans les jambes. Odieuse, cette fille, cette pauvre chair lasse. Elle avait dormi dans son lit. Elle lui répugnait.

« La dernière fois que je garde une femme, après », pensa-t-il

Mais il savait bien qu'il avait peur tout seul.

Il lui lança de l'argent. Elle le ramassa. Maintenant il ne disait plus rien. Tout à coup, elle éclata en injures. Il saisit la bouteille vide et la lui jeta à la tête.

Il tomba ensuite dans un demi-évanouissement qui était à la fois réel et simulé. Par moments, il entendait et voyait. Il percevait les cris de la femme. Il vit entrer chez lui le directeur de l'hôtel et, quelque temps après lui, Dario que l'on avait fait appeler sur la recommandation d'Ange Martinelli. Il avait conscience des soins qu'on lui prodiguait, mais, à d'autres instants, ses oreilles s'emplissaient d'un son de cloches. Tout disparaissait autour de lui. Seul demeurait, dans la profondeur de son être, un bruit sourd et rythmé qu'il écoutait avec stupeur jusqu'à la minute où il comprit que son propre cœur surmené battait ainsi.

Il revint à lui. Il était seul avec Dario.

« Qui avait eu la singulière idée, pensa-t-il, d'aller chercher ce petit médecin inconnu, au visage et à l'accent étranger, ce métèque mal habillé et mal rasé ? »

Il le repoussa avec brusquerie.

— Ça va maintenant... Je n'ai besoin de rien. Je vous en prie, partez !

Mais Dario dit — et tout à coup il parut à Wardes moins ridicule :

— Ce n'est pas la première fois, n'est-ce pas ?

Un faible tressaillement passa sur le visage de Wardes. Il ne répondit pas.

Dario murmura, en le regardant :

— C'est un sentiment de délivrance que l'on ne paierait pas trop cher d'un crime ?

— Docteur...

Dario se pencha vers lui, prêt à recueillir ses aveux, à le guider, à le secourir.

— Que faire, docteur ?

Mais là, Dario eut peur ; cet homme était trop riche. On l'avait appelé, lui, Dario, pour soigner la fille blessée, pour panser Wardes qui s'était coupé assez profondément en ramassant à pleines mains les morceaux de verre brisé, mais il n'était pas le médecin habituel de Wardes. Il craignait de heurter des susceptibilités, de se poser en rival de quelque sommité médicale. Il hésita :

— Vous ne vous êtes jamais adressé à un spécialiste des maladies nerveuses ? demanda-t-il.

Wardes ne répondit pas. Dario avait détourné les yeux.

— La personne qui était avec vous n'est pas grièvement atteinte, dit-il.

— Je sais. Tandis que je la frappais, je prenais garde de ne pas toucher ses yeux ni sa gorge.

— Que dit votre médecin habituel ? demanda Dario.

Wardes répondit d'une voix sèche :

— Il dit : « Ne jouez pas. Ne fumez pas. Soyez chaste, patient, sobre. » Un imbécile m'a conseillé de me retirer à la campagne et de cultiver mon jardin. Si je les écoutais, j'aurais une autre âme et un autre corps. Je n'aurais pas besoin d'eux.

— Cependant, monsieur, il faut choisir entre une existence déréglée, qui est un danger pour le corps et pour l'âme, et une vie suffisamment remplie, mais...

Wardes détourna son visage fatigué, ennuyé.

« J'ai entendu tout cela », semblait-il dire. « Tout cela est vieux, ressassé, inutile surtout, inutile... »

— Combien, docteur ? dit-il tout haut.

Il paya Dario qui partit.

7

Dario, depuis qu'il devait de l'argent à Martinelli, était protégé par lui. Non seulement le maître d'hôtel l'avait recommandé à certains de ses clients, mais il lui indiquait encore ceux qui pouvaient payer.

Le soir, Dario allait s'installer dans un bar de la place Masséna. Là, pour quelques francs, un verre, un paquet de cigarettes, les petits chasseurs des hôtels de Nice lui signalaient volontiers les accidents, les rixes qui se produisaient dans les établissements voisins. Là, il trouvait des messages de Martinelli :

« Telle heure, telle chambre, telle cliente. »

Il partait alors pour Monte-Carlo. C'était l'heure où les femmes rentrent chez elles pour se baigner et se reposer avant le dîner, et, tout à coup, elles se sentent vieillies, lourdes et lasses. Le médecin peut venir au même titre que la masseuse ou le coiffeur. Il sera bien reçu. Une potion inoffensive, quelques gouttes dans un verre, elles croient qu'il n'en faut pas davantage. La nuit sera bonne. Pas d'insomnie. Pas de rêves. Pas de souvenirs. D'autres espèrent que l'âge sera aboli, que leur sang coulera aussi vite qu'autrefois, qu'elles retrouveront l'appétit de leurs vingt ans, leur haleine fraîche, qu'elles oublieront leur vie (ces remords, ces dettes, cet argent, ces soucis, ces amants, ces enfants...).

Dario n'était pas de ces brutes qui disent : « Il faut vous ménager, vous n'êtes plus toute jeune, nous vieillissons tous... »

D'autres encore, jeunes celles-là, heureuses, comblées, le faisaient venir trois ou quatre fois de suite pour une tache légère sur la joue, pour quelques rides qu'elles avaient cru voir apparaître, pour rien, pour se rassurer.

« C'est étrange », pensait Dario, buvant modestement un verre de bière brune, « c'est étrange de penser au nombre de gens qui veulent être rassurés ! L'un dit : " Ma mère est morte phtisique, docteur... Ne croyez-vous pas que... " L'autre : " Cette grosseur sur le sein, ce n'est pas ?... Rassurez-moi, docteur ! " Évidemment, ils tiennent à la vie ; elle leur est douce. Et, pour la plupart, leur vie tient bien à eux. Ils mourront tard. Mais si leurs corps sont solides, machines précieuses, huilées, polies chaque jour, leurs âmes sont malades. Un grand médecin leur ferait peur. Il donnerait corps à de redoutables fantômes. Il leur dirait comme à Wardes : " Assez de femmes, assez de jeux, assez de drogues. " À quoi bon ? Ils ne veulent pas entendre parler de renoncement, mais d'assouvissement. Ils désirent vivre longtemps mais ne pas sacrifier un atome de plaisir. Alors ils appellent le petit médicastre étranger, qui donnera des calmants, des

“ désintoxicants ”, procurera pour une nuit la paix du cœur, en échange d'un billet de cent francs. »

Mais Dario, depuis qu'il avait de l'argent, ne pensait plus uniquement à ses malades, au pain du lendemain. Il était apaisé, il respirait mieux. Depuis trois semaines, Clara et le bébé étaient chez lui. Il avait payé la générale. Ah! cette fois-ci, il avait donné d'une main l'argent et de l'autre déchiré le reçu!... Assis à la terrasse du bar, son verre de bière devant lui, d'apparence humble et effacée, il commençait pourtant à s'enhardir. Il regardait les femmes. Mais non les grues qui attendent, rôdent et errent sous les arcades (l'une d'elles, vêtue d'une jaquette de satin blanc, sortit de l'ombre d'une porte, le regarda, lui sourit, lui fit signe en vain), ni les marchandes de fleurs que l'on peut rejoindre jusqu'au matin sur les galets de la plage. Non! Celles-là, il ne les désirait qu'à de rares instants; il ne les eût pas suivies. Il contemplait les femmes élégantes, que l'on voit, avec leurs maris ou leurs amants, descendre de belles voitures et passer sans un regard. Enfant, dans la petite ville de Crimée où il avait vécu, des femmes d'officiers ou de riches marchands traversaient parfois le port, et il aimait à se trouver sur leur passage, à courir après elles dans les petites rues sombres et étroites jusqu'à la place déserte, devant la mosquée, où elles perdaient tout à coup leur fière assurance, abaissaient enfin leur regard inquiet sur lui, serraient contre leur cœur le sac à main, ramassaient leurs jupes et pressaient le pas. Mais il ne les injuriait pas comme le faisaient les autres gamins, il ne se moquait pas d'elles. Il marchait le plus longtemps possible, silencieusement, dans leur sillage. Quelques-unes étaient belles, et leurs robes parfumées laissaient flotter dans l'air une odeur si douce... Il ne voulait pas leur faire peur. Plus tard, il avait compris qu'il les aimait pour leur air de mépris, pour ce regard de froide indifférence qui mordait si voluptueusement son cœur.

Il soupirait en contemplant les femmes sur la place Masséna, dans la nuit tiède. Les tramways grinçaient. De petits orchestres ambulants passaient en jouant des sérénades. Ces femmes inconnues, leurs beaux visages peuplaient ses rêves. Il les imaginait instruites, délicates, raffinées, autant dans leurs manières et leur langage que dans leurs corps et leurs belles toilettes. Celles qu'il voyait et qu'il soignait chaque jour avaient l'âme vulgaire et, auprès d'elles, l'humble Clara semblait une reine, mais, malgré lui, son cœur battait d'espoir lorsqu'il approchait d'une femme belle et riche. Chaque fois, il était déçu.

8

Dans le petit bar où Dario était assis, car la pluie, qui venait de s'abattre en une trombe d'argent sur Nice, l'avait forcé à abandonner la terrasse découverte, il vit entrer Wardes avec une femme.

Il hésitait. Fallait-il reconnaître Wardes, le saluer? Mais il vit venir Wardes à lui, la main tendue. Il comprit aussitôt d'ailleurs que Wardes était ivre, à sa rougeur, presque pourpre, à son regard à la fois incertain et éclatant.

— Docteur, que faites-vous là? Tous les mêmes! Ils prêchent la tempérance, toutes les vertus, et eux-mêmes...

Il parlait d'une voix forte, martelant les syllabes, sans doute parce qu'il craignait qu'un mot, en passant par ses lèvres, fût déformé et, comme toujours, il cachait son trouble intérieur sous un masque de bravade.

— Car vous êtes bien le docteur... le docteur...?

Il chercha le nom sans le trouver.

— Pardonnez-moi! Je n'ai pas la mémoire des

noms... Ni celle des figures d'ailleurs, mais la vôtre est frappante. Un type levantin si prononcé... Je vous reconnaîtrais entre mille...

Il éclata brusquement de rire et frappa sur l'épaule de Dario.

— Vous m'avez bien soigné, docteur, après cet accident stupide. Venez prendre un verre.

Ils s'accoudèrent tous les deux au bar. La femme, cependant, qui était entrée avec Wardes, ne les suivit pas, mais traversa la salle dans toute sa longueur jusqu'à une table dressée dans le fond. Ce bar, renommé pour son excellente cuisine provençale, était, depuis quelques semaines, devenu un endroit en vogue, mais Dario l'ignorait.

Il regarda la femme ; elle passa près de lui et il demanda :

— Cette dame... c'est madame Wardes ?

— Oui.

Tous la regardaient et on chuchotait son nom derrière elle. Elle ne prenait pas cet air de fausse indifférence des femmes en vue, qui semblent traverser une foule comme l'étrave d'un bateau fend l'eau de la mer, mais dont le mépris est simulé, joué pour augmenter la popularité ou l'admiration. Elle était consciente des regards qu'on lui jetait et elle les acceptait avec une visible sérénité et une simplicité parfaite. Elle inclina une ou deux fois la tête en réponse à un salut et sourit ; mais, tandis que le visage des autres femmes était de glace, leurs yeux mendiant l'hommage, celle-ci paraissait à la fois proche des gens et loin d'eux, absorbée par une secrète rêverie, et à la fois humaine et inaccessible.

Silencieusement, Dario la contemplait. Elle se tenait extrêmement droite. Elle portait une robe noire ; elle était tête nue ; elle n'avait pas de bijoux, seule une bague à la main dont la pierre étincelait.

Wardes et elle sortaient du casino ; il était près de minuit.

— Je n'ai pas dîné encore, dit Wardes. Je n'ai faim que la nuit. Vous connaissez la cuisine d'ici ? Non ? Mon cher, certains de leurs plats provençaux sont des chefs-d'œuvre. Appréciez-vous la bonne nourriture ? Vous n'aimez pas boire non plus ? Mais qu'est-ce que vous f... donc sur la terre, docteur ? Et, pourtant, vous devriez adorer tout cela...

— Pourquoi le croyez-vous ?

— Vous avez un pli à la bouche, le pli triste et affamé de ceux qui aiment toutes les bonnes choses de la terre.

De nouveau, il rit.

— Venez souper avec nous. Je vous invite.

— Non, merci, je n'ai pas faim, je vous remercie, fit Dario.

Il mourait d'envie d'accepter. Il mourait d'envie et de peur. Jamais il n'avait approché une femme comme Mme Wardes. Jamais il n'avait parlé à une créature qui lui ressemblât. Et comment la saluerait-il ? Comment mangerait-il ? Comment se tiendrait-il auprès d'elle ? Toute son âme murmurait : « Je ne suis pas digne. »

— Mais si, venez.

Il se leva et, sans même regarder Dario, il alla s'asseoir près de sa femme. Dario le suivit.

Wardes prononça, ou plutôt jeta quelques mots de présentation ; il s'était enfin rappelé le nom de Dario. Dario s'assit en face d'eux. Il oubliait de manger pour regarder Mme Wardes. Il ne savait pas qu'elle était belle. Il avait admiré jusqu'ici des femmes si différentes qu'il était étonné de trouver tant d'attrait à une bouche triste, presque sévère, à des gestes rares, à des cheveux sombres, mais déjà tachés d'argent sur quelques mèches bouclées au-dessus du front. Elle devait avoir trente ans, mais elle n'avait pas cette beauté préservée des femmes dont la vie paraît s'être écoulée à l'abri, derrière une vitre, comme celle d'un papillon mort ; le visage de Mme Wardes avait subi les altérations du temps, du chagrin. La peau n'avait pas cette uniformité lisse de porcelaine à laquelle Dario était accoutumé. Les coins des yeux et de la bouche portaient les premières rides. La chair, à peine fardée, était pâle et presque transparente. Les autres femmes, grossièrement peintes, avaient auprès d'elle l'éclat barbare d'idoles barbouillées. Le dessin de ses traits était parfait.

9

Quelques semaines plus tard, et sans que Dario eût revu les Wardes, il fut appelé à La Caravelle.

— Je crois que ta fortune est faite, mon chéri, dit joyeusement Clara à l'oreille de son mari, en l'embrassant.

Mais Dario n'avait pas l'espoir de trouver Wardes sérieusement malade. (Un coup de cafard, un caprice...)

Il connaissait La Caravelle ; il avait aperçu et admiré de loin le domaine ; la maison, bâtie sur une hauteur, avançait en forme de proue au-dessus de la mer : de là son nom. Jamais Dario n'avait rien vu qui fût aussi riche et imposant, mais, ce jour-là, l'aspect souriant de ces terrasses et de ce jardin le frappa. Le marbre et la pierre, éclairés par le soleil, avaient une teinte jaune, chaude et douce, qui réjouissait le cœur.

On fit entrer aussitôt Dario chez Wardes. Wardes était assis sur son lit, légèrement penché en avant, le corps soutenu par des coussins. Il haletait. Par moments, il portait la main à son côté, avec un soupir rauque et tremblant.

Il fit signe à Dario d'approcher.

— Que de mal pour vous trouver, docteur, dit-il, répondant à peine à son salut, mais c'était vous que je voulais et pas un autre.

— Je n'ai pas le téléphone, murmura Dario.

Il prit entre les siennes la main du malade et la retint un instant : la fièvre était élevée. Wardes leva les yeux vers lui.

— J'ai pris froid dans le train, dit-il d'une voix basse et entrecoupée. Je suis arrivé ce matin. Je voyageais en Europe centrale. Déjà hier, à Paris, je me sentais mal fichu, fatigué, mais cette nuit...

— Cela a débuté par un frisson ? demanda Dario.

— Oui.

À ce souvenir, Wardes frissonna de nouveau et croisa brusquement ses mains sur sa poitrine.

— Sachez avant tout, docteur, que je dois être debout demain.

— Nous allons vous dire cela.

— Ce qui m'arrivera après-demain, je n'y songe pas, je ne veux pas y songer. Il faut me mettre sur pied avant demain soir, pour vingt-quatre heures.

— Si cela est possible...

— Possible ou non, cela doit être !

— Laissez-moi vous ausculter d'abord, pria Dario, sans répondre à ce qu'il croyait un délire de malade.

Wardes lui abandonna son corps glabre, pâle et bien nourri. Dario l'ausculta avec une grande précaution et reconnut qu'il s'agissait d'une pneumonie. Il dit à

Wardes, en l'aidant à boutonner son pyjama de soie sur sa poitrine :

— Je crois, cher monsieur, qu'il vous sera impossible de vous lever demain.

— Mais il le faut ! s'écria brusquement Wardes.

— Vous risquez des complications graves.

— Qu'est-ce que j'ai ?

Voyant que Dario hésitait, il frappa de la main avec irritation le bord du lit.

— Qu'est-ce que j'ai ? répéta-t-il.

— Sans doute vaut-il mieux vous le dire, pour vous éviter de commettre les pires imprudences, dit Dario plus sèchement qu'il n'eût voulu. Eh bien ! c'est une pneumonie. Tout se passera bien, j'en suis convaincu, mais, en vous levant, vous risquez mille choses, depuis un abcès au poumon jusqu'à un fléchissement du cœur.

— Autrement dit, la mort ?

— La mort, oui.

— Il m'est égal de mourir, docteur. Je suis malheureux. Je fais le malheur de ceux qui m'entourent. Plus vite ce sera fini, mieux cela vaudra, pour moi et pour... Mais je dois me lever demain et aller jouer. Je vous accorde cette nuit. Mais demain... Je sens la passe heureuse. Vous savez, elle traverse votre vie, et il faut la saisir, coûte que coûte, car qui peut dire si elle reviendra un jour ? C'est cela l'important... Le reste...

Il avait parlé très bas et très vite, d'une voix saccadée. Il semblait perdre connaissance, par moments, puis il se ressaisissait.

Dario haussa les épaules.

— Vous ne savez pas ce que vous dites, monsieur, pardonnez-moi. Je ne peux pas vous ôter votre maladie d'un mot, d'un souffle. Je ne fais pas de miracles.

— Je vous demande de me doper pour vingt-quatre heures.

— Comment ?

— Un de vos confrères, un étranger comme vous, un jour, il y a dix ans, a fait cela. J'étais pris par une maladie stupide... et grave, comme aujourd'hui. Il m'a fait une piqûre, strychnine, caféine, je ne sais quoi, c'est votre affaire, comme on dope les chevaux. Le lendemain, j'étais debout.

— Mais le surlendemain ?

— Je ne me rappelle plus, murmura Wardes en fermant les yeux, mais je ne suis pas mort, comme vous le voyez.

— C'était il y a dix ans, dit doucement Dario. D'ailleurs, mon devoir...

— Taisez-vous donc ! cria Wardes d'une voix douloureuse et rauque ; si je vous ai fait venir, c'est que je savais à qui j'avais affaire ! Je connais Elinor Mouravine. Vous l'ignoriez ? Vous ne savez donc pas qu'elle est ma maîtresse ?

Dario ne répondit rien.

— Je paierai, docteur. Je paierai ce qu'il faudra. C'est un risque pour vous, je le sais, mais l'avortement d'Elinor aussi était un risque. On n'a rien pour rien ici-bas, docteur.

— C'est impossible, murmura Dario.

— Ah ! vous ne le dites plus du même ton.

— Non, non, c'est impossible ! répéta Dario plus fort, en secouant la tête avec véhémence, mais dans son cœur il pensait :

« Une piqûre, n'importe laquelle, aussi anodine qu'il me plaira, l'apaisera pour le moment, lui donnera l'espoir de se lever demain et d'aller satisfaire sa folie. Il paiera ce que je voudrai et demain... Demain, Clara, Daniel et moi, nous pouvons partir, et je paierai aussi Martinelli. »

Il dit à voix basse, presque malgré lui :

— Ne me tentez pas...

Wardes, les yeux fermés, balbutiait :

— Il faut me doper, docteur... Je ne vous demande que vingt-quatre heures... mais, celles-là, il me les faut...

— Mais pourquoi avez-vous besoin de moi ? cria Dario, pourquoi ? Si vous voulez vous tuer, levez-vous, traînez-vous au casino, le diable vous aidera ! Pourquoi dois-je, moi, avoir votre mort sur la conscience ?

Il saisit brusquement son chapeau et sa trousse qu'il avait jetée en entrant sur le lit et s'enfuit, sentant bien qu'il ne résisterait pas longtemps à la tentation. Il courut jusqu'au bas des marches, erra quelque temps dans la galerie vide ; puis il aperçut le domestique qui lui avait ouvert.

— J'ai besoin de parler à Mme Wardes, dit-il, son mari va très mal.

Le domestique le pria d'attendre. Dario s'assit sur la

balustrade de marbre qui entourait la terrasse. C'était un soir de mai d'une chaleur d'orage. Le jardin était planté de vieux pins admirables et l'air était étouffant et parfumé. Dario s'épongeait le front et regardait avec anxiété la fenêtre de Wardes. De toute façon, Wardes risquait la mort... Un organisme comme le sien, surmené par le jeu et l'alcool, succomberait à la maladie. « Peut-être serait-il possible ?... » Mais non ! non ! Jusqu'ici, il n'avait commis qu'une mauvaise action, ce délit, ce crime, avec Elinor, mais la nécessité le pressait, il mourait de faim... Aujourd'hui, il n'en était pas de même ! « Si je prends ce chemin, pensa-t-il, je suis perdu, rien ne m'arrêtera. »

Il vit Sylvie Wardes sortir de la maison et traverser la terrasse. Elle se hâtait. Elle portait une robe blanche. Son visage était inquiet et pâle, mais de nouveau l'étrange paix que Dario avait déjà ressentie auprès d'elle s'empara de lui, comme si elle eût touché de ses douces mains fraîches un front brûlant.

Son agitation le quitta. Il fit assez fidèlement le récit de son entretien avec Wardes.

— Nous allons remonter auprès de lui, dit Mme Wardes lorsqu'il eut fini de parler.

— Madame, ne craignez-vous pas ?... Vous ne pouvez pas prendre soin de lui. Il est très faible, mais il peut se porter à une extrémité redoutable pour son entourage. On peut tout craindre de lui. Laissez-moi envoyer une garde pour vous aider.

— Nous verrons. Vous m'indiquerez d'abord les

soins nécessaires. En tout cas, il ne faut pas le laisser seul.

Ils entrèrent dans la chambre de Wardes. Il reposait d'un sommeil léger et inquiet, coupé de longs gémissements.

Dario écrivit ce qu'il fallait faire, puis il dit timidement :

— Je ne veux pas vous laisser seule avec lui, madame. Je crains sa colère lorsqu'il se réveillera, et qu'elle ne retombe sur vous.

Elle sourit.

— Lorsque nous sommes seuls, je ne le crains pas. Ce que je redoute, dit-elle après un instant de silence, ce sont les scandales en présence d'autrui, qui le discréditent. Heureusement pour lui, il sait, lorsqu'il le faut, avoir une tout autre apparence. Ce joueur extravagant est l'homme d'affaires le plus audacieux, mais le plus prudent, et certains, je le sais, croient qu'il joue un rôle de débauché, d'excentrique pour soigner sa publicité. Souvent, il a dit que l'homme d'affaires devait agir sur l'imagination des foules au même titre que la vedette de music-hall et le boxeur. Beaucoup croient à un calcul de sa part, et ceci le sauve.

Elle demanda plus bas :

— Docteur, le croyez-vous vraiment... sain d'esprit ?

— Il est sur la frontière entre la folie et la raison.

Wardes ouvrait les yeux. Elle dit précipitamment :

— Partez, docteur, partez. On va m'apporter ce qu'il faut pour les premiers soins, et il vaut mieux qu'il ne vous voie pas, tout d'abord. Peut-être, sous l'empire de la fièvre et de la faiblesse, ne se souviendra-t-il plus de son extravagante demande. Partez, mais... Quelqu'un vous attend ? demanda-t-elle, voyant que Dario hésitait.

Avec elle, il n'eut pas un instant le désir de jouer le rôle du médecin surmené, pris par de grandes charges ; elle forçait la vérité hors de lui.

Il répondit, et son humilité lui était douce :

— Tout mon temps est à moi, madame. Je ne suis pas connu. J'ai peu de malades.

— Alors, accepteriez-vous de revenir demain, cette nuit, si je vous fais appeler ?

— S'il le veut.

— Non, dit-elle vivement. Il ne s'agit plus de son caprice mais de mon désir : c'est trop grave.

Sa voix, si douce, avait parfois un accent inflexible, à la fois calme et impérieux, qui le frappait d'admiration. Certes, il n'eût pas admiré un être sans défense, songea-t-il une fois de plus.

En lui disant adieu, elle ajouta plus légèrement :

— Mais je ne réponds pas de la manière dont il vous recevra, docteur.

— Je viendrai dès que vous m'appellerez, dit-il avec ferveur.

Et il la quitta.

10

Wardes finit par guérir. Dario sentait qu'il l'avait sauvé et il en était heureux, quoiqu'il éprouvât pour Wardes de l'aversion qui allait, par moments, jusqu'à une véritable haine.

Il se rendait à La Caravelle deux fois par jour, dans l'auto de Wardes. Il ne pouvait s'empêcher de penser à l'argent qu'il toucherait à la guérison de Wardes, mais il avait honte de cette avidité et de ses secrets calculs. Honte et désir, voici ce qu'il ressentait le plus vivement à cette époque de sa vie ! Honte d'être irrémédiablement ce qu'il était, désir désespéré de se transformer, de changer d'apparence, de condition et d'âme.

Comme il admirait Sylvie Wardes ! Comme il rôdait, ébloui, non seulement au seuil de sa richesse, mais de biens dont jusqu'ici il n'avait connu que le nom : la dignité, le désintéressement, une politesse exquise, la fierté qui abolit le mal en l'ignorant. « C'était cela qu'il était venu chercher en Europe, pensait-il. Cela, non pas seulement l'argent ou la réussite, non seulement une vie plus large, de bons lits, de chauds vêtements et de la viande chaque jour », songeait-il. « Oui, vous tous, qui me méprisez, riches Français, heureux Français, ce que je voulais, c'était votre culture, votre morale, vos vertus, tout ce qui est plus haut que moi, différent de moi, différent de la boue où je suis né ! »

Et voici qu'enfin il voyait une femme vivante, semblable à ses rêves !

Il n'était rien à ses yeux, et il le sentait si douloureusement qu'il s'interdisait de penser à elle comme un homme pense à une femme ; parfois un désir charnel, amoureux, vif, s'élevait dans son cœur, comme monte d'un feu couvert une chaleur ardente. De sa convoitise secrète il ne pouvait pas plus se défaire que de son souffle, de son sang, de son regard, mais elle ne surgissait que par âcres bouffées et lui faisait horreur.

Un jour, Wardes l'avait longtemps gardé auprès de lui ; il était tard, Sylvie le pria à dîner. Il dit, malgré lui, à voix basse :

— Je n'ose pas.

Elle ne demanda pas pourquoi. Elle devinait sa sauvage timidité ; elle semblait lire dans son cœur. Elle demanda seulement :

— Personne ne vous attend ?

Clara l'attendait. Que dirait Clara ?

Ah ! elle serait heureuse ! C'était pour lui un bond en avant, une chance extraordinaire ! Les Wardes, dans son imagination et dans celle de Clara, occupaient un rang inouï.

— Je ne serais pas surpris, avait-il dit à Clara avec orgueil, si j'apprenais qu'elle est de naissance noble!

Il accepta, se souvenant des soirs de sa jeunesse où il lisait Balzac, couché auprès de Clara, sous une mince couverture, grelottant malgré la chaleur de ce corps proche du sien, dans la chambre sans feu et imaginant une vie brillante et des passions délicieuses. Et voici qu'il était entré dans une riche demeure et qu'il allait s'asseoir à la table de Sylvie Wardes!

Il avait conscience d'être mal vêtu, mal rasé; cette honte ne le quittait pas.

« Mais ceci est trop grave, songea-t-il, trop profond pour m'abandonner à la honte. Trop inespéré... Pouvais-je croire, un jour, que moi, Dario Asfar, je serais reçu ici comme un égal? Que dis-je? Comme un bienfaiteur? Car j'ai sauvé Wardes. Ceci, peut-être, n'est que le commencement d'une carrière honorable, paisible, telle enfin que j'ai pu la rêver lorsque je suis parti de chez moi, lorsque j'ai cherché fortune dans un monde inconnu? »

Il suivit Sylvie Wardes jusqu'à une pièce du rez-de-chaussée, une petite salle à manger dont la fenêtre était ouverte. Le crépuscule était doux et chaud.

Dario regarda la table, et tout l'émerveillait; les fleurs, les assiettes fines, les quatre statuettes de terre cuite de femmes dansant avec des faunes qui ornaient le surtout, ce linge simple et fin, le service silencieux, les moindres mouvements de Sylvie Wardes.

Il mangea peu, mais le vin, dont il n'avait pas l'habitude, un vin tiède et capiteux, dont il ignorait jusqu'au nom, lui monta brusquement à la tête et il ressentit un trouble profond, un bonheur extraordinaire et ce début d'ivresse où tout paraît souriant, aimable, où la langue, mystérieusement, se délie et le cœur le plus fermé tressaille et s'entrouvre.

— Que tout cela est beau, dit-il doucement.

Il caressait entre ses mains le verre de cristal fin, le regardait à la lumière, humait le vin. Il dit plus bas :

— Jamais, jamais, je n'ai rien vu de pareil...

Elle pensa avec étonnement que celui-ci, pourtant, devait connaître l'enfer de sa vie avec Wardes et qu'il l'enviait.

« Si tu savais, songea-t-elle, les tristes repas que j'ai pris, ici, seule, soir après soir, et toutes ces vaines attentes, ces longues nuits et ces larmes... »

Mais il savait, certes. Tous, par l'existence scandaleuse de Wardes, pouvaient deviner chaque humiliation subie, épier chaque soupir, ricaner, la plaindre.

C'était cela la plus vive, la plus insupportable souffrance ; ne pas pouvoir accepter humblement le sort qui lui était réservé, ne pas parvenir à étouffer dans son cœur un coupable orgueil, frémir encore, trembler encore à chaque regard curieux ou pitoyable jeté sur elle.

Et pourtant, qui l'eût deviné ? Elle supportait les sarcasmes, la pitié ou le mépris avec tant d'indifférence apparente !

Mais tout cela n'était que mensonge, une feinte nouvelle de l'orgueil. Elle admirait Dario, cet inconnu, cet étranger recueilli par charité, ce soir, de se livrer si simplement à elle, de montrer sa misère, de n'avoir ni honte, ni douloureuse pudeur.

Elle demanda, comprenant qu'aucune question ne serait indiscrète, qu'il l'accueillerait avec reconnaissance, heureux de sentir son intérêt pour lui :

— Vous n'êtes pas marié, n'est-ce pas ?

— Mais si, dit-il, je suis marié. Je sais pourquoi cela vous paraît étrange. Je n'en ai pas la tête, n'est-ce pas, et cette défroque d'étudiant misérable et mon aspect sont plutôt d'un célibataire bohème ? Je sais. Mais j'ai une femme. Je suis marié depuis longtemps. J'ai un enfant.

— Ah ! cela me fait plaisir, dit-elle vivement : je pourrai ainsi vous montrer ma fille, vous parler d'elle. Et un père seul est touché par les enfants des autres. Je ne sais pourquoi je vous croyais seul, sans femme, sans enfant.

Il ressentit tout à coup un désir désespéré de se confier à elle, d'être connu par elle tel qu'il était, tel qu'il avait été, le désir qui pousse un homme à confesser ses fautes, moins pour être absous que pour être aimé, coupable, misérable, mais sincère, véridique, tel qu'il est aux yeux de Dieu.

— Je ne sais pas si je puis vous faire bien comprendre, dit-il lentement, ce que tout ceci signifie pour moi.

Il montra d'un geste incertain les murs, le parc sombre par la fenêtre, les roses qui décoraient la table.

— Cela est vrai que je n'ai jamais rien vu de pareil,

mais je savais que cela existait. Et ceci me donnait le courage de poursuivre, de monter, coûte que coûte. Pas seulement le décor, vous comprenez, madame, pas seulement la maison ordonnée et riche, ni le luxe, mais des gens comme vous, madame.

Elle demanda :

— Vous ne connaissez pas de Français ? Est-ce possible ?

— Je suis entré parfois dans quelques intérieurs de bourgeois, de petits employés, mais je vous répète que ce n'est pas une question de décor, mais d'âmes. Votre mari, lui, ne m'étonne pas ; j'en connais d'autres qui lui ressemblent ; mais vous, une femme comme vous, non ! Il ne faut pas vous offenser, madame, dit-il, voyant qu'elle paraissait surprise et irritée ; vous devinez bien que je ne parle ni de votre beauté, ni de vos toilettes, mais d'une vie que je devine différente de tout ce que j'ai connu, ou que je connais encore.

— Toute vie, pour peu qu'elle ait été pleinement vécue, contient des erreurs et des péchés sans nombre, dit-elle avec un accent de sincérité profonde qui le frappa ; ne rabaissez donc pas votre passé, ni ceux que vous avez connus, ni vous-même.

— Ah ! c'est que vous ne savez pas. Vous ne pouvez pas savoir... Comment vous faire comprendre ? murmura-t-il, ce n'est pas seulement la pauvreté, le vice ou le crime, mais la laideur de tout cela, la sordide noirceur... Mais pardon ! Je suis importun, je vous ennuie, je vous prends votre temps.

— Mon temps est libre, dit-elle en haussant doucement les épaules ; la garde est auprès de Philippe. L'enfant dort.

— Mais personne ne vous attend ? Vous devez avoir tellement d'amis, vous, des parents, une nombreuse famille.

— Quelle erreur, dit-elle en souriant ; non, n'ayez pas de scrupules. Personne ne m'attend. Jamais.

Ils s'étaient levés de table et elle s'assit sur un divan placé à l'angle de la pièce, dans une demi-obscurité, comprenant que Dario préférait dissimuler son visage.

Mais Dario, debout devant elle, maintenant se taisait.

— Je ne comprends pas, dit-il enfin d'une voix troublée, je ne comprends pas pourquoi j'éprouve ce désir fou de vous parler de moi-même. Jamais, à personne, je vous le jure, madame, je n'ai soufflé mot de ma vie, ou de mes difficultés, ou de mon passé. Sans doute, j'ai toujours senti une glaciale indifférence, mais vous, madame, c'est vrai, n'est-ce pas, que vous avez de la compassion dans le cœur et non du mépris, de l'amitié pour les gens, et non de la raillerie ? N'est-ce pas ?

— Oui, dit-elle.

Il était ivre pour la première fois de sa vie, mais d'une ivresse qui laissait le corps lucide et tranquille, et donnait à l'esprit la hardiesse, la subtilité et un secret désespoir.

— Je viens de si loin, je monte de si bas. Je suis si fatigué. C'est une halte que vous m'offrez aujourd'hui. Je suis né en Crimée, dit-il tout à coup, après un moment de silence : il était poursuivi par le désir de ressusciter devant elle un passé haï, un passé honteux; il lui semblait qu'en l'entendant seulement elle le délivrerait. Pourquoi là et non ailleurs? Je ne sais pas. Je suis d'une race levantine, obscure, d'un mélange de sang grec et italien, ce que vous appelez un métèque. Vous ne connaissez pas ces familles de vagabonds qui essaiment partout et sont jetés sur des chemins si différents que, dans la même génération, mais en des lieux divers, certains d'entre eux vendent des tapis et des noix au miel sur les plages d'Europe, et les autres, à Londres, à New York, sont riches, instruits, et ils ne se connaissent même pas. Ils ont le même nom et ils ignorent l'existence l'un de l'autre. Donc, accidentellement, je suis né en Crimée. Mon père était marchand ambulant, comme ceux que vous voyez dans ce pays qui, sans doute, s'arrêtent à votre grille et parfois arrivent, à force d'insistance, de clowneries, à force de quémander votre pitié, votre charité — comme moi maintenant, comme moi — à vous mettre sous les yeux un éventaire chargé de fourrures et de grossiers bijoux. Mon père offrait tantôt des tapis, tantôt des pierres du Caucase, tantôt des fruits. Il était très misérable, mais, pendant longtemps, il n'a pas perdu l'espoir. Il disait que tout homme ici-bas a son heure de chance, qu'il faut l'attendre. Il a longtemps attendu; la chance n'est pas venue, mais des enfants tous les ans; les uns naissaient, les autres mouraient. Toute mon enfance (j'étais le troisième, cinq autres après moi) s'est écoulée parmi les cris de douleur de l'enfantement et les injures, les coups. Ma mère buvait...

Il s'interrompit, passa lentement sa main sur son visage.

— Tout cela, dit-il, pendant six ans, huit ans, dix ans, une vie complète, vécue, un cycle d'enfer, une vie plus longue que ne le sera, plus tard, toute la vie. Mais maintenant, il faut que je vous parle de Clara, ma femme. Imaginez-vous cette ville, un petit port auprès de la mer Noire. Je ne vous dis pas son nom, son nom sauvage, impossible à retenir. Clara vivait là. Son père était un horloger juif. Pour eux, j'étais un vagabond, le Grec, l'étranger, l'infidèle. Mais Clara m'aimait. Nous étions enfants. Son père m'accueillait chez lui et il voulut m'apprendre son métier, mais mon rêve était d'étudier, d'être avocat ou médecin plus tard, d'avoir un métier noble, d'échapper à cette boue. Ici, j'eus du bonheur, car un instituteur du gymnase s'était intéressé à moi, m'avait fait travailler. Puis, j'eus dix-huit ans, j'étais destiné à devenir horloger. Je voulais échapper à ce village barbare, ne plus jamais revoir les miens, surtout.

Il chercha ses mots. Il dit doucement, les yeux baissés :

— Je haïssais cette boue. Alors — ah ! madame, pourquoi vous raconter tout cela ? Pourquoi m'abaisser ainsi devant vous ? Demain, vous ne voudrez pas me revoir, mais c'est la plus grande charité que vous pouvez me faire en m'écoutant ainsi. Un cœur amer, gonflé de haine, de fiel, fermé, durci par tant d'années et qui, tout à coup, s'entrouvre, jamais je ne saurai vous dire combien je vous suis reconnaissant, madame... Jusqu'ici, personne n'a rien su, sauf Clara, et Clara ne peut me juger ni m'absoudre, et, d'ailleurs, ce que je vais vous dire maintenant, Clara ne le sait pas. Elle m'aimait. J'ai voulu partir. Elle m'a suivi. Nous n'avions rien. J'ai volé de l'argent chez son père et nous sommes partis. Elle avait quinze ans et moi, dix-huit.

Il se tut. Il semblait avoir oublié Sylvie. Elle ne savait que lui dire, mais sa véhémence sauvage la touchait. Elle s'efforça de prendre le ton le plus calme, le plus égal pour demander :

— Ensuite ? Qu'avez-vous fait ?

Mais il resta longtemps silencieux. Maintenant, la conscience lui revenait, et un sentiment affreux de honte. Cette confession d'ivrogne, qu'allait-elle penser de lui ? Enfin, il parvint à se dominer, à répondre :

— Ensuite, nous nous sommes mariés. Nous avons vécu en Pologne, en Allemagne et enfin en France. Comment nous sommes arrivés ici, dans quelle misère nous avons vécu, je n'essaierai pas de vous le dire.

— Mais maintenant, tout cela est fini ! Maintenant, vous êtes heureux, marié, père ; vous avez votre profession, un avenir devant vous.

— Un avenir ? dit-il sourdement ; je crois à une fatalité, à une malédiction. Je crois que j'étais destiné à être un vaurien, un charlatan, et que je n'y échapperai pas. On n'échappe pas à sa destinée.

Longtemps, il attendit le son de sa voix, mais elle ne disait rien. Son beau visage était pâle et las.

— Parlez-moi encore de votre femme, pria-t-elle enfin, et surtout de votre enfant. La malédiction dont vous parlez, même si elle est sur vous, s'éteindra avant de toucher votre enfant, puisqu'il vivra, lui, dans un climat heureux, parmi de braves gens. Il ne connaîtra ni vos désirs ni vos remords. N'est-ce pas suffisant ?

Il se pencha brusquement, saisit sa main et la baisa.

— Merci, madame, dit-il à voix basse.

Puis, sans lui dire adieu, il se précipita hors de la chambre, hors de la maison et disparut.

11

Clara avait couché l'enfant et elle attendait le retour de Dario. Elle avait allumé la lampe, mais, comme à l'ordinaire, elle laissait les volets ouverts, la fenêtre ouverte. Lorsqu'il reviendrait auprès d'elle, lorsqu'il serait encore dans la rue, parmi les étrangers, il lèverait les yeux, il apercevrait cette lumière et son cœur se réjouirait.

Dans leur jeunesse, quand son père et sa mère étaient montés se coucher, la laissant seule dans la petite pièce du rez-de-chaussée (partout sur les murs, dans leurs caisses étroites et longues, grinçaient, gémissaient et soupiraient les pendules), elle allumait une chandelle et, à sa lueur, elle commençait à préparer ses leçons pour le lendemain. Elle était une petite écolière de quinze ans, en robe brune, en tablier noir à bavette, avec deux longues tresses dans le dos et des joues lisses et pâles. Lui était un vagabond, un misérable apprenti horloger aux bottes percées. Elle posait son livre sur l'établi de son père, parmi toutes ces montres ouvertes, avec leurs cœurs délicats arrêtés, privés de vie ; elle récitait tout bas ses leçons. La chandelle fumait, la chambre était froide et obscure ; elle entendait le bruit des vagues sur le môle et, parfois, la chanson d'un soldat qui revenait du cabaret ou le roulement d'une voiture sur le boulevard voisin, et parfois encore, le bruit d'une querelle dans le port.

Lorsque les parents s'étaient couchés dans leur chambre, à l'étage au-dessus, Clara portait la bougie sur l'établi, la poussait près de la fenêtre, afin que la faible lumière fût visible du dehors, puis elle défaisait les chaînes et les cadenas de la porte. Quel affreux instant ! Son cœur battait à ce souvenir, après tant d'années... Le grincement, le bruit des chaînes qui tombaient, n'allaient-ils pas réveiller les vieux, endormis là-haut ? Dario, lui, rôdait dans les rues, attendant le signal. Comme aujourd'hui, lorsqu'il voyait la lumière sur la fenêtre, il savait que tout allait bien, qu'ils étaient heureux ; le père n'avait rien vu ; les voisins n'avaient pas bavardé. Il pourrait rester auprès d'elle sans péril jusqu'au jour. Elle soufflait la bougie lorsqu'elle entendait son pas et se tenait tout près de la porte ; il se glissait contre elle et la prenait dans ses bras. Jamais ils n'avaient été surpris.

En Europe, entre les mille lumières de la rue, il apercevait sa fenêtre éclairée, dans le pauvre hôtel du quartier Latin ou dans le petit logement où ils avaient vécu à Saint-Ouen, et aussitôt il se sentait réchauffé, rassuré, il pensait : « Tout va bien. »

Quand il entrait, avant même qu'il eût parlé, elle se hâtait de sourire. Cela aussi était un rite qu'elle n'abandonnerait jamais. Tout allait bien maintenant ; ils avaient un toit, du pain, mais jamais elle n'oublierait les soirs où il ne restait plus un morceau de pain pour se nourrir ni de charbon pour se chauffer. Ce sourire, alors comme maintenant, signifiait : « Ça va, tu vois, encore un jour de passé. Nous sommes vivants et nous sommes ensemble. Que désirer de plus ? »

Dès qu'il entrerait, elle se lèverait et lui donnerait à manger. Il se nourrissait lentement, jouissant jusque dans ses os de ce sentiment de plénitude, de repos que donne la faim apaisée. Et pour elle, quel bonheur de le voir porter les aliments à sa bouche, les mâcher lentement et se dire enfin que de ce pain elle était sûre ce soir, toute la semaine encore, tout le mois peut-être ? Qui pouvait le dire ? Il allait chaque jour à La Caravelle, Wardes était guéri, mais semblait ne plus pouvoir se passer de Dario, puisque, chaque jour, Dario partait pour cette maison si belle, dont il lui avait si souvent parlé, et qu'il était reçu là-bas comme un prince.

Enfin, elle entendit le bruit de la grille ouverte et le pas de Dario dans le jardin. Comme il marchait lentement ! Et comme il était tard ! Mais elle ne s'inquiétait pas ; du moment qu'il était là, auprès d'elle, vivant, rien de terrible, de vraiment terrible ne pouvait arriver. Il entra. Il s'approcha d'elle et l'embrassa. Puis il s'assit auprès d'elle et demeura silencieux, les mains vides.

Mais, déjà, elle s'était levée. Elle lui préparait à manger. Il se força à avaler quelques bouchées, mais bientôt il repoussa le plat.

— Je n'ai pas faim, chérie. J'ai dîné à La Caravelle.

— Vraiment? Encore? Comme tu parais fatigué!

Il ne répondit pas.

Elle prit dans ses bras l'enfant qui s'était réveillé en criant; elle le berça contre elle, l'apaisa et s'assit près de son mari, sur la malle recouverte d'une vieille couverture. Ils se sentaient mal à l'aise dans des fauteuils, raides, cérémonieux, destinés aux visites, à une famille inexistante, aux clients. Pour eux, la dure malle qui avait vu toutes les gares de l'Europe était un lieu de repos, un sûr refuge.

Elle se pressa contre l'épaule de Dario.

— Oui, tu es fatigué. Tu étais plus content ces dernières semaines pourtant, plus tranquille. Tu respirais mieux. Tu n'avais plus peur, je le sentais. Quand je suis revenue de l'hôpital, tu étais comme une bête poursuivie par le chasseur, pauvre bête, essoufflée, tremblante, les pattes en sang, dit-elle tout bas, en souriant.

Elle prit une de ses mains et la baisa.

— Mais aujourd'hui, je te sens trembler de nouveau. Est-ce de peur? Qu'as-tu fait?

— Je n'ai rien fait, dit-il avec effort; et je n'ai pas peur. Ne crains rien, Clara.

— Tu as du chagrin, Dario?

La bouche pâle et tremblante de Dario se crispa. Il se tut un instant, mais répondit :

— Non.

— Es-tu resté longtemps chez les Wardes ?

— Pas très longtemps, Mme Wardes est partie.

— Mais... hier, tu n'en savais rien ? Ils sont partis ainsi, sans te dire adieu ? Et les honoraires ?

— Les honoraires ? Ah ! c'est cela qui t'inquiète ? Non, non, rassure-toi. Wardes, lui, est toujours ici. À Monte-Carlo, du moins. Mais elle, elle est partie.

— Tu dis cela d'une manière étrange. Partie, que veux-tu dire ? Mais ne reviendra-t-elle pas ?

— Elle ne reviendra pas.

— Jamais ?

— Non, jamais.

— Mais comment le sais-tu, Dario ?

Il parut hésiter, puis haussa les épaules ; il pensait : « Que ne lui dirai-je pas ? Que ne comprendrait-elle pas, ma femme, et qui m'aime ? Et d'ailleurs, qu'y a-t-il à cacher ? Rien. Ni à elle, ni à moi-même. Sylvie Wardes, ce n'était pas une femme pour moi. »

Il prit dans sa poche une lettre froissée et la tendit à Clara.

— Voici ce que j'ai reçu ce matin.

Elle lut :

Mon cher docteur,

Je pars et je ne reviendrai plus à La Caravelle. Pendant la maladie de Philippe et depuis sa guérison et ses nouvelles folies, vous vous êtes montré si secourable et si fidèle que mon unique regret, en partant, est de ne pas vous avoir dit adieu, de ne pas vous avoir serré la main. Ce départ, préparé par moi depuis longtemps, a été rendu urgent et nécessaire par une circonstance imprévue. Je pense habiter Paris désormais. Je vous donne ici mon adresse. Si vous avez besoin d'une amitié sincère, d'un réconfort, souvenez-vous de moi.

Sylvie Wardes

Clara plia lentement la lettre.

— Tu as reçu ceci ce matin ? Mais alors, qu'allais-tu faire à La Caravelle ?

Il sourit faiblement.

— Je ne sais pas. C'était ridicule. Je voulais revoir la maison.

Il dit plus bas :

— Tu n'es pas jalouse, Clara ? Tu sais que je n'aime que toi au monde, mais cette femme n'était pas comme les autres. Entre elle et tout ce que j'ai vu jusqu'à ce jour, sauf toi, Clara et notre enfant, il y a la distance du ciel à la terre. Je ne sais pas comment t'exprimer... Moi, je n'avais jamais vu cela. Une créature humaine sans coquetterie, sans égoïsme, sans avarice, pour qui l'argent et les biens de ce monde ne signifient rien. Et, en même temps, bonne et secourable, vive et intelligente ! Peut-être y en a-t-il beaucoup dans leur monde (quoique je ne le croie pas), mais, pour moi, certainement, c'était rare et extraordinaire. C'est pour cela que je m'étais attaché à elle comme à une sœur, dit-il en levant les yeux vers Clara. Je lui parlais sans cesse de toi, de l'enfant. Toujours, elle m'écoutait. Toujours, elle me réconfortait. Pendant plusieurs mois, depuis la maladie de Wardes, et, plus encore, depuis la guérison de cette infâme brute, j'allais la voir chaque jour, et elle m'accueillait avec tant de bonté et tant d'intelligence que je m'étais attaché à elle, répéta-t-il avec désespoir. Voilà, Clara, je ne puis le dire autrement... Tu n'es pas fâchée, Clara?

— Non. Je sais qu'en beaucoup de choses, je ne puis rien pour toi. Je suis une femme simple et ignorante.

— Tu as toutes les qualités, ma femme chérie, dit Dario avec tendresse. La différence entre elle et toi se ramène sans doute à ceci, simplement elle est d'une race qui, pendant des siècles, a été préservée de la faim, qui n'a pas eu à chercher sa nourriture, comme nos pères et nous-mêmes, et qui peut se permettre le luxe du désintéressement et de l'honneur — et nous ne le pouvons pas, dit-il avec amertume.

— Dario, pourquoi est-elle partie? Moi, je n'aurais pas quitté mon mari.

— Tu ne sais pas la brute qu'est Wardes. Je regrette de tout mon cœur de ne pas l'avoir laissé crever comme un chien. Écoute, je ne t'ai jamais raconté. C'était il y a un mois. L'enfant de Mme Wardes, la petite Claude, une faible et pâle créature (elle ne ressemble pas à notre beau Daniel, dit-il avec orgueil), était malade. Ce n'était qu'un refroidissement, et elle n'était pas en danger mais la fièvre ne cessait pas, malgré tous mes soins, et Wardes n'était pas là. Cette femme était mortellement fatiguée, inquiète, seule, et je pensais : que ferais-je, moi, si je savais que mon petit Daniel était malade, et la mère seule ? Rien ne me retiendrait. J'abandonnerais tout, j'accourrais vers toi. Je demandai donc où était Wardes. À Monte-Carlo de nouveau. Je résolus d'aller le chercher. Quand je le dis à Mme Wardes, elle sourit et sembla penser que j'étais encore bien innocent, bien ignorant du mal. Je partis. J'attendis au casino. Je ne pouvais entrer au Privé. J'attendais donc dans le vestibule, dit-il, se souvenant comment il avait fait passer sa carte par un valet du cercle et des mots écrits par lui : « Le docteur Asfar présente ses compliments à M. Wardes » — la même formule que pour ses honoraires ; il avait cherché et il n'en avait pas trouvé d'autre — « et a le regret de l'informer que la petite Claude est au plus mal, et la mère bien seule. Il se permet de conseiller à M. Wardes de revenir aussitôt auprès de sa femme et de son enfant. »

J'ai attendu deux, trois, quatre heures, j'étais furieux. Si j'avais pu mettre la main sur Wardes, je crois que je l'aurais traîné de force, mais il n'est pas venu et, enfin, le valet est entré, me rapportant ma carte. Il n'y avait pas de réponse. Et il n'est revenu que quatre jours après. L'enfant était guérie, mais elle aurait pu aussi bien mourir sans lui. Il est venu, il s'est changé, il n'a pas dit un mot à sa femme, et il est reparti pour Paris tandis que Elinor (je t'ai raconté qu'il est l'amant d'Elinor ex-Mouravine ; elle s'appelle Elinor Barnett, se fait appeler ainsi maintenant), continua-t-il en parlant très vite, avec une expression fiévreuse et lasse — cette Elinor l'attendait dans la voiture.

— Moi, je ne t'aurais pas quitté, répéta Clara.

— Mais sais-tu qu'il voulait l'entraîner chez des filles, des grues ?... Je ne puis même pas te parler de cela, Clara, tu ne connais pas ces vices, cette sale débauche, et sais-tu quelle a été « la circonstance imprévue » dont elle parle dans sa lettre ? Je la connais par Ange Martinelli. Oui, tout ce qui se passe à Nice et dans les environs n'a pas de secrets pour lui. Quand Wardes est revenu de Paris, il se trouvait avec cette femme, Elinor, et elle ne s'est pas contentée d'attendre dans la voiture ; elle est entrée dans la maison. Je comprends d'ailleurs pourquoi ; c'était une manœuvre pour que la femme parte, pour obtenir le divorce que jamais elle n'a voulu accorder, mais là, il pourrait arguer de l'abandon du domicile conjugal. Il est impossible qu'elle ne l'ait pas deviné ; elle voyait tout, comprenait tout, dit-il, revoyant dans sa mémoire les yeux de Mme Wardes, ces yeux profonds et perçants qui semblaient lire jusqu'au fond des cœurs ; mais là, sans doute, elle a faibli.

— Pourquoi ne voulait-elle pas divorcer ? C'est donc qu'elle l'aime encore ?

— Non, elle ne l'aime plus. Elle ne l'aime plus, j'en suis certain ! Je te dis qu'elle ne l'aime plus, c'est impossible, s'écria-t-il avec une sorte de rage.

— Alors, pourquoi ? Je ne comprends pas.

— Sans doute parce qu'elle est catholique et croyante.

Clara demanda tout à coup, avec un imperceptible soupir :

— Est-elle très belle ?

— Oui, fit Dario d'une voix sourde : très, très belle.

— Alors, elle est heureuse d'avoir été forcée de quitter ce mari brutal et qu'elle n'aimait plus. Peut-être un autre homme l'attend ? Que peut faire Dieu pour une femme ? L'amour seul la défend.

— Elle n'est pas comme les autres, répéta Dario.

— Mais pour épouser ce Wardes, elle a bien été poussée par l'amour ou le désir de la richesse, enfin, par un sentiment humain, comme nous pourrions l'être ! Donc, ce n'est pas un ange. C'est une femme !

— J'aime mieux, dit Dario en relevant la tête et la regardant avec un léger sourire ironique et tendre ; j'aime mieux, Clara, croire que c'est un ange.

— Elle est loin de moi, dit-il après un instant de silence. Elle a des réactions, des pensées qui me sont différentes. Elle ne cherche pas dans la vie ce que nous cherchons. Ce que nous appelons « bonheur » n'est pas un bonheur pour elle et notre malheur ne serait pas le sien. Dans l'extrême misère, elle ne défendrait pas sa vie. Elle chercherait à sauver...

Il se tut, ne sachant comment appeler cette essence divine, incorruptible qu'il reconnaissait en elle, mais non à lui-même.

— ... Elle chercherait à sauver sa fierté, sa conscience. Elle ne prendrait rien aux autres, jamais, ni pour elle-même, ni pour son enfant, par exemple, ni pour un homme.

— Alors, elle n'aime pas son enfant.

— Si, Clara, mais elle n'entend pas l'amour comme nous. C'est bien cela, c'est une autre créature.

Il songea :

« Une âme... Oui, c'est cela que je cherchais, le mot que j'ignorais avant de l'avoir connue. Non pas ce qu'on appelle communément ainsi, ce faible lumignon qui éclaire vaguement d'épaisses masses de chair, mais une grande et brillante lumière. »

Il dit :

— Elle se résigne, et ce n'est pas de la lâcheté, mais de la fierté. Elle ne craint pas la pauvreté, et puis... lorsqu'elle me regardait, parfois...

Il mit sa main sur ses yeux et dit lentement, d'une voix étouffée :

— Je sentais la paix descendre en moi.

Clara se leva, recoucha l'enfant, rangea le couvert, sortit de la pièce. Quand elle revint, il n'avait pas bougé. Il était assis sur la vieille malle, le front appuyé contre le mur. Elle dit tout à coup :

— Te rappelles-tu, quand tu étais enfant, que ta mère t'a forcé à voler les couverts d'argent d'un officier, comment l'officier t'a battu, comment tu as failli mourir de ces coups, comment, avant de donner les couverts volés à ta mère, tu avais pris et caché, pour m'en faire cadeau, une petite cuiller d'argent ? Je l'ai refusée, alors tu l'as vendue pour un rouble et tu l'as dépensé en sucreries. Tu te rappelles ?

— Mais pourquoi me parles-tu de ceci ? Je hais mon passé ! Je le hais !

— Parce qu'il est toi et que tu es lui, pauvre Dario. Tu ne peux pas changer ta chair, tu ne peux pas changer ton sang, ni ton désir de richesse, ni ton désir de vengeance, lorsqu'on t'a offensé. Une autre, Dario, ne t'aimerait pas comme tu es, et tu ne pourrais l'aimer dans ta vérité.

— Je ne comprends pas.

— Tu l'admirerais mais tu ne l'aimerais pas. Une sœur, dis-tu ? C'est moi qui suis ta sœur. Oui, bien plus que ta femme. Nous parlons la même langue. L'autre, c'est une langue étrangère, que tu voudrais apprendre...

— Que j'ânonne, que j'épelle, dit-il amèrement.

— Mais que tu ne connaîtras jamais !

— Qui sait ?

Elle lui caressa les cheveux.

— Dario, c'est un grand bonheur, pour un mari et une femme, de parler la même langue, et d'avoir eu faim ensemble, d'avoir été humiliés ensemble. Ne le crois-tu pas ?

Sans attendre de réponse, elle le laissa et alla rincer les verres à la cuisine. Elle chantait doucement. Longtemps, Dario écouta le bruit de l'eau qui coulait et cette chanson... que de fois il l'avait entendue... Dans l'auberge de Crimée, en face de leur pauvre logement, les marins la reprenaient en chœur pendant les longues nuits d'hiver. Elle le troublait de regret à la fois et de colère, comme certains souvenirs dont on a honte et qui vous sont chers parce qu'ils sont votre vie elle-même, et semblent couler en vous comme votre sang.

Quand Clara revint, il s'était jeté sur son lit sans se dévêtir, comme il le faisait parfois et, la tête enfoncée dans l'oreiller, cachée par le drap qu'il avait rabattu sur son visage, il feignait de dormir.

12

La Caravelle était vide. Dario ne songeait plus qu'à partir, moins pour rejoindre Mme Wardes que pour quitter Nice, où sans cesse il la cherchait, où, d'ailleurs, il n'avait pas réussi. Enfin, c'était la morte-saison, le mois d'août, en un temps où Nice ne connaissait pas encore sa vogue d'été, où ses habitants la fuyaient dès que venait la chaleur.

Le départ avait toujours été pour lui le seul remède souhaitable. Là où d'autres travaillent davantage ou cherchent l'oubli dans le vin ou les femmes, il rêvait de trains rapides et de villes étrangères, sachant bien qu'il n'y trouverait que malheur et misère, mais une autre misère, sans doute. C'était déjà cela de gagné.

Il réussit enfin à s'entendre avec un de ses compatriotes, un dentiste, qui lui offrait de louer à Paris un appartement à frais communs où tous deux s'installeraient.

Trois mois après, il était à Paris. Le déménagement fut payé par les honoraires de Wardes, obtenus d'ailleurs à grand-peine. Dario avait choisi un appartement dans un quartier décent, afin d'avoir une adresse convenable sur son papier à lettres et ses cartes de visite, mais le loyer, très cher, était une lourde charge. Il avait espéré avoir aussitôt des malades. Le dentiste promettait une clientèle brillante, mais hélas! rien ne changeait. L'argent, et encore l'argent, les éternels calculs, les espoirs sans cesse déçus, l'argent dépensé avant même d'être gagné, voici son lot! Les soirs où l'on s'endort, accablé de fatigue, sachant que demain ne sera pas meilleur, car, ce qui peut arriver de meilleur, c'est que demain ressemble au jour qui vient de s'écouler, si sombre et amer. Avoir peur de regarder devant soi. Avoir peur de compter. Toucher de temps en temps quelque argent que l'on voudrait mettre dans cent endroits à la fois, et le voir fondre entre ses mains. Arriver chez un malade, le soigner de son mieux, avec conscience, avec courage, le réconforter, consoler la famille, repartir, être réveillé aux premières heures du jour par un appel désespéré, être traité de sauveur, présenter sa note, ne pas recevoir de réponse, attendre, écrire encore : « Le docteur Dario Asfar, suivant l'usage, etc. », recevoir enfin « un petit acompte — et le reste dès que cela sera possible », ne jamais voir ce reste, apprendre que la famille s'est adressée à un autre médecin, parce que lui, Dario Asfar, était trop intéressé, les pressait de demandes d'argent, et, d'ailleurs, n'ayant pas de voiture, arrivait trop souvent en retard. Telle était sa vie.

Ce fut alors qu'il prit l'habitude de majorer sa note de deux ou trois visites qu'il n'avait pas faites réellement, comptant sur celles-ci pour se dédommager de ce qui lui était dû et qu'il n'obtiendrait jamais.

Le dentiste et sa femme étaient grossiers, lourds, indolents ; ils avaient trois enfants qui, avec Daniel, faisaient un bruit d'enfer. Jamais ne cessaient les cris du ménage, leurs querelles.

Dario et le dentiste tiraient de leur cohabitation quelques avantages : lorsqu'un malade venait chez lui, Dario disait :

— Vous devriez faire soigner vos dents. Vous ne pouvez pas mastiquer convenablement ainsi. Les brûlures et les aigreurs dont vous vous plaignez n'ont pas d'autre cause. Puisque vous êtes ici, je vous engage vivement à consulter mon voisin. Nous avons passé une convention. Il fait des prix spéciaux pour mes malades.

Dario touchait un pourcentage sur les honoraires de son voisin pour chaque nouveau malade, et le dentiste le recommandait à ses clients, mais, quand arrivait le moment du terme, où l'on bat le rappel des retardataires, tous deux guettaient le facteur et ils étaient prêts à se déchirer pour une lettre chargée adressée à l'un ou à l'autre.

Ces calculs éternels poursuivaient Dario jusqu'au chevet des malades. Il n'était pas encore assez haut placé pour se permettre avec eux n'importe quelle attitude. Souvent, il oubliait d'être jovial ; il oubliait les plaisanteries rituelles, le dernier mot adressé du seuil de la porte au cancéreux qui ignore son mal : « Allez, allez, tout ça n'est pas bien grave », qui lui fait penser : « Peut-être, après tout... » Il négligeait les petites plaisanteries, les réflexions optimistes, les flatteries lorsqu'il soignait des femmes. Il ne parvenait pas à se défaire de son accent étranger, de son air misérable et sauvage.

Quand il rentrait chez lui, au terme d'une longue journée de travail, avant de retrouver Clara, il lui arrivait d'attendre quelques instants au seuil de sa demeure. C'était la seule minute où il eût l'esprit libre. Chez lui, il trouverait la note du gaz et de l'électricité ; il compterait les vieilles dettes, il verrait les yeux de Clara, rouges et à demi fermés pour avoir trop cousu, la veille sous la lampe ; il se souviendrait que l'enfant avait besoin de souliers et lui-même d'un pardessus neuf. Il s'accordait une seconde de répit dans cette rue bruyante, en face de ce pont de fer ; il ne regardait plus ces pauvres arbres effeuillés, le brouillard de l'automne, les gens maussades et tristes qui se hâtaient ; il cessait d'avoir conscience de cette odeur de maladie et de misère dont il ne pouvait se débarrasser ; elle flottait sans cesse autour de lui et imprégnait ses vêtements. Il ne pensait à rien... Il ramassait ses forces, comme dans une bataille inégale où, si un instant encore la mort vous est épargnée et qu'on ne peut fuir, on serre dans sa main ses armes, on songe à un être chéri, et on se jette en avant, ayant compris enfin dans son cœur que l'on ne ménagerait rien, ayant accepté de perdre son âme s'il faut à ce prix gagner l'existence.

13

Quelques jours avant Noël, il y eut à Paris une semaine d'un temps sombre et glacé. Sylvie Wardes habitait maintenant avec son enfant chez une de ses parentes, rue de Varenne. Il était près de l'heure du déjeuner ; elle était sortie à pied ; elle se hâtait de rentrer à la maison, reposante avec ses vieux murs, ses cheminées hautes et calmes ; c'était un refuge.

Sylvie était séparée de Wardes et, sans doute, demanderait-il et obtiendrait-il le divorce puisqu'elle avait fui le domicile conjugal. Plus tard, elle devait se souvenir de ces mois où elle s'était abandonnée au désespoir, comme du plus triste moment de sa vie. Jusqu'ici, elle avait toujours été, en bien ou en mal, sûre de son chemin et sûre d'elle-même. Elle errait maintenant dans de profondes ténèbres.

Elle approchait de sa maison lorsque, près de la porte cochère, elle vit, dans le brouillard et la pluie, un homme immobile, les mains enfoncées dans ses poches, un chapeau ruisselant sur sa tête. En l'apercevant, il fit un pas vers elle et l'appela par son nom. Elle reconnut Dario.

— Dario Asfar, dit-elle.

Il sourit.

— Vous me reconnaissez, madame ? Vous ne m'avez pas oublié ? Je... je passais, madame, pardonnez-moi, et je pensais que, peut-être, vous consentiriez à me recevoir, comme là-bas, comme à La Caravelle. Mais j'hésitais, j'attendais...

Il ne dit pas qu'il avait piétiné longtemps dans la boue glacée, priant Dieu de faire un miracle et qu'il puisse la voir. Et, tout à coup, elle venait d'apparaître. Mais elle allait le renvoyer, peut-être. Il lui saisit la main. Il s'excusait d'une manière confuse et parlait si rapidement qu'au début elle comprit à peine ce qu'il lui disait. Peu à peu, pourtant, il se calma. Il dit enfin, tout bas :

— Je ne sais pas comment j'ose me présenter chez vous. J'ai souvent désiré venir, je n'ai jamais pu trouver de prétexte.

— Je suis heureuse de vous voir, dit-elle doucement, et il ne faut pas de prétexte. Venez, il fait froid ici, il pleut.

Il la suivit. Il était troublé au point de ne rien voir, ni la cour du vieil hôtel, ni la galerie, ni ce grand salon sombre et froid. Enfin, elle le fit entrer dans une petite pièce claire et le laissa seul.

Elle revint quelque temps après, ayant changé ses vêtements mouillés et glacés, et lui apporta le thé. Elle lui versa une tasse de thé bouillant qu'il but avec bonheur.

— Vous tremblez. Comme vous avez eu froid...

— Je suis faible encore. J'ai été malade. Je suis resté couché plus d'un mois.

Elle lui demanda des nouvelles de sa femme et de son enfant. Ils hésitaient, cherchant leurs paroles. Elle n'avait pas changé, songeait-il. La robe noire, les mains nues, le diamant à son doigt, le mouvement droit et vif de la fine tête dressée, du long cou, les cheveux sombres, poudrés d'argent, le front bombé et pur, et ce regard profond et sage, plein de lumière...

Il lui prit la main et, tout à coup, il la porta à son visage, à sa joue glacée, car il n'osait pas la toucher de ses lèvres.

— J'ai froid, dit-il enfin, je suis fatigué. Je ne vois que des malheureux, des malades, des désespérés. Je suis moi-même au désespoir. Voici pourquoi je suis venu.

— Que puis-je pour vous ?

— Rien, rien ! s'écria-t-il avec une expression d'effroi. Je ne vous demande rien. Ne me repoussez pas, simplement. Acceptez ma présence.

— Pourquoi avez-vous quitté Nice ? Vous alliez réussir là-bas ? Avez-vous des malades ici ? Gagnez-vous bien votre vie ?

— Non. Mal, très mal. Je puis à peine joindre les deux bouts. Et cette maladie a tout bouleversé. D'abord, à cause de l'inaction forcée, et puis, dans quelques familles où l'on m'admettait, on a pris un autre médecin. Je suis poursuivi par la malchance. Et je me sens tellement responsable du malheur de ma femme que je ne puis que fuir la maison.

— Responsable ?

— Oui. Pourquoi l'ai-je entraînée ici ? Pourquoi ai-je eu un enfant ? Pourquoi ? Quel droit est-ce que j'avais ? Et je voulais jouer au grand personnage, au médecin français, moi, oui, moi ! Mais qu'est-ce que je suis ? De la boue. J'étais né pour être un marchand de nougat ou de tapis, et non un médecin. J'ai fait de vains efforts pour m'élever et je suis sans cesse retombé, chaque fois plus bas. Mon rêve serait de venir vers vous et de vous dire que mes recherches scientifiques sont en bonne voie, dit-il en s'efforçant de rire, ou de vous soumettre des cas de conscience, ou de vous annoncer que j'ai découvert un sérum nouveau. Et que puis-je vous dire ? Je n'ai pas d'argent. Non, taisez-vous, ne m'en offrez pas ! Le jour où j'accepterai de l'argent de vous, vous pourrez dire : « C'est fini. Il est devenu ce qu'il était destiné à être dès la naissance, une crapule. » Pour le moment, je me débats encore, j'espère encore. Mais que suis-je ? Une créature de la terre, dit-il avec une violence sauvage, pétrie de limon et de nuit. Madame, je vous demande infiniment pardon. Je n'aurais pas dû vous importuner. Je vous remercie. Vous m'avez fait beaucoup de bien.

Il se leva.

— Adieu, madame.

— Avez-vous fait quelque chose de mal ?

Il sourit faiblement.

— Je ne connais que deux êtres au monde — ma femme et vous — capables de demander cela sans rire. Je n'ai rien fait de mal. Je pense sans cesse à une échéance qui approche, que j'ai reculée déjà deux fois, que je ne puis plus reculer, à espérer contre toute espérance et à trembler pour les miens. Mon enfant, ma femme, que deviendront-ils sans moi ? Je volerais, je tuerais s'il le faut, je vous le dis comme devant Dieu pour être tranquille enfin sur leur sort. Je suis comme une bête sauvage perdue loin de sa forêt. Personne ne donnera la nourriture aux miens s'ils ne l'arrachent d'un coup de dents... Et ils ne savent pas, comment sauraient-ils ? La femme est fragile et usée... L'enfant est petit, faible...

— Laissez-moi vous aider, pria Sylvie. Vous me rendrez cet argent plus tard. N'ayez pas honte.

— Jamais ! Jamais ! Je vous défends de m'offrir de l'argent ! Vous ! À moi ! Oh ! pardon, madame, pardon, murmura-t-il en portant la main à son front d'un geste las et égaré ; j'ai de la fièvre encore. J'ai honte. Mes peines sont tellement sordides. J'aimerais mieux vous avouer un crime.

— Ne me parlez pas ainsi, dit-elle tout à coup. Je ne le mérite pas. Vous me traitez parfois comme si j'étais... une créature du ciel et non de la terre, comme vous... J'ai commis des fautes et je ne cesse pas de pécher et d'errer misérablement.

— Non, ce ne sont pas les mêmes erreurs, ni les

mêmes tentations, ni les mêmes fautes. Et je suis heureux de cela. J'aime vous sentir tellement au-dessus de moi. Et, parfois, je vous hais, dit-il plus bas. Mais, plus encore, je vous aime.

Elle ne répondit pas.

Il pria humblement :

— Vous accepterez de revoir parfois ce fou sauvage ?

— Aussi souvent que vous le voudrez, dit-elle. Triste, malade, malheureux, seul, rappelez-vous que je vous écouterai, que je vous recevrai et que je vous aiderai si vous le permettez.

Il se leva brusquement, prit la vieille serviette de cuir noir qu'il avait laissée sur une chaise.

— Merci, madame. Maintenant, il me faut partir : j'ai une visite à faire avant le dîner.

Il s'inclina gauchement. Elle lui tendit sa main qu'il osa à peine prendre et serrer. Il partit.

14

Encore un regard sur la rue de Varenne, sur la maison que Sylvie habitait et sur celles voisines de la sienne et, lentement, Dario s'éloigna. Autrefois, il avait imaginé sans fin ces belles chambres closes, tièdes, les lampes allumées, les enfants jouant sur de doux tapis. Pour la première fois, il les avait, de ses yeux, vues.

Il regardait avec envie, par l'entrebâillement des volets, les loges des concierges, les arrière-boutiques, les rez-de-chaussée d'artisans. Qu'ils étaient heureux, tous !

On lui disait :

— Mais vous habitez la France depuis si longtemps !... Mais vous êtes presque des nôtres !...

Ce mot « presque » contenait pour lui un monde de sentiments inexplicables, d'amères expériences. Il n'avait pas d'amis, pas d'alliés, pas de parents. Rien ne pouvait faire qu'il se sentît le droit d'être ici. Malgré lui, il se regardait comme une bête sortie de son souterrain, qui flaire partout des embûches, qui aiguise ses dents et ses griffes, sachant que d'elles seules lui viendra une aide.

Dans le couloir du métro, parmi la foule qui le pressait de toutes parts, il s'arrêta un instant et sortit de sa poche une lettre qu'il relut avec une profonde attention.

Mon cher docteur,

En réponse à votre honorée du 23 courant, je viens vous informer de l'impossibilité où je suis de faire encore une fois la remise des paiements pour la somme que vous me devez et que vous vous êtes engagé à payer par chèque. Je n'ai pris que des intérêts raisonnables. J'espère que vous ferez bien le nécessaire pour que le chèque soit couvert à la date fixée.

Mon fils a quitté la Cuisine. Il est tout à fait guéri maintenant. Le sana a été excellent. Mais vous comprenez combien cela a coûté et que je dois me rattraper d'une manière ou d'une autre. Il a une situation dans une fabrique de chaussures, où il est très estimé.

La saison est bonne. Nous avons beaucoup d'étrangers quoique, avec le change, la qualité du Monde a bien baissé. Nous avons eu comme cliente Elinor Barnett, habitant avec M. Wardes, que vous connaissez. Elle se fera épouser. Elle est en ce moment à Paris. Voici son adresse, au cas où vous voulez vous adresser à elle, comme je vous le conseille : 27, boulevard Bineau, Neuilly-sur-Seine.

Je suis, mon cher docteur, votre bien dévoué

Ange Martinelli.

Wardes avait loué, pour sa maîtresse, une maison à Neuilly, entourée d'un jardin.

— Nous avons beaucoup de monde aujourd'hui, dit le domestique à Dario, d'un ton de confidence et d'amitié ; c'était le valet de Wardes qui connaissait bien Martinelli et qui savait comment Dario était entré dans la maison. Nous avons un cocktail de sept à neuf. Madame s'habille.

— Je vous en prie, dit Dario en lui serrant la main, demandez à Mme Barnett de bien vouloir me recevoir. Je ne la retiendrai pas longtemps, ajouta-t-il.

Non ! Pas longtemps ! Oui ou non, et il partirait. Et ensuite ? Que ferait-il ? Il ne restait plus que ces deux recours : Elinor ou Sylvie... Elinor lui devait bien une aide. Si le chèque sans provision était protesté, ce serait pour lui la prison, le déshonneur, la fin de sa carrière. Seul, à ces courses vaines et humiliantes, il eût préféré la prison.

« Mais je ne suis pas seul », murmura-t-il avec désespoir.

Enfin, on le fit entrer chez Elinor, dans une petite pièce qui devait contenir ses robes ; des placards garnissaient les murs ; on sentait la faible odeur des fourrures parfumées. Il resta longtemps seul, puis une femme de chambre entra : elle ouvrit un tiroir et sortit d'une boîte de maroquin une paire de souliers dorés, enveloppés de papier noir. Dario la regardait avidement, s'attachant à capter et à interpréter favorablement tous les signes de la richesse.

Elinor parut : c'était une mince fille, aux muscles d'acier qui jouaient sous la tendre chair, presque transparente, aux cheveux rouges, aux yeux vifs et durs. Elle se polissait les ongles en marchant ; elle paraissait impatiente et inquiète.

— Je suis heureuse de vous voir, docteur, commença-t-elle, mais...

Il l'interrompit avec une brusquerie maladroite, presque insolente.

— Pour l'amour du ciel, laissez-moi parler. Je me trouve dans une situation désespérée... et dont vous êtes, involontairement, responsable.

Il raconta ce qui s'était passé. Elle le laissa parler, impassible.

— Je vous supplie de m'avancer cet argent ! Vous êtes maintenant dans une situation...

— Vous ne connaissez pas ma situation, dit-elle.

— Écoutez ! Je n'ai d'espoir qu'en vous... Comprenez-vous ce que cela signifie ? C'est un chèque sans provision, la prison, le déshonneur. Je n'ai pas un sou. Je vais de l'un à l'autre. J'ai été longtemps malade. Personne ne me paie. Non seulement ils ne me donnent rien, mais ils sont furieux parce que j'ose réclamer mon dû. J'ai une clientèle de gens pauvres, il est vrai. Tous promettent : « Le mois prochain, docteur... » Mais, pour moi, c'est demain, demain ! Vous êtes mon dernier recours !

— Que risquez-vous ?

— La prison.

— Une peine légère.

— Vous croyez ? demanda-t-il en la regardant avec haine.

« Heureuse, riche, comblée, ayant dépouillé une autre femme de sa richesse, elle se moque de moi ! Elle ne ferait pas un pas pour me sauver. Elle ne prononcerait pas une parole ! Elle était moins fière lorsqu'elle portait l'enfant de Mouravine ! »

— Ma carrière brisée, dit-il enfin, et la misère pour ma femme et mon enfant. Une peine légère, c'est bien le mot ! Mais vous avez tort de me repousser, je vous le jure, Elinor. Je puis être un ami fidèle et un ennemi implacable. Ne vous fiez pas à ma faiblesse, à mon dénuement d'aujourd'hui. Un jour, vous m'implorerez peut-être de vous aider... comme déjà je l'ai fait. Ne dites pas non ! Vous ne savez pas comment tournera ma vie, ni la vôtre... Vous êtes, comme moi, partie de bien bas. Vous voyez où l'on arrive, et vous savez par quelles traverses. Un jour, c'est moi qui pourrai vous aider. Le chemin que vous suivez est glissant, plein d'embûches, et vous êtes loin du but. Ne vous faites jamais un ennemi inutile.

Elle hocha la tête avec un sourire réticent et dur.

— Je vous aime mieux ainsi qu'implorant l'aumône. Croyez, docteur, que je sais reconnaître le service que vous m'avez rendu, et que j'ai pour vous une réelle amitié. J'ai parlé de vous à Wardes avec éloge. Et enfin, nous avons des souvenirs communs... pénibles, mais ceux-là lient davantage.

Elle s'approcha de la coiffeuse, remit du fard sur ses joues et ses lèvres.

— Vous rappelez-vous Mimosa's House ? Les fins de mois où l'on servait les restes de la semaine, accommodés à une sauce infâme, et les scènes avec la générale ? Je puis vous l'avouer maintenant, docteur : le seul homme qui m'intéressait alors, me plaisait même, c'était vous, oui, vous, avec vos yeux de loup affamé qui brûlaient comme des charbons lorsqu'ils regardaient une femme. Vous pouvez accepter le compliment en toute tranquillité. Je sais que vous n'en prendrez pas avantage pour me demander de l'argent. D'abord, parce que vous êtes trop amoureux de la femme de Wardes...

— Taisez-vous, dit rudement Dario.

Elle acheva :

— ... et parce que vous savez...

— Que ce n'est pas cela qui vous fera débourser un centime ? dit Dario. Je sais. Je vous connais.

— Je n'ai pas d'argent, mon bon Dario ; vous permettez que je vous appelle comme à Mimosa's House ? Je suis la maîtresse de Wardes, je ne suis pas sa femme. Et Wardes est l'être le plus égoïste de la terre, et le plus avare malgré ses extravagances. Pour lui-même, oui, rien n'est trop cher ! Mais pour les autres ! Rien ici ne m'appartient, sauf mes robes. Ni la maison, ni les meubles, ni même...

Elle lui montra ses bijoux.

— Vous ne les reconnaissez pas ? Ce sont ceux de Mme Wardes. Elle les a laissés à son mari avant de partir. Il m'en couvre, m'en pare comme un étalage, comme si j'étais une enseigne vivante. Cela, c'est de la bonne publicité, la marque de la maison, mais ils sont à lui et il les enferme dans son coffre-fort quand la journée ou la nuit de travail est terminée. Si je reste avec lui...

— C'est par amour, dit ironiquement Dario.

Elle haussa les épaules.

— Nous parlons sérieusement, mon petit. Si je reste avec lui, c'est que j'espère me faire épouser, et alors... Que la firme Wardes tombe seulement dans mes mains, et... Mais, pour le moment, ce n'est qu'un rêve, et la réalité est que j'ai mis péniblement quelques milliers de francs de côté, et que je ne puis en rien vous aider.

— C'est bien, fit Dario, adieu, je vais partir.

Il lui serra la main ; elle le retint un instant.

— Vous brûlez encore de fièvre. Vous avez été sérieusement malade ? Qu'allez-vous faire ? Ne partez pas. Où iriez-vous maintenant ? Il est tard. Personne ne vous recevra cette nuit. Restez ici. Je vous parlerai tout à l'heure. J'ai un plan, un projet... et vous pourrez m'être utile.

Il haussa les épaules.

— Assister à votre réception ? Vous n'y pensez pas ! Regardez-moi !

— Quoi ? Vos vêtements ? Mais savez-vous qui vient chez moi ? Personne ne vous regardera ! Vous ne connaissez pas ce monde-là ! Les uns sont saouls dès l'aurore. Les autres viennent ici, comme vous y êtes venu, dans l'espoir de trouver le billet de mille francs qui leur manque, la maîtresse riche ou le bailleur de fonds. Restez, restez, croyez-moi.

— Est-ce un service dont vous avez besoin ?

— Oui.

— Et pour lequel... vous payeriez ?

— Cash ? Rien. Mais la combinaison peut être avantageuse pour vous autant que pour moi. Restez, Dario.

Dario hésita un instant.

— C'est bien, j'attendrai, dit-il

15

Ils étaient tous là, tous ceux que Dario avait entrevus pendant son court séjour à Nice, les mêmes figurants, les mêmes têtes que l'on voit apparaître, avec leurs mêmes traits et leurs mêmes grimaces, pendant dix, quinze, vingt ans dans des lieux qui ne changent pas davantage, et cela jusqu'à ce que la mort les prenne, ou la prison (et lorsque ce n'est que la prison, ils reviennent de nouveau, comme ces cadavres de naufragés que le flot, sans cesse, jette et reprend sur les plages).

Dario les regardait, à demi caché derrière un rideau. Il était ivre de fatigue et le champagne glacé l'avait étourdi ; il ne pouvait manger : l'angoisse lui serrait la gorge, et toute cette nourriture étalée, à la russe (le premier mariage d'Elinor avait bizarrement mêlé des traits slaves à son caractère américain), lui soulevait le cœur.

Wardes avait loué pour Elinor, en meublé, l'hôtel du boulevard Bineau, qui avait appartenu, sans doute, à une famille française partie ou ruinée ; Dario reconnaissait, dans le dessin des pièces, des grandes portes-fenêtres, et de ce salon en rotonde, où il se trouvait, des proportions nobles, un air accueillant et majestueux à la fois qui lui rappelait le salon de la rue de Varenne.

Il ne bougeait pas; il regardait la cohue. Un innocent, un non-initié, un Français eût pensé : « Voici des gens riches qui ne songent qu'à s'amuser, à danser ou à boire! »

Mais aucun de ceux qu'il voyait ici ne venait chercher le plaisir, mais leur subsistance, ainsi que l'avait dit Elinor, comme lui, exactement comme lui.

D'ailleurs, beaucoup de visages avaient, comme le sien, un air avide, impudent, inquiet, qu'il reconnaissait. Combien de semblables ici!... Combien de frères!

Avec un secret sarcasme, avec cette amertume virile et profonde qui seule vous soulage lorsque l'on voit son âme honteuse et nue, il songea :

« Oui, en effet, ce sont des frères, venus, eux aussi, de tous ces lieux étrangers que les Français n'imaginent même pas. Moi, Dario Asfar, je connais tout cela. Je me suis roulé dans la boue dont ils sont sortis. J'ai mangé le même pain amer. J'ai versé les mêmes larmes, tremblé des mêmes désirs. »

Il sourit : bah! il se croyait seul! Mais la voici, sa famille! Que de frères inconnus jusqu'à ce soir!

« Si je touchais celui-ci à l'épaule? Son tressaillement nerveux, son cri étouffé, je les devine, car ils seraient... les miens. Tu croirais qu'on vient t'arrêter. Oui, toi, qui sembles si gras, si bien nourri, et qui regarde les épaules de cette femme, couverte de bijoux, sans convoitise charnelle, mais avec une humble et tenace espérance... Je te connais : tu es de Salonique. Nos pères ont travaillé ensemble dans les ports, trafiqué dans les petites auberges, bu dans les mêmes bouges, triché avec des cartes graisseuses sur les petits cargos de la mer Noire. Et toi ? D'où viens-tu ? De Bucarest ? de Kichinev ? de Syrie ? de Palestine ? Toi, je t'ai rencontré à Varsovie, semelles percées, sans manteau, dans la neige, toi ou ton frère... C'est de ce temps que tu gardes tes mains rouges et gonflées de froid, malgré la douce chaleur des radiateurs, malgré les soins de la manucure, oui, tes mains et ton pauvre dos frileux, voûté sous le drap fin de tes vêtements, comme lorsque tu errais dans le vent glacé, je les reconnais ! Et toi, si je te parlais d'Odessa et du quartier des prostituées près du port, beau jeune homme, et toi, belle brune, vous vous souviendriez du décor de votre enfance innocente... Toi, financier fameux, ami des ministres, décoré, tu n'oublieras jamais que tu as eu faim ! toi, magnat du cinéma, tu n'oublieras jamais que tu as eu peur, que tu as volé. Les Français verront en toi une canaille triomphante, mais moi, je te connais ; tu es une pitoyable et triste canaille. Tu ne mérites que d'enrichir ceux qui sauraient se servir de toi, comme tu t'es servi d'autrui. À chacun sa proie, selon sa ruse et sa force. »

Il regarda les indigènes égarés parmi eux : cet auteur dramatique pourri de drogues et de femmes qui sait qu'il n'a plus de succès et qui doit donner à ses rivaux l'impression de la force amoureuse, de la prodigalité, d'un esprit étincelant, pour qu'on dise : « Il n'a pas baissé, il est le même qu'autrefois ! » Il regarda le joueur professionnel, condamné à gagner sans cesse, à tous les coups (s'il perd, on dit que sa chance tourne, et mieux vaudrait pour lui être mort). Il regarda Wardes... et brusquement pensa :

« Ce qui les unit, tous ceux que je vois ici, ce qui les rend semblables, ce n'est pas le besoin d'argent, comme le croit Elinor, ou le plaisir, mais la nécessité de tenir sans cesse. Tenir plus longtemps que l'adversaire. Cacher ses faiblesses, cacher ses blessures. Car leur force nerveuse est l'unique capital dont ils tirent la vie. Que de maladies, que d'angoisses, de phobies inexplicables pour ces malheureux condamnés au succès perpétuel ! Ah ! si j'osais... Ce qu'il leur faut, c'est un confesseur, c'est quelqu'un pour connaître leurs sales secrets, les écouter et les renvoyer avec un *te absolvo*, leur permettre surtout de s'assouvir sans remords... Les doper ! Voici ce qu'il faut, pensa-t-il — il se souvenait de la supplication fiévreuse de Wardes : “ Il faut me doper, docteur ! ” Oui, les confesser d'abord et les doper ensuite. C'est un métier sûr, murmura-t-il en se rappelant tel ou tel nom fameux. Pourquoi pas ? Continuer à vivre comme je vis ? Faire de mon fils un gueux comme je l'ai été ? Pourquoi ? »

Il regarda la foule des invités d'Elinor.

« Je croyais bien ne plus jamais vous rencontrer pourtant, quand j'ai quitté la boue et la misère de mon enfance. Et voici qu'à Paris, au cœur de Paris, je vous retrouve, et vous êtes parmi les plus riches et les plus enviés, méprisés peut-être, mais enviés, malgré tout! Alors, à quoi bon tout ce long, ce dur chemin, ces vains efforts, ces études, ces lectures, cette pauvreté, à quoi bon avoir supporté tout cela, et à quoi bon accepter d'un cœur léger le même sort pour mon fils? Le seul avenir, pour moi, c'est celui de charlatan, qui cultivera les vices et les maladies des riches comme on ensemence un champ, pensa-t-il; voici qu'avec tous mes efforts, mes peines et mes rêves, j'en suis une fois de plus à mendier, à m'abaisser, à attendre la charité comme autrefois! mais ceci est la dernière fois. »

La chaleur, la musique, ces visages qui tournaient sans cesse devant lui augmentaient son angoisse et lui procuraient un sentiment d'exaltation artificielle qui céda brusquement lorsqu'il eut pensé :

« Mais tout cela restera un rêve, une spéculation de l'esprit, si je n'ai pour malades que ces concierges, ces merciers, ces petits employés, ces ouvrières qui forment ma clientèle! C'est le monde qui se trouve ici qu'il faut atteindre! »

Cependant, il ne bougeait pas; il regardait, au milieu d'un cercle d'hommes ivres, une femme forte, peinte, aux cheveux blonds défaits, qui dansait à la russe, seule et le mouchoir à la main, et qui, jetant loin d'elle ses souliers brillants, acheva la danse sur ses bas. Il la reconnaissait; il l'avait vue chez les Mouravine; elle feignait d'être ivre; elle aussi, ce qu'elle cherchait ici, c'était son pain, gagné en flattant autrui.

16

Elinor, enfin, s'approcha de lui et lui fit signe : il la suivit et, entre deux portes, il lui dit :

— Vous m'avez oublié, Elinor !

— Non, attendez. Je ne vous ai pas oublié. Écoutez, Dario, j'ai quelque chose à vous proposer. D'abord, pour qu'il n'y ait pas d'équivoque entre nous, comprenez bien qu'il n'est pas question pour moi de vous prêter de l'argent. Je donnerais de l'argent à un amant, mais pas à un ami. Vous ne savez pas par quelle école j'ai passé. Crever de faim sur le pavé de New York n'apprend à personne le désintéressement et la générosité, et même si, par miracle, j'avais connu ces deux sentiments dans mon enfance, mon stage dans la famille Mouravine aurait suffi à me les faire oublier. La vie auprès de la générale, je ne sais pas si vous vous rendez bien compte de cette éducation ? Mais maintenant, elle est terminée. Je suis pourvue de diplômes, je vous le jure ! Apte à enseigner, à mon tour, et ces connaissances-là ne s'oublient pas ! Mais je suis prête à vous proposer une combinaison, une affaire qui vous sera profitable autant qu'à moi.

Elle attendit qu'il parlât. Il écoutait sans rien dire, en inclinant la tête, avec une expression d'attention et de secret calcul. Il ressentait cette tranquillité singulière qui s'empare de l'âme à certains instants de l'existence, lorsqu'on entrevoit la destinée, heureuse ou malheureuse, pour laquelle on a été créé ; il semble que l'on entende en soi un avertissement secret : « Maintenant, les dés sont jetés. Ferme les yeux. Attends. Laisse faire. »

— Vous savez, dit-elle, que Wardes souffre d'une maladie nerveuse. Il se soigne depuis des années sans résultat. Tous les charlatans du monde se sont acharnés après lui, et il ira chez le premier médecin qui pourra lui procurer un soulagement, à n'importe quel prix ! Ce soulagement est-il possible ? Cela, c'est votre affaire. Si vous voulez, je vous offre un marché. Je suis lasse de voir tout l'argent de Wardes couler sous mes yeux et enrichir d'autres que moi. Je me fais fort de l'envoyer chez vous. Mais je vous demande de me verser, en retour, la moitié de vos honoraires. Wardes est une mine d'or pour les médecins.

— Écoutez, dit brusquement Dario, du même ton mystérieux, avide et secret dont eût parlé, vingt ans auparavant, le petit vagabond des grands ports, celui qu'aucune combinaison louche n'avait jamais effrayé, celui qui ne vivait que d'expédients et qui ne connaissait que les chemins tortueux ; écoutez bien ! Pour Wardes seul, ce n'est pas la peine, c'est trop peu de chose, il ne me tirera pas d'affaire à lui tout seul. Si riche qu'il soit, si fou qu'il soit, ce n'est pas grand-chose. C'est une affaire qui ne profiterait qu'à vous, mais voici ce que je vous propose ; ce qu'il me faut, ce n'est pas un malade, mais une clientèle. Tous vos amis, là, sont un gibier de choix. Voulez-vous me faire autant de réclame que vous pourrez ? Voulez-vous dire que vous avez découvert un médecin inconnu encore, jeune, pauvre, mais génial ? Ces maladies nerveuses, ces troubles fonctionnels, ces phobies extraordinaires qu'aucun médecin, à coup sûr, ne saurait guérir, c'est un champ de succès vaste, illimité, mais il faut un répondant ! Il me faut quelqu'un qui dise : « Moi, il m'a guérie... il m'a sauvée ! Allez chez lui, écoutez-le... » Vous toucherez cinquante pour cent sur chaque malade riche que vous m'enverrez, dès que j'aurai reçu moi-même mes honoraires.

— Oui, nous pouvons nous entendre ainsi, dit-elle lentement. Et c'est ainsi que je me procure de l'argent. Si je ne touchais pas ma part chez le tailleur ou le bijoutier, le fleuriste et le marchand de cravates, si je ne spéculais pas sur les goûts, les vices et les maux de Wardes, il arriverait à m'avoir pour rien ! Il a un véritable génie pour exploiter et torturer ceux qui sont moins forts que lui. Demandez à Sylvie Wardes ! Si j'étais sa femme, d'ailleurs, je sauvegarderais mes intérêts. Mais je ne suis que sa maîtresse. Tant pis pour lui !

Dario n'écoutait pas. Il dit enfin, avec un accent de prière :

— Elinor, vous ne savez pas ce que cet instant signifie pour moi ! Je vous demande encore, je vous supplie encore, prêtez-moi dix mille francs jusqu'à mars prochain. Il ne s'agit pas seulement de manger ou de me sauver de la prison ; il ne s'agit même pas de ma femme et de mon enfant, dit-il à voix basse, mais d'un naufrage, d'une renonciation totale, de... Mais vous ne pouvez pas comprendre !... Aidez-moi, je vous en supplie ! Sauvez-moi !

Elle secoua la tête sans répondre.

— Non ?

— Non, Dario.

— Je suis perdu, dit-il si bas qu'elle devina plutôt qu'elle n'entendit ses paroles.

— Non. Vous êtes plus habile que vous ne croyez. On a dans le sang cette ruse et cette force ! Malgré soi ! On ne s'en défait pas. Vous vous tirerez d'affaire.

Il la quitta. Dès le lendemain, il allait chez Sylvie Wardes ; elle lui prêta dix mille francs et le chèque de Martinelli fut payé.

17

Wardes considérait la maison de Dario avec un sentiment de colère, d'espoir et de peur. Il n'en franchissait pas encore le seuil. Il regardait cette rue qui, pour Dario, était bourgeoise, décente, et, aux yeux de Wardes, pauvre et sordide. Ce petit médecin, à demi oublié, mais dont Elinor disait du bien, était-il possible qu'il fût enfin celui que Wardes attendait, celui qui le sauverait, celui qui lui apporterait la guérison et la vie? Car il n'avait jamais douté que la guérison fût possible. Il fallait seulement trouver l'homme qui détenait la science, les maîtres mots, le guérisseur, le sorcier, l'illuminé, le charlatan, qu'importe! Et ce petit étranger, bilieux, aux yeux de fièvre (il se souvenait maintenant de l'avoir vu penché sur son lit à Monte-Carlo et à La Caravelle), ce métèque, cet inconnu n'était pas un malhonnête homme. Il avait refusé certaines pratiques illicites. D'autre part, ce n'était pas un imbécile, et il savait prendre ses responsabilités, puisque avec Elinor...

Wardes eût également redouté une franche canaille et

un homme à la conscience pure. Ces savants, ces bienfaiteurs de l'humanité, ces grands professeurs intègres, comblés de biens et d'honneurs, il les craignait et les haïssait. Avec eux, il se sentait faible, coupable, humble. Un Dario Asfar le comprendrait mieux. Sans doute était-ce cela qui rassurait Wardes ; il n'aurait pas de honte devant ce médecin pauvre. C'était cela qu'il fallait à Wardes. Il ne pouvait se sentir parfaitement à son aise qu'avec des inférieurs. Or, ici était justement l'alliage nécessaire et souhaité : l'humilité de la condition et la science (ou la divination) capables de l'aider.

Il était entré dans la maison le cœur plus léger, et ce ne fut qu'au moment de demander à la concierge : « À quel étage habite le docteur Asfar ? » que le doute et le désespoir le saisirent de nouveau. Que de fois il était allé ainsi chez l'un ou chez l'autre ! Que d'espoirs ! Que de déceptions !

Tandis que l'ascenseur, en soufflant, grinçant, gémissant (la maison était vieille) montait avec lenteur, Wardes, silencieux, se sentait une fois de plus atteint par ces vagues de détresse et de rage qui l'envahissaient et lui submergeaient l'âme. Il souhaitait mourir. Comme on jette loin de soi un vêtement qui a pris feu, de même il eût désiré, parfois, dans un acte violent et meurtrier commis sur lui-même ou sur d'autres, faire abandon de ce corps qui le trahissait. Dieu ! Être libre, être fort, pouvoir dormir, travailler, jouir !... Et ces biens inouïs, il les attendait d'un pauvre petit docteur de quartier ! Certes, il était fou... Mais Elinor...

Il avait foi dans l'intelligence d'Elinor. Dure et froide comme elle était, elle ne se fût pas laissé enjôler par un incapable, certes !

« Et il est de son intérêt de me voir guéri, songea-t-il, du moins jusqu'à ce que je l'épouse... » Elle ne cachait pas que c'était là son désir. Pourquoi non ? Il reconnaissait la valeur d'Elinor. Une garce, mais un esprit glacé et lucide.

Il sortit de l'ascenseur, s'arrêta encore une fois sur le palier, en face de la porte où deux plaques de cuivre portaient les noms du dentiste et du médecin.

Avant de sonner, il hésita, mais, ici, la pensée lui vint qu'il allait se trouver devant un homme qui le connaissait, qui l'avait vu dans la maladie et dans la santé, qui l'avait assisté dans l'une de ses crises. Il ne faudrait rien expliquer, quel soulagement ! Il ne faudrait pas révéler ses tares ! Il ne faudrait pas affronter ce clair regard d'homme de science qui vous juge, qui vous considère avec intérêt ou avec une froide pitié, selon les cas. Il lui serait épargné, cet instant abominable où, se dépouillant devant un inconnu de son orgueil, de son masque d'homme heureux, il se livrait, faible et nu, sans défense.

Il sonna enfin, et ce fut Clara qui vint ouvrir. Mais elle était si humble dans sa blouse grise, l'enfant pendu à ses jupes, qu'il la prit pour une servante, lui tendit son chapeau et entra dans le petit salon modeste.

Il attendit quelque temps. Il n'avait pas pu s'asseoir. Il marchait d'une fenêtre à une autre, d'un mur à l'autre. C'était le crépuscule. Un petit lustre poussiéreux, dont deux ampoules étaient brûlées, éclairait la chambre.

Enfin, Dario ouvrit la porte du cabinet de consultations et fit signe à Wardes d'entrer, et qu'il l'attendait. Ah ! comme il avait attendu Wardes ! Il vient un moment où, enfin, on se sent porté par la chance. Dario sentait dans son cœur ce frémissement de joie qu'éprouve le chasseur lorsqu'il voit, après une longue attente, le gibier convoité tomber à ses pieds.

Wardes, cependant, se sentait plus calme. Il se laissa examiner, répondit aux questions de Dario.

— Elinor a en vous une grande confiance, docteur, dit-il.

Dario avait repris sa place derrière le bureau qui le séparait du malade. Ainsi, à une certaine distance de Wardes, les traits de son visage dans l'ombre, les mains croisées devant lui, le corps immobile, le regard attentif, il parvenait à se donner un air d'autorité et de mystère, et sa voix persuasive, douce, dont il commençait à savoir jouer, dont il assourdissait avec soin les sonorités aiguës, étrangères, cette voix apaisait Wardes.

— Elinor, dit Dario, m'a connu à une époque particulièrement pénible de ma vie, où je poursuivais, dans l'obscurité et dans une demi-misère, des travaux délicats, difficiles, générateurs de cette théorie psychique qui a soulagé déjà bien des malades dans votre cas. Sans doute Elinor vous en a-t-elle parlé ?

— J'espère qu'il ne s'agit pas de la méthode psychanalytique ? Je l'ai expérimentée sans succès.

— Non, non ! Je vous ai dit que j'en étais l'inventeur ! Comme tous les précurseurs, je suis combattu par mes confrères et principalement par ceux-là mêmes dont vous parlez, les partisans des théories freudiennes ; elles ont du bon... j'avoue m'être servi d'elles comme d'un point de départ. Les longues, les minutieuses analyses sont nécessaires pour arriver à la racine même du mal, mais lorsqu'il est dépisté, je ne crois pas que la guérison survienne immédiatement. Je crois que le traitement commence alors. En simplifiant à l'extrême, pour mettre la question à la portée d'un profane, il s'agit de ce que je nomme la sublimation du moi.

Sur la figure de Wardes apparut cette expression que Dario ne connaissait pas encore, qu'il verrait plus tard sur les visages de milliers de malheureux : une douloureuse incrédulité mêlée d'espérance, un sourire aigre et contraint qui signifie : « Bluffe ! Amuse-moi ! », tandis que le regard humble et avide quémande : « Rassure-moi. Aie pitié. »

— Ce que vous nommez dans le secret de votre cœur une tare, une honte, un mal, c'est le germe sacré dont naissent vos facultés les plus précieuses. Cette exceptionnelle organisation nerveuse qui cause vos souffrances, Dieu vous garde de la rendre, par des médicaments ou une cure de repos, ou une meilleure hygiène, semblable à celle de la commune humanité, grossière, sans éclat, sans élan. Vous ne seriez plus Philippe Wardes ! Vous ne seriez plus vous-même ! Vous êtes au-dessus des autres, et c'est ainsi que l'on doit vous traiter.

Vous avez une faculté de travail presque surhumaine, une volonté qui a brisé jusqu'ici tout ce qui s'opposait à vous. Est-ce ainsi ? Je ne me trompe pas ? Eh bien ! vos violences, vos angoisses, vos maux ne sont que les manifestations des mêmes précieuses, géniales qualités de votre être. Il faut transformer ce mal en forces nouvelles. Supprimer ce sentiment de culpabilité qui s'attache, grâce à l'hérédité, à l'éducation, à un résidu de morale religieuse, à ce que vous jugez mauvais en vous. C'est ce sentiment de culpabilité seul qui engendre la souffrance. Ce n'est point la connaissance du mal qui importe, mais le sentiment de honte qui s'y attache et qu'il nous faudra anéantir. Travail délicat, épuisant ! Recherches minutieuses ! Vous concevez qu'il s'agit d'un traitement de longue haleine. Je ne puis vous promettre la guérison qu'à ce prix. Mais songez qu'avec de la patience et du courage vous retrouverez la liberté intérieure. Maintenant, vous êtes esclave, vous touchez au désespoir. Abandonnez-vous à moi ! Je peux vous aider.

Wardes murmura :

— Docteur, ce qui me tue, ce sont ces alternatives d'angoisse injustifiée et de fureur. Docteur, il m'arrive de m'endormir heureux et calme (je ne vous parle pas de mes insomnies, cela c'est un chapitre à part. C'est l'enfer). Parfois, je m'éveille au milieu de la nuit, saisi d'une panique telle que je m'enfuirais dans la rue, si un dernier reste de raison ne me retenait. J'ai peur. Je ne sais de quoi. D'un souffle, d'une lueur, de mes souvenirs, de mes rêves ; un criminel poursuivi par le remords n'a pas ces sursauts brusques de terreur, cette angoisse, cette attente... Il me semble que je suis menacé d'un châtiment pour un crime commis par moi et oublié. Ensuite, cette angoisse se tourne en fureur, en une sorte de rage intérieure qui me déchire le cœur et qui ne trouve son issue que lorsqu'elle se précipite vers autrui, et qui me pousse alors à des violences dont je ne suis pas maître, dont vous avez été témoin. Et toute ma vie s'écoule ainsi, docteur ! Ce n'est pas vivre ! Docteur, secourez-moi !

Il parlait d'une voix sourde, tremblante, levant vers Dario sa figure défaite et, cependant, retenu par un dernier reste de pudeur, chaque faiblesse qu'il livrait en cachant une autre, plus honteuse.

— Ma méthode, dit Dario, est proche de celles dont se servent d'instinct les poètes et les artistes ; ils transposent sur un registre plus élevé leurs passions basses et finissent ainsi par en retirer un accroissement de forces spirituelles. Nous agissons ainsi avec l'élément psychique. Vous confiez-vous à moi ?

— Oui, dit Wardes avec lassitude.

Dans son cœur il méprisait, raillait Dario comme il se méprisait et raillait lui-même, mais la force terrible de l'espoir s'était emparée de lui. Peut-être goûtait-il à l'avance, maintenant que le premier pas était fait et les paroles les plus difficiles prononcées, le plaisir de la confession, le plaisir, plus aigu encore, de dérober, de travestir ses secrets ?

Il songeait :

« Je viendrai une ou deux fois. Qui sait ? Il sera toujours temps de le laisser, d'essayer autre chose. »

Dario continuait, baissant la voix, se forçant au calme, à l'autorité, à la douceur :

— Maintenant, nous allons procéder comme pour les analyses freudiennes classiques. Ce sont les tâtonnements nécessaires. Nous les abandonnerons dès que sera acquise la première notion du choc. Étendez-vous sur ce canapé, ici, dans l'ombre, dit-il en prenant Wardes par la main et en le conduisant à un étroit divan recouvert de coutil gris, poussé dans un coin de la pièce. Ne vous contractez pas ainsi. Ne craignez rien. Nous nous arrêterons au premier signe de fatigue. Ne me regardez pas. Vous pouvez fermer les yeux. Ne vous tournez à aucun instant vers moi. Je vous interrogerai, mais je ne suis qu'une voix, une présence invisible, un appareil récepteur qui ne saurait ni vous juger, ni vous contraindre. Ma méthode n'est pas celle de la contrainte, mais de la liberté ; elle n'est pas celle du renoncement, mais de l'assouvissement. Elle vous délivrera de votre mal. Attendez. Ayez confiance.

La première séance commença.

18

Treize ans plus tard, Dario coûtait cher. Les femmes étaient folles de lui. On les avait mises en garde : « C'est un charlatan. Il a la vogue, il plaît, on ne sait pas d'où il vient... » — « Mais la jalousie, la malveillance du monde, des confrères, nous savons ce que c'est », songeaient-elles.

Sous le chapeau coquin, avancé sur l'œil ou rejeté en arrière, en auréole d'ange, selon la mode de la saison, le regard de la bourgeoise française, habituée à compter, évaluait l'ameublement, la décoration du salon, avenue Hoche, dans l'hôtel particulier du docteur Asfar ; il jaugeait la hauteur du plafond, la profondeur du jardin vu par la porte-fenêtre, les tableaux, l'épaisseur des tapis, et elles se disaient l'une à l'autre, en hochant la tête :

— Vous devinez ce que cela suppose comme fortune, un train pareil ?

— Il ne soigne pas les corps, mais les âmes, ajoutaient-elles.

Elles répétaient ce mot qu'il avait confié à l'une d'elles, ce nom qu'il se donnait :

— Mon titre est : « Master of souls ».

Elles attendaient que la porte du cabinet de consultation s'ouvrît. C'était l'automne. Elles portaient des tailleurs bruns ou noirs; des renards ligotaient leurs poitrines et leurs reins. Leurs mentons s'appuyaient sur les minces pattes velues et les museaux froids. Le masque de peinture leur donnait des visages indestructibles et lisses, mais, comme par la fente d'une meurtrière s'échappe la lueur d'un feu, l'âme se montrait dans le regard anxieux, sombre ou hagard. De quoi souffraient-elles ? Des mille maux des femmes. Ne pas jouir. Ne plus jouir. La clientèle de Dario se recrutait principalement parmi les femmes. Les rares hommes qui étaient là ne parlaient pas, ne bougeaient pas. Ils ne soupiraient même pas. Ils attendaient, pétrifiés. C'était un jour d'octobre, froid, pâle et trempé de pluie. Par moments, ils levaient les yeux et ils regardaient l'admirable jardin du docteur, ses arbres, ses allées, puis leurs yeux s'abaissaient de nouveau. Ceux-là n'avaient jamais vu Dario. Par instants, leur pensée semblait avoir laissé leurs corps comme on abandonne des vêtements vides. Ils erraient en esprit loin de cette pièce, loin de ce jour. Les uns s'attachaient aux petits problèmes quotidiens, aux rendez-vous du soir, aux difficultés domestiques, pensaient à leurs femmes ou à leurs maîtresses. Les autres recueillaient dans leurs âmes les soucis du lendemain : le partage de propriétés, les frais de succession et les peines éternelles. Un homme décroisa ses jambes et frotta longuement, avec une expression humble et mélancolique, ses yeux fatigués. Un homme fit un mouvement pour prendre une cigarette, puis la conscience du lieu où il se trouvait lui revint, et le souvenir des recommandations du docteur : « Un cœur surmené, ne fumez pas » ; il crispa tristement sa bouche et laissa retomber sa main vide. Celui-ci remuait doucement les lèvres, sans doute répétant pour la centième fois les termes dans lesquels il confierait au docteur son secret. Son voisin, avec une expression aigre, songeait :

« Ce n'est qu'un charlatan, je le sais. Me l'a-t-on assez répété ! Dès demain je me remets corps et âme à un grand médecin, à un vrai savant. Mais si celui-ci me guérissait, pourtant ?... Pourquoi pas ? On a vu des choses si étranges... »

Les femmes, elles aussi, feignaient d'être impassibles. Seulement, à mesure que passaient les heures (et les heures étaient extrêmement longues), leurs visages vieillissaient, leurs yeux durcissaient et on voyait la crispation nerveuse de leurs doigts sous la peau fine des gants.

— Il n'est même pas beau...

— Oui, mais la douceur de sa voix...

Elles parlaient plus bas. Les hommes, méprisants, attentifs, n'entendaient plus rien. Le temps coulait. Pâles, accablés, ils baissaient la tête. Puis ils entendaient des pas derrière la porte qui séparait le salon du cabinet de Dario et ils tendaient tous le cou du mouvement anxieux, avide, plongeant des bêtes de basse-cour quand elles croient que la main de la fermière va s'ouvrir et le grain voler.

Enfin, la porte s'ouvrait, et sur le seuil apparaissait un homme maigre, de petite taille, au teint brun, au grand front, aux oreilles trop grandes et transparentes, aux cheveux d'argent. Les malades regardaient avidement ces cheveux épais, ce noble front et ces yeux las. Son regard, pensaient les femmes, semblait lire jusqu'au fond des cœurs. Il inclinait légèrement la tête. Une main brune, ornée d'une lourde bague de platine, tenait un instant relevés les plis d'un rideau de velours rouge, les froissait distraitement, laissait passer le malade, et puis la portière retombait.

Dans le salon, on n'entendait plus que le bruit de la pluie et le battement de l'horloge. Les hommes et les femmes attendaient avec patience.

19

Le dernier malade venait de partir. Il était plus de huit heures. Dario se reposait, assis à sa table de travail, le front appuyé sur sa main. À force de jouer son rôle en public, d'avoir étudié chaque mouvement, chaque regard, répété comme un acteur les mots dont il allait se servir, les maîtres mots, ceux qui inspirent confiance, ceux qui menacent, ceux qui délivrent, dans la solitude même il se sentait constamment en représentation. Cette pose lasse et mélancolique, cette belle main soignée, ornée d'une lourde bague, soutenant sa tête aux cheveux gris, était celle qui plaisait à autrui et qui convenait à son personnage.

La pièce où il se trouvait était simple, solennelle, riche. Livres anciens, garniture de bureau ornée de bronze et de malachite, épais tapis, vitrines qui renfermaient une collection d'anciens vases persans, une fleur fraîche pour égayer l'austérité de la table, entre le téléphone et le livre où étaient inscrits le nom du malade et son mal. Le décor était parfait. Elinor, avant son mariage avec Wardes, qui avait fait d'elle l'adversaire naturelle de Dario, au temps de leur amitié, de leur complicité, l'avait aidé de ses conseils. Mais maintenant aucun secours de ce genre ne lui était nécessaire. Il savait acquérir : de l'argent, des objets, des femmes, la réputation. Acquérir ? Garder était plus difficile.

C'était la crise. Elle accablait les honnêtes gens et les charlatans. Elle avait diminué le chiffre d'affaires de Dario Asfar comme celui du petit médecin de quartier. Certains malades faisaient faillite au moment de payer. D'autres remettaient d'année en année le paiement des honoraires. Beaucoup guérissaient subitement ; on ne pouvait plus compter sur rien. Wardes, lui-même, avait cessé d'être fidèle. Il était resté cinq ans sans venir. Les affaires de Wardes semblaient se maintenir malgré la malice des temps, et il jouait moins qu'autrefois. Dario devait compter aussi avec l'hostilité sourde ou déclarée des médecins français ainsi que des psychiatres étrangers qui l'accusaient d'avoir démarqué leurs méthodes et de s'en être servi pour exploiter la crédulité d'autrui. Mais, pour un malade qui partait, qui l'abandonnait, d'autres reviendraient. Il avait pour lui son habileté, son expérience et le prestige qui s'attachait à ses aventures amoureuses. Car ce masque d'Oriental avait, en vieillissant, par le contraste des cheveux gris et de la peau sombre, par l'éclat perçant des yeux, pris une beauté qui plaisait aux femmes. Enfin, il était célèbre et passait pour riche.

Depuis qu'il avait cessé d'avoir faim, toute la convoitise ardente et triste qui était en lui était dirigée vers les femmes, toujours plus chères. Seules celles qui paraissaient inaccessibles le flattaient, mais finalement, elles étaient, elles aussi, faciles à acquérir et plus encore à garder. Le secret était de payer, payer et encore payer.

Et tout ceci se tenait ; les femmes étaient à la fois son plaisir, sa folie et un luxe nécessaire, comme cette maison, ce jardin, cette galerie de tableaux. Clara disait :

— Pourquoi une galerie de tableaux ?

Il répondait pour l'apaiser :

— On peut la vendre... le jour où l'argent fera défaut.

Mais il ne le ferait pas ; un homme comme lui pouvait aussi peu vendre sa galerie de tableaux qu'un menuisier son rabot ou le maréchal-ferrant son enclume. Il justifiait ses prix par le train de vie qu'il menait, et que ce train de vie baissât, automatiquement baisseraient les recettes.

Sa secrétaire, une Juive de Jassy, maigre, laide, aux yeux de feu, entra et lui présenta la liste des rendez-vous pour le lendemain. Il consulta la feuille, l'annota, la plia d'une main lasse et la remit à la secrétaire en murmurant .

— Je vous remercie, mademoiselle Aron. Vous pouvez partir maintenant.

Elle le regardait avec adoration ; il l'avait sauvée de la misère, elle, parmi beaucoup d'autres, pauvres émigrés, car pour ceux qui mouraient de faim dans un pays étranger il trouvait toujours de l'argent ou un secours. Il lui serra distraitement la main ; elle baissa les yeux et s'empourpra. Quand elle eut enfin levé, en soupirant, les paupières, elle était seule ; Asfar était parti ; il avait marché doucement et silencieusement, selon son habitude, glissant sans bruit sur le tapis comme une ombre.

20

En habit, n'attendant que Clara qui serait bientôt prête, Dario entra dans la chambre de son fils. Daniel avait seize ans maintenant. Chaque anniversaire écoulé donnait à Dario un sentiment de confiance et de secret triomphe. Bientôt, Daniel serait un homme. Et à quoi ne pourrait-il pas prétendre ? Sa beauté, ses dons émerveillaient son père. Il était fort. Il était en bonne santé. Il avait de l'endurance, un grand courage physique, une charmante modestie naturelle, des muscles solides, la poitrine large, de beaux cheveux blonds. Cent fois, mille fois Clara et Dario, parlant de leur fils, avaient murmuré en souriant :

— D'où vient-il, celui-là ? À qui ressemble-t-il ? Il n'est pas des nôtres ! Il est comme un fils de prince.

Que dans son enfance il travaillât bien et fût toujours premier, cela ne les étonnait pas. Mais ce qui les remplissait d'une naïve fierté, c'est que jamais Daniel ne disait un mensonge. Jamais il n'avait commis un larcin, ni manqué de parole, ni pleuré de honte. Sa gaieté était délicieuse. Parfois, lorsque Daniel, enfant, riait et jouait avec Clara, le père venait se cacher derrière la porte de la salle d'études et, de là, il contemplait l'enfant ; il écoutait ses éclats de gaieté, sa douce voix joyeuse. S'il apparaissait, d'ailleurs, aussitôt Daniel se taisait. De bonne heure, Dario avait remarqué que son fils le craignait et paraissait même le fuir, mais il lui avait longtemps suffi d'aimer sans être payé de retour... Que l'enfant fût beau, que l'enfant fût heureux, il ne demandait pas autre chose...

Encore maintenant, parfois, il ne mettait rien au-dessus de ce choc de plaisir, de la surprise joyeuse qu'il éprouvait lorsqu'il entrait dans cette pièce immense, splendide, claire, et qu'il voyait se lever et venir à sa rencontre, un adolescent gracieux, aux beaux traits, et qu'il songeait :

« Voici mon fils. De ma chair pauvre est né ce beau corps blanc et rose. De ma race affamée est né cet enfant comblé. »

Comme une femme vient se faire admirer en toilette du soir, avant d'aller au bal, il était heureux de se montrer en habit, avec sa brochette de décorations étrangères, de dire négligemment :

— Ta mère et moi, nous dînons chez Untel...

Un nom de riche, un nom célèbre... Mais Daniel l'écoutait avec indifférence, avec un éclair d'ironie brillant dans son regard.

« Bah ! cela est naturel ! Tu ne sais pas, toi qui as trouvé tout cela dans ton berceau, en naissant, pensait

Dario, tu ne sais pas ce que, pour moi, cela signifie... Tant mieux, mon fils. Que tout te soit facile, à toi... »

Il s'assit auprès de Daniel.

— Que faisais-tu ? Tu lisais ? Tu dessinais ? Continue. Ne fais pas attention à moi, dit-il.

Mais Daniel jeta le crayon et la feuille de papier qu'il tenait à la main.

— C'est un portrait de maman ? demanda Dario, voyant vaguement le dessin d'une figure de femme.

— Non, répondit Daniel tout bas, et il parut troublé et irrité.

Son père voulut lui caresser les cheveux. Daniel s'écarta un peu.

Il détestait ces longs doigts d'Oriental et, quoique jamais Dario ne se parfumât, il semblait toujours au garçon, lorsqu'il était en présence de son père, que de ces habits trop soignés, de cette peau brune, de cette main ornée d'une lourde bague venait jusqu'à ses narines « une odeur de femme », pensait-il avec irritation.

Dario songea tristement que Daniel n'avait jamais aimé qu'on le prît dans les bras, qu'on l'embrassât. Certes, il était bon qu'il fût viril et de caractère secret et froid. Dans la vie, c'était un atout.

— Papa, dit tout à coup Daniel. Papa, aujourd'hui, au cours de dessin, une dame qui venait chercher sa fille, en entendant mon nom, s'est approchée de moi et m'a demandé si j'étais bien le fils du docteur Asfar...

— Ah ! oui, dit Dario en fronçant légèrement les sourcils.

— Elle s'appelle Mme Wardes.

— Est-ce possible ? fit doucement Dario.

Il se tut un instant, puis interrogea son fils d'une voix tendre et émue :

— Comment est-elle ? Elle ne doit plus être une jeune femme. Elle était très belle. Je ne l'ai pas vue depuis...

Il calcula rapidement les années.

— Dix... douze ans... davantage.

— Oui, elle me l'a dit.

— Comment est-elle maintenant ? répéta Dario.

— Elle a un visage d'une grande beauté, une mèche blanche sur le front, une voix très douce...

— Est-ce que c'est son portrait, demanda Dario en tendant la main vers le dessin de son fils.

— Non, papa.

Dario tenait toujours la main ouverte, semblant demander la feuille de papier. Daniel la déchira en menus morceaux et la jeta dans le cendrier.

21

Le dîner, si long, était achevé. La soirée traînait, mortelle pour Clara. Clara était fragile, usée, malade. Rien en elle qui fût vraiment l'indice d'une mort prochaine, mais tout était menacé ; on l'avait opérée d'un rein, quelque temps auparavant ; les poumons étaient délicats, le cœur donnait des signes de fatigue. Mais si tous pouvaient voir sa maigreur, les cernes qui entouraient ses yeux, les taches jaunes sous sa peau, elle semblait aussi aimable, aussi vive qu'auparavant. Lorsqu'elle était dans le sillage de son brillant mari, lorsqu'elle cajolait les clients, les amis, les maîtresses de Dario, lorsqu'elle le servait, cette femme effacée trouvait, on ne sait comment, de l'esprit, de la gaieté et, pour tous, la bonne grâce et la plus délicate flatterie. Mais, parfois, à la fin de la soirée, elle perdait à demi conscience.

Ce soir, à l'instant où elle attendait, à côté de son mari, pour prendre congé de leur hôtesse, elle se tenait droite, immobile, un pli sévère et douloureux au coin des lèvres, pensant à la nuit qui l'attendait, à la mort prochaine. Les autres, même Dario, son mari et son médecin, ne la croyaient pas aussi malade, mais, pour elle, elle avait conscience de sa mort comme d'un enfant que l'on porte en soi, invisible encore, caché dans l'intérieur de l'être, dont les traits sont inconnus, mais qui se révélera au jour voulu par Dieu ; la mort habitait en elle et rien ne ferait qu'elle n'apparût au terme fixé

Elle avait presque oublié ce qui l'entourait. Cela arrivait de plus en plus souvent maintenant. C'était terrible pour elle qui devait toujours être sur le qui-vive, attentive à discerner parmi la foule celui ou celle qui pourrait un jour s'adresser à Dario. Avec un effort désespéré, elle se redressait davantage.

Encore un instant de patience. La soirée serait terminée. Clara, délivrée, pourrait se hâter vers la fraîcheur et la solitude de son lit.

Dario lui toucha légèrement l'épaule.

Elle tressaillit. Son visage redevint animé. De faibles couleurs se montrèrent même à ses joues. Elle sourit. Elle dit adieu à la maîtresse de maison. Elle plaisanta. Elle sortit de la maison, précédant Dario.

Ils étaient dans la voiture maintenant. Comme au temps où, dans les rues d'une ville étrangère, pleins de peur dans la foule, ils couraient vers leur chambre misérable, unique refuge au centre d'un univers hostile, ils se pressaient l'un contre l'autre avec tendresse. Elle gémissait parfois faiblement aux cahots. Mais il la gardait, lui, la soulevait doucement dans ses bras, la berçait. Il allait la quitter et courir vers d'autres plaisirs ; cet instant appartenait à Clara.

« Elle m'a servi jusqu'au bout, songeait-il en la regardant avec pitié ; elle a mis sa robe jaune, celle qui lui va le mieux, celle qui la farde encore ; elle a mis ses perles à ses oreilles ; elle a ri ; elle a supporté sans broncher, une fois de plus, la fatigue d'un long soir ; malgré les palpitations, malgré la fièvre, malgré sa douleur dans le dos et la douleur de la jambe, à l'endroit où les piqûres ont formé, dans la chair maigre, une escarre, elle est contente maintenant ; elle a conscience d'avoir accompli son devoir, elle a servi l'homme qu'elle aime d'un amour sans aveuglement, le plus bel amour... »

Il lui prit la main, la baisa.

— Chérie... ma petite... ma Clara...

Elle sourit. Quand il lui parlait ainsi, que n'eût-elle pas sacrifié ? Mais il ne lui restait plus rien à donner. Sa vie elle-même, il l'avait prise.

— Tu as été merveilleuse ce soir.

— Nous sommes invités à dîner chez les Dalberg.

— Est-ce vrai ? C'est très important, Clara !

— Je le sais...

— Quand cela ?

— Le 18.

— Mais c'est impossible ! Toutes tes soirées seront prises. Il faudra alors décommander le dîner chez nous, la veille ; tu ne peux pas supporter tant de fatigue, dit-il avec une expression d'admiration et de respect qui parut la galvaniser. Elle se redressa.

— Ah ! je ne pourrai pas ? Vraiment ? Tu crois ? Tu verras... Tu ne connais pas ta vieille femme !

Elle sourit, ses yeux et ses dents brillèrent. Elle n'avait jamais été belle, loin de là, mais il la trouvait charmante encore, pensa-t-il, plus charmante que bien d'autres femmes. Il la regarda, non comme un homme amoureux — cela, c'était impossible —, mais avec une sorte de tendre paternité. Elle lui était aussi précieuse que Daniel.

« Et, sans doute, songea-t-il avec une triste lucidité, tout cela n'est rien pour elle. Ce qu'elle eût voulu de moi, c'est le désir amoureux, plein de mépris et de colère jalouse, que j'éprouve ou que j'ai éprouvé pour... »

Mais à quoi bon les noms ? Elle les connaissait tous. Il savait qu'elle les connaissait. À défaut de caresses, il pouvait lui donner l'admiration verbale, ces hommages qui trompent la faim d'une femme éprise.

— Oui, tu as été merveilleuse ce soir... Un esprit, un charme... Pas une femme ne te valait.

— Imagine-toi, je le sais... Je sais que, lorsque je veux, lorsque la piqûre aussi a été assez forte, fit-elle tout bas, pour calmer la douleur, je suis, non pas une jolie femme, hélas ! je n'ai jamais été jolie, et je suis vieille, mais une femme aimable, accueillante, et que ceci peut te servir. Et cela doit être ainsi... J'en suis heureuse, c'est mon rôle...

— Tu es fatiguée, tais-toi, repose-toi... mets ta tête ici, dit-il en montrant la place de son cœur.

Mais elle luttait encore.

— Je ne suis pas fatiguée, dit-elle en blêmissant. Il faut nous faire inviter chez les Draga. Cela sera possible par les Dalberg. C'est cela qu'il te faut, l'étranger. Tu n'as pas assez de consultations à l'étranger. On m'a parlé d'un cas exceptionnel.

Elle s'interrompit tout à coup, le regarda et demanda :

— Chéri… est-ce vrai ? J'ai été utile à ta carrière ? À ton bonheur ?

— Oui.

— Dario, tu es un grand savant, un grand homme ! Je suis fière de toi. Tu as été si bon pour moi… quand je pense…

Il la berçait dans ses bras. Elle parlait lentement, comme du fond d'un rêve. La voiture était douce, silencieuse. Malgré tout, quelques cahots lui arrachaient de sourds gémissements.

— J'étais une pauvre fille, sans éducation, sans beauté…

— Et moi ? dit-il en souriant.

— Toi, c'est autre chose… Les hommes s'élèvent plus vite, plus facilement que nous… Au commencement, souviens-toi, je ne savais ni me tenir à table, ni entrer dans un salon. Toi, tu semblais tout connaître d'instinct. Tu n'as jamais eu honte de moi ?

Il lui caressa le cou et les cheveux.

— Veux-tu que je te dise ce que tu as été pour moi ? Je n'ai jamais aimé que toi, dit-il, et, au même moment, il sentait à la fois qu'il disait la vérité et que ce n'était pas toute la vérité, ni même la plus grande partie de la vérité, mais, au cœur de cette vérité totale, incommunicable, une parcelle la plus précieuse.

Quand ils rentrèrent, il l'aida à se déshabiller et à se coucher. Il demeura auprès d'elle jusqu'à ce qu'elle fût (ou qu'elle fît semblant d'être) assoupie. Puis, sur la pointe des pieds, il se dirigea vers la porte. Alors, elle ouvrit les yeux et l'appela faiblement :

— Dario !

— Oui, dit-il en revenant vers elle.

— Dario, Daniel t'a dit qu'il avait rencontré Mme Wardes ?

« Ah ! c'est donc cela qui te tourmente », pensa-t-il.

Il demanda :

— Il y a longtemps qu'il connaît la petite Claude, tu le savais ?

— Oui.

— Dario, dis-moi la vérité comme devant Dieu ! As-tu été l'amant de Mme Wardes ?

— Que dis-tu ? s'exclama Dario. Mais jamais, jamais !

Elle ne répondit pas.

— Tu me crois, n'est-ce pas ?

— Oui. Mais... tu l'as aimée ?

— Mais non, Clara !

— Ah ! tu dis cela d'un autre ton...

— Que vas-tu inventer là ? Dors ! Tu es épuisée, ma chérie. Sur la vie de Daniel, je te jure que je n'ai jamais approché... Mme Wardes... ainsi...

— Pourquoi as-tu cessé de la voir ? Qu'y a-t-il donc eu entre vous ?

— Ce qu'il y a eu ? Dix mille francs, Clara, pas autre chose. L'argent pour payer la dette de Martinelli. J'avais honte. Je craignais qu'elle ne prît pour une infâme comédie...

— Tout ton amour pour elle, acheva Clara d'une voix tremblante.

— Tout mon dévouement, toute mon amitié, Clara.

— Et maintenant, vas-tu la revoir ? Daniel tient tant à aller chez elle. Comment l'en empêcher ?

— Pourquoi l'en empêcher ?

— Et si, lui aussi, va se mettre à l'aimer.

— Tu rêves, pauvre Clara !

— Ah ! c'est que je n'ai plus que lui, dit doucement Clara.

Elle reprit :

— Vas-tu la revoir ?

— Non, je ne ferai pas un pas pour cela.

Elle tressaillit de joie.

— Vraiment ?

— Je pourrais te dire que c'est par égard pour toi. Mais c'est surtout parce que Sylvie Wardes a été pour moi quelque chose de si particulier, dit-il tout bas, que je ne voudrais pas la revoir avec d'autres yeux. Je ne puis plus, je le crains, regarder purement une femme, Clara ! Je ne puis plus voir une âme humaine sans chercher ni découvrir en elle des tares et des vices. Il me reste si peu d'illusions, Clara, sur ce monde de l'Occident, que j'ai voulu connaître, que j'ai connu, pour mon malheur peut-être et pour le malheur des autres...

— Des autres ? Que dis-tu ?

— Qu'ai-je donc dit, Clara ? Il est très tard. Je veux, j'exige que tu te taises et que tu dormes. Vois, tu as tout ce qu'il te faut. Ta potion pour la nuit, un livre, une lampe. Embrasse-moi. Repose-toi.

Il sortit de la chambre. Il passa près de la porte de Daniel. La lumière était éteinte. Il sortit de la maison. Maintenant commençait cette partie de la vie qui était devenue peu à peu sa vraie vie ; celle du jour n'était qu'un travail épuisant pour obtenir ces quelques heures précieuses entre toutes, nées du cœur de la nuit, si vite enfuies. Il allait chez une jeune maîtresse, une Russe, Nadine Souklotine. Elle ne régnerait pas longtemps. Une autre viendrait. Une autre allait venir et, de nouveau, il se débattrait dans d'inextricables besoins d'argent pour assurer le luxe de ce que Paris nommait « son harem ». Comment pouvaient-ils comprendre, tous ces Français au sang tiède ? Les femmes changeaient, mais le plaisir demeurait fidèle.

22

La générale Mouravine fut arrêtée, dès le seuil de l'avenue Hoche, par le domestique, d'aspect aussi sombre et solennel que l'immeuble et le jardin.

— Ce n'est pas le jour de consultation du docteur, madame.

— Le docteur est chez lui, et il me recevra, dit la générale Mouravine en repoussant le domestique. Dites-lui que je viens de la part de Mlle Nadine Souklotine.

Le domestique la fit entrer dans le petit salon où attendaient les malades qui suivaient un traitement et qui ne désiraient pas être vus. La générale avait maigri et ses cheveux étaient blancs.

Elle patienta longtemps. Elle fronçait les sourcils, elle considérait tour à tour les tableaux, les hauts plafonds et les vitrines. Elle se leva, s'approcha de la fenêtre, sembla mesurer du regard la longueur du jardin. Certes, Dario Asfar gagnait beaucoup d'argent. Mais quelles folles dépenses ! En cet instant, enfin, la porte s'ouvrit et elle fut introduite chez Dario.

— Je suis heureuse de vous retrouver, docteur.

Il murmura quelques mots de bienvenue et ajouta courtoisement :

— Je présume que vous ne venez pas en malade. Votre mine est excellente et ce n'est pas mon jour de consultation. De toute façon, je suis heureux d'avoir pu revoir une vieille amie.

— Oui, docteur, et qui a toujours eu pour vous la sympathie la plus sincère.

— Puis-je vous demander des nouvelles du général ?

— Dieu me l'a repris, à la Noël orthodoxe, en 1932.

— Vraiment ? Et Mitenka ?

— Mitenka ? Il s'arrange. Il suit son chemin. Un de vos ancicns amis, Ange Martinelli, a ouvert maintenant un cabaret à Nice, et mon fils en est le directeur artistique.

— Jc vous félicite. Mimosa's House n'existe plus ?

— Depuis la mort du général, je me suis principalement occupée d'affaires... de tout ordre... les plus diverses. Ces affaires, indirectement, se rapportent à vous, docteur.

— Voyons ? murmura Dario.

Il paraissait impassible. Il croisa doucement ses mains sur la table et regarda attentivement la lourde bague qui ornait son doigt. La pierre lui semblait terne. Il souffla légèrement sur la surface brillante.

— Vous avez donné un nom au domestique ?

— Celui de Mlle Nadine Souklotine...

— Je m'intéresse, en effet, à cette jeune personne.

— Vous avez dû être surpris de me voir, mais...

Il l'interrompit.

— Je n'ai été nullement surpris. J'ai entendu parler de vous. Je sais très bien que vous vous occupez d'affaires de toute sorte, entre autres qu'il vous arrive encore maintenant de... de procurer des capitaux aux gens qui se trouvent momentanément dans une situation gênée ; en somme, vous avez déjà fait vos premiers pas dans cette profession lorsque j'ai eu le plaisir de faire votre connaissance. J'espère toutefois que vous entourez ces transactions de garanties plus... avantageuses pour le débiteur.

Elle haussa les épaules.

— Hé ! docteur... autrefois, je prêtais mon propre argent. Celui-là, on y tient. Il vous est attaché et on ne s'en sépare pas facilement. Mais, aujourd'hui, j'agis surtout en mandataire d'un groupe qui a en moi toute confiance. Je suis, comment dirais-je ? courtière, ou encore démarcheuse. Je sers de lien entre les gens momentanément gênés, comme vous dites, et les capitalistes. Mais je ne m'occupe pas seulement d'affaires de cet ordre, je vous le répète ; on me charge parfois de missions délicates.

Elle attendit qu'il parlât. Mais il se taisait. Il avait ôté sa bague, il la faisait miroiter à la lumière. Elle dit enfin :

— Je ne viens pas à proprement parler de la part de Nadine Souklotine elle-même... mais de sa famille. Elle a dix-huit ans, docteur. C'est un peu... jeune... Ne trouvez-vous pas ?

— Je ne trouve pas, dit Dario en souriant, revoyant en esprit cette fille aux yeux verts, au corps admirable qui, depuis cinq mois, était sa maîtresse. Vous savez comme moi, si vous connaissez la famille, qu'à quinze ans elle était déjà en circulation, si j'ose m'exprimer ainsi...

— Docteur, vous parlez de la fille d'un homme honorable, ancien notaire à Saint-Pétersbourg.

— C'est possible, dit Dario avec indifférence.

— Quelles sont vos intentions au sujet de cette enfant ?

— Voyons, chère madame, ne serait-il pas plus simple de me dire ce que désire la famille pour ne pas faire d'esclandre ?

— Que vous reconnaissiez une certaine somme à la jeune fille que vous avez séduite.

— Savez-vous ce que Nadine m'a coûté en cinq mois, Marthe Alexandrovna ?

— Vous êtes si riche, docteur...

Ils se turent.

— Combien ? demanda Dario en appuyant sa joue sur sa main.

— Un million.

Dario sifflota doucement.

La générale rapprocha son fauteuil de celui de Dario et dit tout à coup, d'une voix amicale :

— Docteur, vous êtes un terrible don Juan ! Vous n'étiez pas ainsi autrefois ! Vous étiez, quand je vous ai connu, le mari le plus fidèle, le père le plus tendre...

Ah ! quand je me rappelle le Dario Asfar qui habitait Mimosa's House et celui que je vois maintenant, je crois rêver... Depuis, j'ai beaucoup entendu parler de vous, docteur. On m'a dit que vous avez gagné des sommes folles avant la crise. Et vous avez acheté La Caravelle, le plus beau domaine de Nice. D'ailleurs, qu'en faites-vous ? Vous l'habitez deux mois par an. L'entretien est exorbitant.

Il ne répondit pas. Il serra les lèvres. L'enchantement qui l'avait saisi au seuil de La Caravelle, vingt ans auparavant, ne s'était pas encore effacé de son cœur. Il était bien vrai qu'il n'y passait que quelques semaines par an, quoiqu'il y envoyât Daniel dès que celui-ci lui paraissait fatigué ou que le temps à Paris devenait trop pluvieux. Mais, pour cet instant où il entrait en maître dans la maison de Sylvie, il eût donné une fortune. Il l'avait donnée. La Caravelle était une trop lourde charge. Elle était hypothéquée, ainsi que l'hôtel de Paris. Quand, mon Dieu ! cesserait-il d'être aux abois, de courir perpétuellement après l'argent qui le fuyait ? Quand cesserait-il enfin de penser à l'argent ?

Elle le regardait avec l'attention professionnelle pénétrante et glacée des usurières, des avocats, des médecins, de tous ceux qui vivent d'autrui. Elle dit à voix basse :

— Je sais aussi que, depuis la crise, vos ressources sont devenues moindres, comme chez nous tous, docteur, comme chez nous tous, répéta-t-elle en soupirant, et les besoins n'ont cessé de grandir. Cette Nadine Souklotine maintenant...

— J'aime ces garces au visage d'ange, murmura-t-il.

— Quelle horreur ! Mais quelle horreur ! Je ne veux pas vous écouter.

— Marthe Alexandrovna, puisque cette affaire est entre vos mains, voulez-vous vous charger de négocier pour une somme raisonnable ? Je reconnaîtrai le service, soyez-en sûre...

— Mais il ne saurait en être question, docteur. J'ai accepté cette démarche, car une vielle amitié me lie à la famille Souklotine, de bien braves gens ! Si vertueux, si unis, supportant si noblement l'adversité. Ils ont quatre enfants plus jeunes que Nadine. Mais de là à spéculer sur l'honneur outragé d'un père, sur les larmes d'une mère... Fi donc ! Pour qui me prenez-vous, docteur ?

Dario murmura en haussant les épaules :

— Je n'ai pas connu une seule femme, dans n'importe quelle situation infâme ou honteuse, qui n'eût réclamé des égards. Mais libre à vous de refuser. J'offrirai cette négociation et la commission qui s'y rattache à quelqu'un d'autre.

— Docteur, pourquoi me traitez-vous en ennemie ?

— Moi ?

— Mais oui. Vous deviez savoir — Nadine a dû vous le répéter, selon mes prières — que je m'occupais de prêts. Or, je sais que vous aviez besoin d'argent. Ne pouviez-vous pas vous adresser à moi ?

— Nos premières relations dans cet ordre d'idées n'ont pas été couronnées de succès, Marthe Alexandrovna.

— Vous étiez alors un misérable gamin. Vous êtes maintenant un des rois de Paris. Voyons, docteur, dites-moi, en toute franchise, entre amis, à quel taux d'intérêts on vous a consenti la dernière avance, il y a dix mois ?

— Tout se sait, dit Dario, en essayant un sourire.

— C'est mon métier. Voyons, vous avez eu affaire à des égorgeurs. Je parierais douze pour cent.

— Onze.

— Je pourrais vous négocier une avance intéressante à dix pour cent. Vous aurez besoin d'argent frais pour cette malheureuse histoire Souklotine. D'autre part, nous savons que vous pouvez, si vous le désirez, faire une affaire brillante qui ne manquera pas de vous remettre à flot et de nous faire rentrer dans nos débours, par conséquent.

— Que voulez-vous dire ? fit lentement Dario. Je vois que vous êtes chargée de missions multiples auprès de moi, Marthe Alexandrovna.

— Les unes commandent les autres, docteur.

— Parlons franchement, vous êtes une femme trop habile pour me faire perdre mon temps. À combien estimez-vous (le dernier prix !) l'honneur familial de l'ancien notaire de Saint-Pétersbourg ?

— Je me charge de négocier à huit cent mille francs. Je ne demanderai, pour moi, à titre de commission, que cinquante mille francs, par égard pour notre vieille amitié. Je vous ferai avancer cet argent à dix pour cent, le taux le plus raisonnable ; pour le reste... quelqu'un m'a demandé comme un service de vous rappeler son nom. On vous fait dire qu'on vous a aidé autrefois, que l'on serait capable de vous aider encore, si vous vouliez prendre en main certains intérêts, seconder certains projets.

Dario passa l'extrémité de ses doigts sur ses longues paupières fatiguées.

— Vous parlez d'Elinor Wardes. Mais depuis son mariage, elle s'est posée en ennemie.

— Vous vous alimentiez tous les deux à la même source, dit la générale en soupirant. Depuis qu'elle est la femme légitime et non la maîtresse de Wardes, tout est changé.

— Que me veut-elle ? Voyons ? demanda Dario avec une feinte indifférence.

— Comment le saurais-je, docteur ? Comment le saurais-je ? Allez la voir. C'est une femme d'une intelligence remarquable. Je dois avouer que bien des préventions que j'avais contre elle, lorsqu'elle faisait partie de la famille, se sont dissipées. Je reconnais ses qualités. La femme de Wardes, pensez donc... Et vous savez que c'est elle qui dirige tout, car Wardes est de plus en plus atteint maintenant ? Pendant des périodes très longues, il est en traitement en Suisse. Il ne s'occupe de rien. Malheureusement, par instants, l'ambition lui revient. Il veut prouver qu'il est toujours Wardes, le grand Wardes, et il agit alors de telle façon que la pauvre Elinor a grand mal à arranger ce qu'il a défait.

— Mais cette intimité entre vous deux est vraiment

touchante ! Je crois me rappeler qu'une certaine antipathie...

— Il s'agissait de Mitenka, la prunelle de mes yeux. Maintenant, mon fils est marié. Il a deux beaux enfants. Les questions de sentiment, de jalousie maternelle n'interviennent plus entre Elinor et moi. Nous nous rendons des services, à l'occasion... Je suis une humble femme, mais travailleuse. Aucun soin, aucune démarche ne me coûtent pour réconcilier deux anciens amis ou conclure une délicate transaction... Elinor en a entendu parler. Elle m'a employée à plusieurs reprises, la première fois au moment de son mariage. Oui, travailleuse et probe, voilà ma réputation bien méritée. Je suis une pauvre veuve. Je me dépense sans compter, malgré l'âge, malgré la maladie, dit-elle en portant ses deux mains à la naissance de la gorge, avec un rauque soupir. Des crises d'asthme me tuent, docteur. Je viendrai vous voir en cliente, un jour. Mais vous ne vous occupez plus de médecine générale ? Allons, à bientôt, mon cher docteur. Et votre femme va bien ? Votre enfant ? Comment, seize ans déjà ! Dieu ! que le temps passe ! Ah ! les enfants, notre croix et notre consolation ici-bas !

23

Le passé, lorsqu'il reparaît dans la vie d'un homme, ce n'est jamais sous les traits d'un seul visage, mais il délègue toute une chaîne d'amis, d'amours, de remords oubliés.

C'était le nom de Sylvie, pensait Dario, qui avait fait surgir tous les témoins et les acteurs des années difficiles. Difficiles ? Moins qu'aujourd'hui, peut-être... Une fois de plus, il était couvert de dettes, aux abois, et dans une situation telle — guetté par des ennemis, des rivaux — qu'il ne pouvait tenir qu'à force de prestige, et le prestige s'achetait par l'argent, et l'argent...

Dario avait demandé la veille un rendez-vous à Elinor Wardes. Il se rendait chez elle maintenant.

« Ce qui est fatigant, pensait Dario, c'est qu'il faudra prendre des gants. Cette Elinor, qui était franche et brutale autrefois, doit se croire tenue maintenant à des ménagements, à des mensonges. Le diable emporte ces femmes ! »

Il était étrange que lui qui n'avait jamais pensé à

Elinor comme à une femme, il était poussé vers elle, non seulement par l'intérêt, mais par une curiosité particulière. Il était tellement obsédé par le désir amoureux, à présent, que chaque femme éveillait en lui une sorte d'irritation bizarre, le besoin de se prouver à lui-même son pouvoir.

Elinor le reçut aussitôt. Elle portait une longue robe d'intérieur violette : c'était sa couleur préférée, qui faisait briller ses cheveux rouges, roulés en boucles 1900 sur le front, selon la mode. Elle était plus maigre. Elle avait vieilli en treize années. Elle avait moins d'insolence et plus d'assurance. Elle riait rarement, mais elle avait gardé son sourire bref et bizarre, des minces lèvres peintes se retroussant d'un seul côté de la bouche et révélant l'éclat des longues dents aiguës.

— Mon cher docteur, je vous ai appelé au sujet de Philippe, dit-elle en lui prenant la main. Il est revenu de Suisse très déprimé. Je regrette tant cette brouille qu'il y a eu entre vous...

— On ne peut pas parler de brouille, dit Dario en souriant : un abandon brutal serait plus conforme à la réalité. Un beau jour, il m'a quitté. Je l'attendais la semaine suivante. Il a disparu.

— Pauvre Philippe ! Vous connaissez ses foucades !

Insensiblement et quoiqu'il eût déploré par avance les approches hypocrites d'Elinor, Dario trouvait à leur entretien le plaisir presque sportif de mener le jeu selon certaines règles, de dévoiler la vérité peu à peu, avec précaution, de la faire miroiter et de la dissimuler tour à tour. C'était le jeu oriental — marchandages, troc, échanges — dont il avait vécu.

— Oui, pauvre Philippe ! Comment va-t-il, madame ?

— À la vérité, il m'inquiète.

— Les crises d'angoisse sont revenues ?

— Hélas ! elles n'ont jamais cessé.

— Il y a eu un mieux sensible, pourtant, dans son état, lorsque je le soignais...

— Docteur, je suis une profane, une ignorante, une faible femme. Je vous admire bien profondément, je vous assure. Je ne prétends pas juger, ni même comprendre votre traitement, la célèbre théorie dont vous êtes le créateur (vos confrères ont beau la critiquer durement, je ne vous apprends rien, je ne méconnais nullement ce qu'elle a de remarquable). Il y a treize ans, lorsque vous étiez au début de votre carrière, je ne me doutais certes pas que je me trouvais en présence d'un précurseur. J'ai rencontré l'autre jour Florence de Leyde et Barbara Green qui ne jurent que par vous... Mais ne pensez-vous pas, pour en revenir à mon mari, que le repos, le simple repos physique lui serait aussi nécessaire que ce traitement psychique que vous appelez, je crois, la sublimation du Moi ? Vous n'avez jamais interdit à Philippe ni l'alcool, ni le jeu, ni les femmes.

Dario ferma à demi les yeux.

— La débauche, les fortes émotions du jeu sont en quelque sorte l'abcès de fixation d'une âme malade. Ceci peut paraître, à un profane, paradoxal, immoral même. Mais, en toute justice, vous ne pouvez juger un traitement que lorsqu'il a été suivi ponctuellement du commencement jusqu'à la fin. Or, qu'a fait Philippe ? Vous le savez aussi bien que moi. Il s'est soumis, de mauvaise grâce, à quelques semaines de traitement par an, alors que, pour extirper radicalement son mal, il eût fallu des soins constants s'échelonnant sur plusieurs années sans interruption ! Ceci est le credo de ma doctrine. Au lieu de cela, qu'a fait le malade ? Je le voyais apparaître brusquement, me suppliant de le guérir, de le délivrer de ses obsessions, de ses cauchemars. Au bout de quelque temps — trois, quatre semaines, jamais plus ! — il prenait prétexte de ses affaires ou de vos objections vis-à-vis de moi pour disparaître, et cela pendant plus d'une année. Cette désobéissance, à elle seule, suffisait pour que fût anéanti le fruit de mes travaux et de sa courte patience. D'après mes théories, le malade doit faire abandon de son âme entre les mains du médecin. Je le répète, seul un traitement de longue durée et sans interruption peut être efficace.

— Docteur, il ne peut s'agir d'un traitement comme ceux que vous pratiquez d'habitude, en pleine liberté.

Dario inclina la tête. Peu à peu, et avec l'âge, cette mobile figure levantine avait acquis la sérénité, l'impassibilité d'un masque. Les lèvres elles-mêmes ne frémissaient pas. Il avait croisé ses mains et joint l'extrémité des doigts sur lesquels il reposait son menton. Les yeux étaient à demi clos. Elinor parlait d'une voix douce et égale, mais de fines gouttelettes de sueur traversaient le fard sur ses tempes et la trahissaient.

— Docteur, vous n'ignorez pas qu'il représente des intérêts considérables. En 1920, une affaire pouvait avoir pour chef un homme tel que Philippe... génial et dément... Mais en 1936 ? Dans les années de prospérité, tout ce qui était publicité, même scandaleuse, le servait. Mais aujourd'hui... Depuis plusieurs années, il n'a plus fait parler de lui. S'il recommençait ses extravagances, il nous perdrait. La maison — un médecin est un confesseur, je me fie à vous — est déjà fortement compromise. Un travail acharné peut seul la sauver. Philippe n'en est pas capable.

— J'admire votre compétence, madame.

— Quand le mari est un être faible, malade, c'est le devoir de la femme de se substituer à lui dans la mesure de ses forces.

— Vous êtes très forte, Elinor.

— Croyez-vous, Dario ? Une femme, au fond, ne demande qu'à être soutenue, guidée. Est-ce ma faute si Philippe ?... Mais il ne s'agit pas de cela, docteur. Je vous expose la situation en toute franchise. Mon pauvre mari ne peut plus s'occuper lui-même de ses affaires. S'il se résignait à l'inaction, tout pourrait être encore sauvé. Mais il est le maître légal de l'entreprise. Or, voici ce qui se passe. Il disparaît, il va s'enfermer en Suisse et ailleurs. Un beau jour, il revient, reprend tout en main et compromet tout. Pouvez-vous, par votre traitement, arriver à le persuader qu'il doit demeurer en dehors des affaires ?

— Difficilement.

— Pourriez-vous lui faire envisager, de bonne grâce, une retraite prolongée ?

— Prolongée, peut-être. Indéfinie, non !

— Docteur, ne pensez-vous pas qu'il est des cas où le devoir commande de prendre des décisions pénibles ?

Dario se renversa légèrement en arrière et appuya la tête sur le dossier de son fauteuil. Un sourire las et léger parut sur ses lèvres et s'effaça comme une ride sur l'eau. Son visage redevint aussi clos et calme qu'auparavant.

— Vous pesez bien vos paroles, Elinor ? Vous savez ce que vous me demandez ?

— Philippe est fou.

Il est possible en tous les cas d'agir comme si vous le croyiez.

— Avec votre aide, docteur...

— Il sera bien entendu que Philippe demeurera sous ma surveillance.

Elle pâlit légèrement et acquiesça.

— Malheureusement, fit Dario en soupirant, je ne possède pas de maison de santé convenable !

— Il y a bien La Caravelle ?

Elle sourit.

— Car j'ai appris que vous aviez acheté La Caravelle. Je n'oublierai jamais mon arrivée dans cette maison. Wardes était ivre. La même nuit, sa femme partait. Je n'ai jamais vu personne accepter le désastre avec une si grande dignité. La Caravelle lui convenait mieux qu'à moi ou à vous, mon cher. J'ai pensé, lorsque j'ai appris que vous aviez acheté le domaine : « Au fond, personne ne connaît le docteur Asfar. » Vous êtes un sentimental, mon cher ami. Êtes-vous resté l'ami de Mme Wardes ?

— Si je l'avais fait, je ne serais pas ici, répondit durement Dario.

Elle haussa les épaules.

— Revenons à Wardes... Ne trouvez-vous pas que La Caravelle soit une maison de santé très convenable ?

— Je crains d'être forcé de vendre cette maison.

— Vraiment ? Pourquoi ?

— J'ai grand besoin d'argent. J'avais espéré pourtant la transformer en clinique, mais mon but était tout philanthropique. Je souhaitais en permettre l'accès à des malades de condition modeste. On ne pense pas assez aux classes moyennes, à l'admirable bourgeoisie de ce pays. J'ai cherché en vain des capitaux, des appuis auprès des pouvoirs publics ou privés.

— Mais des mécènes pourraient se trouver, docteur. Quelle somme vous faudrait-il ?

— Un million, dit Dario.

24

L'année suivante, aux vacances de Pâques, Daniel partit seul pour La Caravelle. Il venait d'avoir dix-sept ans ; il avait grandi trop vite. Dario voulait, pour lui, trois semaines de repos. Ni lui-même ni Clara ne pouvaient l'accompagner : Dario était pris par ses affaires et ses amours, Clara venait d'être malade.

Daniel, depuis quelque temps, se plaisait seul. Il devenait sauvage et silencieux, pensait Dario, qui savait cependant que son fils voyait presque quotidiennement Claude et Sylvie Wardes.

Daniel avait fait la route avec un ami ; celui-ci le laissa sur le seuil de La Caravelle, avant de poursuivre son chemin vers le village italien où il était attendu. Daniel saisit son léger bagage et monta à pied vers la maison. Il avait plu. Des gouttes d'eau tombaient sur son cou et sa tête nue, tandis qu'il passait entre les vieux pins et les magnolias. Il songeait que Sylvie s'était promenée dans l'allée, qu'elle avait traversé souvent la roseraie qui s'étendait devant la maison. Dieu ! Pourquoi n'avait-il pas connu Sylvie quand elle était jeune ! Claude était délicieuse, mais rien n'était aussi beau, aussi charmant que Sylvie, qui, pourtant, avait l'âge de Clara. Oui, c'était une vieille femme aux yeux de Daniel. Mais, s'il éprouvait pour elle un sentiment d'admiration presque religieuse, il était sensible à cette beauté, à cette noblesse de traits et d'attitudes, à tout ce qui avait séduit son père avant lui, quoiqu'il l'ignorât... La tendre admiration qu'il avait pour Sylvie était à la fois celle d'un fils et d'un amoureux.

Il était à l'âge où l'homme est si malléable encore, si féminin, d'esprit si peu formé, qu'il cherche, avant toute chose, à obéir, à respecter, à se soumettre, que ce soit à un ami ou à un maître, ou à une femme. Les parents seuls n'ont aucun pouvoir sur l'âme adolescente. Mais les paroles de Sylvie, et son exemple, la dignité de sa vie, ses goûts étaient pour Daniel l'aliment incomparable dont il nourrissait son besoin de dévouement et d'admiration. Enfin, Claude ressemblait à sa mère.

Il pouvait s'avouer, sans ridicule, sans sacrilège, qu'il aimait Claude, mais il s'efforçait de voir avec les yeux de Sylvie, de vivre selon les strictes exigences morales de Sylvie ; cela lui était d'autant plus facile qu'il assouvissait ainsi d'obscurs ressentiments envers son père. Dario attachait un grand prix à la richesse, à la vanité. Rien de tout cela n'existait pour Sylvie et, en reconnaissant sa supériorité morale, Daniel satisfaisait à la fois sa conscience et une aversion sourde, un mépris irrité envers son père, qui étaient nés en lui avec la vie même; comme une goutte de poison mêlée à son sang.

Dans sa valise, il avait caché des livres donnés par Sylvie et un portrait d'elle et de Claude.

Il s'approcha de la maison; il n'y avait pas de lumière, et la porte était fermée. Il sonna. Il n'était pas venu à La Caravelle depuis trois ans. Il ne reconnut pas le domestique qui lui ouvrait, ni l'homme corpulent, aux traits massifs, au teint très rouge qui apparut aussitôt.

— Monsieur Daniel? Nous n'avons pas entendu la voiture, monsieur Daniel m'excusera... S'est-il arrêté au bas de la côte?

— Oui, j'étais avec un ami qui se hâtait et ne pouvait monter jusqu'ici, répondit Daniel.

— Monsieur Daniel occupera son ancienne chambre?

— Oui. Je ne crois pas vous avoir vu ici lorsque je suis venu il y a trois ans? dit Daniel.

— Je ne suis à La Caravelle que depuis près d'un an. Le docteur Asfar, qui me connaissait, a bien voulu me donner une place de régisseur chez lui, et d'homme de confiance. Je m'appelle Ange Martinelli. J'ai longtemps été maître d'hôtel dans la région. Puis, je me suis trouvé dans le malheur, et c'est alors que je me suis adressé au bon cœur du père de monsieur Daniel. Monsieur Daniel a bien tout ce qu'il faut? demanda Ange après avoir suivi Daniel dans sa chambre.

— Oui, je vous remercie, dit Daniel.

Il avait ouvert la fenêtre. Il écoutait et reconnaissait les bruits particuliers de ses vacances à La Caravelle : la respiration profonde et égale de la mer, le lointain sifflement d'un train.

Les premiers huit jours furent calmes et heureux. Il se baignait, se reposait sur la petite plage privée qui terminait le parc. Parfois, il emportait son déjeuner avec lui et le mangeait couché au soleil déjà chaud et brillant ; il jouait avec des cailloux dont il faisait des palets ; il abandonnait ses livres pour nager dans la mer, puis il s'endormait à demi sur une page. Vers le soir, il faisait de grandes promenades dans la campagne, toujours seul avec ses chiens, naïvement fier de sa vie solitairc, jctant dcs regards de mépris sur les autos et les femmes qu'il croisait au passage. Après le dîner, il s'enfermait dans sa chambre et écrivait à Claude et à Sylvie.

Il était arrivé depuis une semaine lorsque le temps, jusque-là si beau, se gâta. Le premier jour de pluie, Daniel fit une longue promenade. Il goûta à Nice, dans une sombre petite pâtisserie anglaise, qui sentait le gingembre et une fine odeur de thé noir ; il rentra à la nuit ; il s'enferma avec ses livres et se trouva parfaitement heureux. Le lendemain, il pleuvait encore. La journée lui parut plus longue. Le pays était triste sous la pluie, comme une femme fardée en pleurs. Le surlendemain, la pluie n'avait pas cessé et il faisait froid dans les grandes pièces de La Caravelle. La veille, Daniel s'était enrhumé, il avait un peu de fièvre. Il passa l'après-midi devant sa fenêtre, regardant assez mélancoliquement le ciel gris et les pins tourmentés par le vent. C'était une journée livide et maussade. À cinq heures, Ange vint frapper à sa porte.

— Je demande bien pardon à monsieur Daniel, dit-il en voilant de ses longues paupières l'éclat de ses pénétrants yeux noirs, mais j'ai pensé que monsieur Daniel serait mieux en bas. Ce côté de la maison est mal exposé. J'ai fait servir le thé dans la bibliothèque et j'ai pris la liberté de faire allumer du feu. Du feu sur la Côte, à Pâques ! C'est un scandale, monsieur Daniel, mais, comme on dit, on ne va pas contre le temps. Si monsieur Daniel veut descendre ?

Daniel prit ses livres sous le bras et descendit. La bibliothèque était une charmante pièce, l'ancien petit salon de Sylvie, que l'on avait orné de livres. Les murs avaient une apaisante couleur vert pâle. Près de la cheminée, le thé était servi, avec des gâteaux aux marrons couronnés de crème blanche et légère. Le feu chantait et sifflait joyeusement.

— Je vous remercie beaucoup, Ange, dit Daniel.

Il leva les yeux et sourit. L'ancien maître d'hôtel le regardait à la dérobée, avec une attention profonde et presque tendre.

— Monsieur Daniel permet que je lui serve le thé ?

— Vous vous donnez beaucoup de mal pour moi.

— Non, monsieur Daniel. Je suis heureux de servir le fils du docteur qui a été si bon pour moi, et j'ose avouer à monsieur Daniel qu'un jeune homme de son âge me rappelle mon propre fils, et que je fais tout avec plaisir pour le confort de monsieur Daniel.

— Vous êtes marié, Ange ?

— Je suis veuf. Ma pauvre femme est morte il y a longtemps, en me laissant mon garçon.

— Et... où est-il maintenant ?

— Je ne le vois plus depuis longtemps.

— Il n'est pas en France ?

— Si, dit amèrement Ange. Il vient même souvent à Monte-Carlo, comme client, à l'hôtel où je servais. Mais il est riche maintenant. Quand il avait l'âge de monsieur Daniel, je voulais en faire un cuisinier, c'est un bon métier, mais il était resté avec des poumons fragiles, après une maladie qu'il a eue... En ce temps-là, le père de monsieur Daniel l'a soigné et, je dois le dire, guéri par miracle. Ensuite, j'ai eu peur de le laisser dans les cuisines et les sous-sols, près des fourneaux. Rien n'avait jamais été assez bon pour lui. Je l'ai fait étudier. Je lui ai trouvé une situation dans une fabrique de chaussures, à Lille. Et savez-vous ce qu'il a fait ? Il a engrossé la fille du patron et il l'a épousée. La plus grande maison de chaussures sur la place ! J'en ai pleuré de joie, monsieur Daniel. Mais Dieu m'a puni de m'être réjoui du chagrin et du déshonneur d'un père comme moi. Depuis le jour où mon garçon s'est trouvé dans une belle situation, il a eu honte de moi ; j'ai mangé mon argent en essayant d'ouvrir un dancing, ici, à Nice. Maintenant qu'il n'a plus l'espoir de toucher mes quatre sous, je ne le reverrai même plus à ma mort... Mais je m'excuse. J'ennuie et j'attriste monsieur Daniel. Le feu a bien pris... le thé est encore chaud...

Il se retira lentement jusqu'à la porte. La main sur la poignée, il demanda :

— Monsieur Daniel désire-t-il le phono, s'il en a assez de lire ? Il y a de beaux disques.

— Merci. Je veux bien.

Ange alla chercher le phono.

— Monsieur Daniel ne l'a pas connu non plus, il y a trois ans ?

— Ce phono ? Non, c'est vrai.

— Il appartenait à M. Wardes. Il l'a laissé ici lorsqu'il est parti, le mois dernier.

— Comment ? Wardes ? Ce pauvre fou ?... Il était donc... enfermé ici ?

— Oui, monsieur Daniel.

Ange prit une cassette qui contenait des disques et l'ouvrit devant Daniel. Daniel les regarda sans les toucher. Ce Philippe Wardes était le père de Claude... Il avait été le mari de...

Il ressentait tout à coup une curiosité ardente, presque douloureuse.

— Comment était-il ? Est-ce un homme vieux ? malade ?

— Vieux ? Cela dépend comme monsieur Daniel l'entend. La cinquantaine. Malade ?... On ne peut pas dire qu'il était malade.

— Il avait parfois des moments de lucidité ?

La sombre figure d'Ange prit une expression d'ironie

presque sauvage qui frappa Daniel. Mais il répondit aussitôt du ton le plus uni :

— Quelquefois...

— Vous le connaissiez avant sa maladie ?

Ange poussa un soupir, comme un éclat de rire étouffé.

— J'ai connu beaucoup de monde, monsieur Daniel ! J'en ai connu qui sont maintenant riches et célèbres, qui donnent un morceau de pain par charité, et qui venaient chez moi mendier de l'argent : « Ange, sauvez-moi !... Ange, je n'ai que vous... » Sans mon pauvre argent, qui sait où ils seraient aujourd'hui... J'ai connu M. Wardes quand tout le monde lui baisait les mains et le traitait comme un roi, et je l'ai vu, ici, seul, avec des gardiens, comme une bête, abandonné de tous, me répétant : « Je ne suis pas fou, Ange ! Vous seul le croyez, n'est-ce pas ? » J'ai connu aussi ses femmes, la seconde, qui a fait bien du chemin depuis le temps dont je vous parle... C'est une maîtresse femme. Et j'ai connu la première Mme Wardes. En ce temps-là, on disait (j'en demande pardon à monsieur Daniel, mais il est un homme et comprend les choses), on s'entretenait beaucoup de son intimité avec le père de monsieur Daniel, mais personne ne la blâmait, elle était délaissée par son mari.

Il sembla tout à coup à Daniel que son sang l'abandonnait, puis, brusquement, remontait avec force et envahissait son cœur.

Il dit enfin à voix basse :

— J'ai beaucoup de respect pour Mme Wardes, Ange. Je vous prie de ne pas me parler d'elle.

Au même instant, il pensa que, chaque soir, depuis une semaine, il confiait à Ange, pour qu'elle partît le lendemain, dès le premier courrier, sa lettre quotidienne à Mme Wardes.

Ange dit humblement :

— Je regrette...

Il se baissa et arrangea le feu. Il haletait un peu en se tenant courbé et en glissant de petites branches sèches sous les bûches. Entre les cheveux noirs et le col, on voyait un bourrelet de chair d'un rouge sombre, presque pourpre.

Il se souleva avec peine et alla fermer la porte-fenêtre entrouverte sur le parc. Il marchait sans bruit, d'une démarche extraordinairement silencieuse et légère pour un homme de sa corpulence, mais, à chaque pas, ses semelles avaient un craquement furtif. Il s'approcha du fauteuil de Daniel, regarda la tasse à demi vide.

— Emportez ceci, dit Daniel.

Ange prit le plateau et partit, laissant Daniel seul.

25

Les jours suivants, Daniel s'arrangea pour ne plus rencontrer Ange. Mais il ne pouvait oublier ses demi-confidences. « D'odieux mensonges », pensait-il. Que pouvait-il y avoir de commun entre un homme comme son père et Sylvie Wardes ? Jamais l'idée ne l'avait effleuré d'une complicité entre eux... Comment Ange avait-il dit ?... De l'intimité ?... Daniel ressentait une répulsion presque physique, qui le faisait trembler, grincer des dents avec fureur lorsqu'il se trouvait seul.

Il comprit que la solitude lui était maintenant impossible. Il rechercha des amis qui habitaient Cannes et, tous les matins, il quittait La Caravelle pour n'y rentrer qu'à la nuit. Il entrevoyait parfois Ange, dans un angle obscur de la galerie ; Ange semblait guetter le retour du jeune homme ; il apparaissait un instant dans l'embrasure de la porte, donnait un ordre à voix basse au domestique qui s'occupait de Daniel et partait.

Les vacances finissaient. Daniel devait rentrer le dimanche de Quasimodo.

Daniel, ce soir-là, était resté tard à Cannes. Pour la première fois de sa vie il avait bu un peu, et joué. Il se sentait las et surexcité. Il se coucha, mais à peine au lit, il se sentit plus éveillé et plus fiévreux encore. Il resta quelque temps immobile, étendu dans l'obscurité. Était-il possible que son père et Sylvie ?... Et cette histoire de l'internement de Wardes... Il avait bien compris, au récit d'Ange, que cette démence de Philippe Wardes était bizarre... suspecte...

Il songea désespérément :

« Ça ne me regarde pas. J'aurai plus tard mes fautes, mes passions, ma vie à moi... Que m'importe mon père ! D'ailleurs, ce sont certainement d'infâmes racontars, des ragots d'office. Mon père est laid, mon père est vieux. Mon père est un homme cynique et sans scrupule. Sylvie — cette sainte — n'a pas pu abaisser ses regards sur lui... Quant à Wardes... Voyons, qu'est-ce que je soupçonne ? Qu'est-ce que je crois exactement ? Un internement arbitraire avec la complicité de cette Elinor Wardes ? »

Cela, c'était possible. Elinor Wardes lui semblait capable de tout. Elle était très liée avec ses parents, maintenant. Sans cesse, elle dînait chez eux, les invitait. Ils sortaient ensemble.

Il se leva ; il s'assit sur le bord de la fenêtre, espérant que le vent léger de la nuit l'apaiserait.

Il pensa à la haine d'Ange pour Dario. Était-ce de Dario qu'il avait voulu parler, en disant : « Ceux qui sont riches et célèbres et qui venaient chez moi mendier mon argent. » Son père avait donc été... si misérable ? Et pourquoi refusait-il maintenant de revoir Sylvie ? Tous ces soupçons, ces suppositions à demi formulées le déchiraient.

Il eut soif, il but toute la carafe d'eau placée à son chevet. Mais cette eau était fade et tiède. Un peu de Perrier, gazeuse, glacée, voici ce qu'il eût aimé ! Il regarda l'heure : deux heures. Les domestiques couchaient dans une autre partie de La Caravelle. S'il sonnait maintenant, seul Ange viendrait. Ange avait sa chambre en bas, près de l'office. Sauf Ange et lui-même, Daniel, la maison était vide. Ange lui avait dit, une fois :

— Si monsieur Daniel est souffrant la nuit, qu'il n'hésite pas à m'appeler. Je n'ai pas de sommeil.

« S'il vient, pensa Daniel, si je le réveille, je demanderai une bouteille d'eau gazeuse. Elles sont dans le frigidaire. L'office doit être fermé pour la nuit. Je n'ai pas la clé. Lorsque je le verrai, peut-être... Je poserai une question, une seule. Mais il ne dira rien. Il aura peur d'être chassé. Il me l'a dit lui-même. Il est " dans le malheur ". Il est dans son intérêt de mentir et de cacher ce qu'a fait mon père. Oui, mais... il ne s'agit pas d'intérêt... C'est un homme sournois, haineux... Je le vois bien, je le devine bien, je ne suis plus un enfant, il a une jalousie désespérée envers mon père, à cause de l'argent, sans doute, ou de la chance... Et puis, même s'il ne veut rien me dire, à son regard, à ses réticences, à ce soupir rauque qu'il pousse par moments, je devinerai la vérité », pensa-t-il.

Quelle vérité ? Le passé avec Sylvie, le présent avec Wardes... Il sonna et attendit.

Il attendit longtemps. Personne ne vint. Il sonna plus fort. Il sortit de sa chambre. La galerie était sombre, l'escalier désert. Jamais La Caravelle ne lui avait paru si vaste et silencieuse. Il sonna encore et encore. Les chiens se réveillèrent en bas et se jetèrent sur la porte fermée en hurlant, en la secouant avec leurs têtes et leurs griffes. Ange ne se montrait pas. Daniel se pencha sur la rampe, regarda le vestibule noir, appela :

— Ange ! Venez ! Montez ! Êtes-vous là ? Je me sens mal ! J'ai besoin de vous !

Personne. Il traversa le vestibule en courant, il ouvrit la porte qui séparait les cuisines, l'office, la région où habitait Ange du reste de la maison. Il vit de la lumière dans la cuisine. Il entra. Ange était assis près de la table, devant une bouteille de fine vide. Sa tête était courbée sur ses bras croisés et il semblait dormir profondément.

— Ivre ! Voici à quoi il passe ses nuits ! « Je n'ai pas de sommeil, monsieur Daniel... »

Un accès de rire nerveux saisit Daniel. Lui-même, le whisky qu'il avait bu, il le sentait encore couler comme du feu, mêlé à son sang. Il saisit l'épaule d'Ange, le secoua. Ange leva la tête, la renversa en arrière avec tant de force que Daniel retint brusquement la chaise. Il croyait que le corps pesant du maître d'hôtel allait se précipiter sur le sol. Il lui cria dans l'oreille :

— Ange ! Ange ! C'est moi, monsieur Daniel, n'ayez pas peur !

Lentement, les yeux du vieil homme s'ouvrirent, il

regarda le visage défait de Daniel, et il dit d'une voix basse et distincte :

— Je savais bien que vous viendriez, mon petit.

De nouveau, Daniel éclata de rire. Il entendit avec étonnement ce rire rauque et tremblant sonner à ses oreilles, puis il pensa : « C'est drôle de l'entendre m'appeler " mon petit ". Tout cela est comique.

— Il ne reste plus une goutte de fine, Ange? demanda-t-il.

— Vous voulez boire?

— Oui. Pourquoi pas, mon vieux?

— Vous vous f... de moi, vous, hein? dit tout à coup Ange, les sourcils froncés, la figure d'un pourpre sombre; vous me méprisez, vous aussi, hein? Mais, pourquoi, bon Dieu, pourquoi? Toute ma vie ils se sont f... de moi... Les gens qui me tendaient le bout des doigts, quand j'étais maître d'hôtel, qui me faisaient un petit salut de la tête... comme ça... « Ça va, Ange? », et ils ne valaient pas mieux que moi! Je faisais mon boulot, bien tranquille... Je le sentais bien qu'ils se f... de moi derrière mon dos. Et votre père! Ah! je le retiens celui-là! Vous pensez qu'il m'a donné la main, offert une chaise? Il était pressé, soi-disant, pressé de quoi? D'aller emprunter de l'argent? D'aller embobeliner une femme avec de la galette? D'aller faire ses sales machinations, enfermant des gens qui n'étaient pas plus fous que vous et moi?...

Visiblement, il eut peur de ses paroles. Il tituba, assis sur sa chaise.

— Ça ne vous regarde pas. Et d'ailleurs, vous êtes un

enfant innocent, cela se voit bien, un enfant innocent. Qu'il a donc de la veine, qu'il a donc du bonheur, votre père, de vous avoir encore, de vous regarder comme il le veut... vos joues fraîches, et cet air d'enfant innocent qui vous prend le cœur... Un fils, quoi, un fils ! Vous allez lui dire que je bois, que je me saoule, la nuit ? Hein ? Bah ! il s'en serait bien aperçu, tôt ou tard. Tout le monde le sait. Ils me méprisent tous ! Je sais bien qu'il me f... à la porte. Je vous le dis : j'ai du malheur... Vous aussi. Vous voulez boire ? Tenez, voilà un verre. Là, derrière moi, dans l'armoire, que monsieur Daniel m'excuse, il trouvera du vin ou du whisky ou du bon champagne Clicquot 1906, il doit en rester, le pauvre Wardes en buvait à longueur de journée. Monsieur Daniel se servira bien, il n'est pas fier.

Daniel ouvrit la porte de l'armoire, prit une bouteille de champagne et la mit sur la table. Mais ni Ange ni lui-même ne songèrent à la déboucher, ils demeurèrent assis, l'un en face de l'autre, silencieux.

Enfin, Ange demanda :

— Qu'est-ce que vous vouliez savoir ? Allez, allez, profitez-en ! Vous pouvez tout me demander ce soir ! Vous voyez bien que je suis noir ! Pour rester là, en face d'un garçon comme le mien (mon garçon d'autrefois, car, maintenant, il est chauve et il prend du ventre), pour rester là et regarder ces beaux yeux, ces lèvres fraîches — vous pensez, moi, je vous dirai tout ce que vous voulez, tout ce qui vous plaira. Qu'est-ce qui vous intéresse ? Savoir ce qu'il était votre papa, hein ? Moi, à mon garçon, il y a une femme, une famille qui doivent lui répéter à longueur de journée : « Ton père, il était sans instruction, sans éducation ; ton père, il faut le mépriser, l'oublier, le maudire... » Eh bien ! aux fils des autres, il se trouvera quelqu'un pour dire : « Ton père était un margoulin, un de ces petits Levantins qui viennent chez nous, crevant de faim, et qui repartent riches à millions. » Qui repartent ? Je t'en f... Ils se trouvent trop bien ici, ils y restent. Ils y meurent, ça a le trafic dans le sang. Les uns vendent des photos obscènes, les autres de la coco. Votre père, lui, c'est un charlatan. Il trafique du malheur des gens. Puis, qu'est-ce que vous vouliez encore savoir ? Si ce que je vous ai dit de Mme Wardes et de lui, c'est vrai ? Ça, mon petit monsieur Daniel, vous ne le saurez jamais. Imaginez ce que vous désirez. Pensez-y. Rêvez-y. Je rêve bien, moi, toutes les nuits que Dieu fait. Pas aux histoires des autres, vous pensez... Aux miennes, à ce qui est mon sang, à ce qui me touche. Vous aussi, rêvez à votre sang... on ne souffre que de son sang, de celui d'où l'on est sorti, ou de la chair et du sang qu'on a engendré... Les histoires de femmes, les histoires d'argent, ça passe, ça s'oublie, mais quand les siens y sont mêlés, cette seule goutte de sang commun, ça empoisonne tout. Peut-être qu'il était l'amant de Mme Wardes ? Peut-être que non... Moi, je ne sais rien. C'est tout de même drôle qu'il soit venu, soir après soir, restant des heures avec elle, au salon, quand Wardes était malade, là-haut... Quant à Wardes... ça vous intéresse aussi, ça, hein ? Eh bien ! écoutez... Je vous dirai ce que je sais. Vous verrez ensuite...

26

Daniel passait sa première nuit à Paris. En arrivant, il avait trouvé Clara debout ; il ne devait jamais savoir combien elle avait été malade. Son père l'attendait. Daniel avait été cajolé et fêté, embrassé et questionné. Il semblait fatigué ? N'avait-il pas abusé des bains de mer ? Et, en cette saison, l'eau devait être encore froide. Il avait écrit bien rarement... Il avait encore grandi.

Maintenant, enfin, il était seul, loin d'eux, dans sa chambre, la porte fermée. Il marchait de long en large, d'un mur à l'autre : c'était l'héritage de Dario, cette inquiétude inapaisable, cette fièvre sourde mêlée à ses os, à son sang.

Il était tard, près de minuit. Il entendit le pas de son père à l'étage inférieur, puis le bruit de la porte cochère entrebâillée, ouverte, et brusquement refermée. Il savait que son père passait presque toutes ses nuits dehors. Jamais il ne s'était demandé quelles affaires, quels plaisirs l'attiraient loin de la maison, parfois jusqu'au matin. Il songea tout à coup qu'il avait toujours écarté d'instinct la pensée des actions de la vie de son père, comme on s'éloigne des bords d'un étang aux eaux ténébreuses et profondes.

Que ferait-il ? Lui parlerait-il de Wardes ? « Il me trompera, se dit-il, il m'amusera, il me racontera ce qu'il lui plaira de me laisser connaître et tout continuera comme par le passé. » Sa mère ignorait-elle ?... Il savait combien elle l'aidait, combien elle s'occupait de ses affaires. Elle était au courant de tout. Qui tenait à jour le livre des rendez-vous ? Qui réclamait les honoraires dus ? Qui harcelait Mlle Aron, la secrétaire, pour recouvrer les paiements en retard ? Ils semblaient si unis, son père et elle... Sans doute, son père était-il tellement aimé qu'il avait dû faire admettre par Clara tout ce qui, dans sa vie, était obscur, illicite. Parfois, Daniel avait cru... (il le croyait encore) que Clara connaissait jusqu'aux liaisons de Dario. Non seulement elle les connaissait, mais elle les tolérait, certes. Il l'avait surprise, une fois, au téléphone, commandant de la part de Dario des fleurs pour une femme qui était, au su et au vu de tous, la maîtresse de son mari.

« Mais elle ne peut pas savoir toute la vérité au sujet de Wardes, songea-t-il. Ou alors cela signifierait qu'elle est... qu'ils sont complices ?

« Mais c'est maman ! C'est maman ! » murmura-t-il, comme s'il la défendait contre quelqu'un qui eût ricané et chuchoté en son cœur. « Elle sait tout. Et elle accepte tout parce qu'elle l'aime et qu'elle n'est pas une femme comme Sylvie, qui a une loi intérieure, un Dieu!... Maman, elle, n'a qu'une loi, qu'un Dieu, lui... »

D'ailleurs, Sylvie elle-même... Ange n'avait-il pas insinué, assuré qu'elle avait été la maîtresse de son père? Il cacha son visage dans ses mains. Cela aussi, sa mère le savait, sans doute... Elle n'avait jamais aimé qu'il lui parlât de Sylvie. Ah! il lui fallait se confier à Clara. Clara, seule, entre tous, pouvait le secourir. Il voulait savoir d'elle la vérité. Peut-être tout cela n'était-il qu'une invention de Martinelli, un mensonge, un délire d'ivrogne? Elle le prendrait contre elle; elle l'embrasserait; elle lui caresserait le front et, près d'elle, il croirait, une fois de plus, à la bonté du monde. Elle lui expliquerait qu'il se trompait. Elle lui donnerait des preuves de la folie de Wardes, de l'innocence de Sylvie. Il croyait entendre ses paroles :

— Mais tu rêves, mon petit garçon, tu rêves...

Comme aux nuits où il s'éveillait d'un cauchemar et se retrouvait dans son lit, la tête appuyée contre sa poitrine. Elle se penchait sur lui, en longue chemise de nuit blanche, ses cheveux grisonnants tombant sur ses joues, fidèle, tendre, souriante, secourable.

— Ce n'est qu'un vilain rêve, mon petit garçon, mon Daniel, disait-elle.

Il s'assit sur son lit, les jambes tremblantes. Comment oserait-il lui parler? Il l'aimait, il la respectait. Mais, par amour pour elle, il devait la mettre en garde. De nouveau, il pensa :

« Il ne servirait à rien de parler à mon père! Que

suis-je à ses yeux ? Un enfant. Il menacera Ange, le fera taire, se débarrassera de lui avec une somme d'argent et il ne lâchera pas Wardes ! Il sait bien que je n'irai pas le dénoncer ! Mais ma mère pourra trouver les paroles nécessaires et lui faire peur, lui parler du scandale possible, du crime, de la prison, que sais-je ! Ou parler en son nom à elle. Car il l'aime. »

Mais il ne bougeait pas. Il restait là, partagé entre la peur et le désir de venir la trouver, lorsque, tout à coup, il entendit le pas doux, un peu hésitant de Clara derrière la porte. Elle frappa.

— Je t'entendais marcher... tu ne dors pas, mon petit ?

— Non, maman, entre.

Elle s'avança jusqu'au lit, clignant ses yeux myopes.

— Mais tu ne t'es pas dévêtu... Pourquoi n'es-tu pas couché, Daniel ? Es-tu malade ? Comme tu es pâle... Lorsque tu es arrivé, j'ai bien vu que tu n'étais pas comme à l'ordinaire... Daniel, es-tu souffrant ? As-tu des ennuis ? Tu es presque un homme maintenant, dit-elle en le regardant avec crainte et tendresse, songeant : « Lui, qui ressemble si peu à Dario, lorsqu'il est malheureux, lorsqu'il a froid, lorsqu'il tremble comme maintenant, c'est l'autre que je revois... »

Elle s'assit sur le lit, lui entoura les épaules de son bras.

— Qu'est-ce que c'est, Daniel ?

— Rien, maman.

— Ne mens pas. Es-tu malade ?

Elle posa sa main sur le front de Daniel, l'attira contre elle, toucha sa joue de ses lèvres. Toujours, elle avait senti ainsi le moindre mouvement de fièvre. Il frissonnait, ses dents claquaient, ses mains étaient glacées, mais elle savait qu'il n'était pas malade. Elle soupira. Au fond, cela seul importait, la santé, la vie... Le reste !... Elle dit à son oreille :

— Chéri, dis-moi ce qui te trouble. Je peux tout entendre et tout comprendre.

Oui ! cela c'était la vérité. Tout entendre, tout accepter, sans un mot de blâme. Il imaginait Dario, autrefois, venant vers elle, se confiant à elle et, après un faible sursaut, peut-être, de sa conscience, elle pardonnait. Elle l'aidait s'il avait besoin d'aide. Elle fermait les yeux.

— Oh ! maman, maman, dit-il tout bas.

Elle le regarda, effrayée.

— Mais qu'y a-t-il ? Que t'est-il arrivé ? Tu as perdu de l'argent ? Tu as une affaire avec une femme ?

— Il ne s'agit pas de moi, maman.

Il ne s'agissait pas de lui ! Paroles bénies... Oui, il avait dix-sept ans, l'âge où l'on prend à cœur les dettes des autres, le chagrin des autres... Et il était si juste et si généreux ! Enfant, il n'avait jamais pu supporter qu'un de ses camarades fût puni, ni de voir un animal maltraité, ou un enfant battu...

« Ah ! c'est qu'il n'a jamais eu pitié de lui-même, pensa-t-elle ; c'est pourquoi il lui en reste tant pour les autres... mon petit enfant, heureux, nourri, comblé... »

— Il s'agit de mon père, maman...

Elle pâlit et s'écarta légèrement. Un long silence passa entre eux.

— De ton père ? Je ne comprends pas.

— Maman, tu es au courant de la folie, de l'internement de Wardes ?

— Hélas ! oui... Pauvre homme !

— Maman... tu n'as jamais pensé que... cette crise de folie, pendant laquelle il a fallu l'enfermer, était providentielle pour Elinor Wardes ?

— Que veux-tu dire ?

Elle hésitait à parler. Elle prononçait chaque mot avec précaution, avec répugnance, en tremblant.

— Voyons, maman, il était extravagant. Il ne pouvait plus conduire ses affaires. Malgré tout, jusqu'ici, on n'avait jamais dit qu'il était fou...

— Mais, mon chéri, ton père connait Wardes depuis des années, le soigne depuis... je ne sais pas, moi... tu étais encore un tout petit enfant quand Wardes est venu pour la première fois chez nous. Tu sais bien que ton père traite les maladies nerveuses. Il ne pouvait donc pas s'agir d'un homme mentalement sain.

— Il était nerveux, violent... Naturellement, il ne s'agit pas de la santé. Il avait des phobies, sans doute, des angoisses, mais j'ai entendu je ne sais combien de fois mon père dire : « Il n'est pas fou. Il ne sera jamais fou. »

— Qui t'a parlé de Wardes ?

— Je ne peux pas le dire, maman.

— Pourquoi ?

— Parce que... j'ai promis.

— Daniel, Daniel, tu te mêles de ce qui ne te regarde pas !

— Vraiment ? Et quand l'histoire sera découverte, quand on saura que Wardes n'était pas fou, que mon père l'a fait enfermer sur la demande de sa femme, quand on fera le compte de l'argent qu'il aura touché pour cette belle besogne, alors, à la police, aux journalistes, et à moi, tu diras que nous nous mêlons de ce qui ne nous regarde pas ? Quand un crime a été commis, cela regarde ceux qui le découvrent, en premier lieu ! et c'est leur affaire d'avertir la police.

— Mais, Daniel, tu ne dénonceras pas ton père !

— C'est donc vrai, maman ?

— Mais non ! mais non !

Elle le saisit par les épaules, le secoua.

— Je ne comprends pas où tu es allé chercher cela ! Qui t'a mis cette idée dans la tête ? Je te jure que tu te trompes, que tu rêves, Daniel !

— Mon père est un...

— Tais-toi, répéta-t-elle.

Elle se dressa brusquement et, de toute sa force, elle qui n'avait jamais frappé Daniel enfant, elle le souffleta — mais cette force n'était pas bien grande. Ce fut elle qui chancela et s'abattit sur le lit de Daniel. Au bout d'un instant, il se pencha, il prit la main qui venait de le frapper et, tendrement, il la baisa. Elle se jeta contre lui, l'entoura de ses bras et le serra contre elle.

— Maman, pardon ! Pardon, maman !

Il entendait battre follement son cœur. Il ne pouvait prononcer d'autres paroles.

Elle dit tout bas :

— Ne pense pas à tout ceci. Oublie. Je suis sûre qu'il n'a rien pu faire de mal ; de coupable ! Mais, même s'il avait tué ou volé, même si le monde entier l'abandonnait, notre devoir serait de le protéger, de l'aimer et de l'aider...

— Mais je ne peux pas, maman, même par amour pour toi ! Je ne peux pas étouffer ma conscience. Je parlerai moi-même à mon père.

Elle acquiesça avec lassitude.

— Si tu veux.

— Tu crois qu'il sera assez malin, assez fort pour me tromper ? Je m'adresserai à d'autres, alors...

— Mais que t'a fait Wardes ? Que dois-tu à Wardes ? Tu ne le connais pas. Ton père t'a aimé, il s'est sacrifié pour toi...

— Il ne s'agit pas de Wardes ! Il ne s'agit pas de l'individu, maman, mais du crime, car c'est un crime, tu sais bien que c'est un crime !...

— Écoute, Daniel, je te donne ma parole d'honneur que Wardes sortira de là.

— Comment pourras-tu faire ça, ma pauvre maman ?

— Je t'ai donné ma parole.

— Tu parleras à mon père... mais tu auras tellement pitié de lui...

Elle le repoussa légèrement et se leva.

— Ce que je ressentirai ne te regarde pas. J'ai promis. Va dormir, maintenant, mon petit.

27

Dario ne rentra qu'au matin. Clara n'était pas couchée. Elle l'attendait dans sa chambre. Il crut d'abord qu'elle avait eu une de ses crises cardiaques qui survenaient parfois dans les dernières heures de la nuit. Avec une douloureuse anxiété, il la saisit dans ses bras.

— Clara, chérie, qu'as-tu ? Es-tu malade ?

Elle respirait avec un pénible effort. Il la força doucement à s'asseoir auprès de lui.

— Ne tremble pas ainsi. Ce n'est rien. Nous allons te guérir.

— Je ne suis pas malade, Dario ! Écoute, Dario ! Je te supplie de me dire la vérité ; on m'a dit que Wardes était parfaitement sain d'esprit, que sa femme et toi, vous l'avez fait enfermer parce que Elinor désirait être libre...

Sans répondre, il se leva et s'éloigna d'elle.

— Dario, regarde-moi ! Ce n'est pas possible, tu n'as pas fait ça ? Réponds-moi ! Tu ne m'as jamais menti ! Si tu savais qui m'a dit cela, Dario ! C'est...

Elle ne parvint pas à prononcer le nom de son fils. Elle montra de la main sa chambre.

— Le petit ? dit-il tout bas.

— Dario, c'est donc vrai ?

Elle passa son mouchoir sur ses lèvres d'un air triste et égaré.

— Il vaut mieux me dire la vérité, Dario... comme toujours, comme autrefois... tu sais bien que tu ne peux rien me cacher. Nous sommes trop proches l'un de l'autre...

Elle lui prit la main, l'attira contre elle, du même mouvement de tendresse dont elle avait entouré les épaules de Daniel quelques heures auparavant.

— Tu as voulu rendre service à Elinor ? T'acquitter d'une dette ?... Réponds-moi. Aie pitié de moi. Il n'est pas fou ce malheureux, n'est-ce pas ?

— Libre, il crèverait comme un chien, d'alcool ou de drogue, ou il se tuerait après une nuit de jeu. Enfermé, il m'a rapporté un million.

— Dario, c'est un crime.

— Non. Pas à mes yeux.

— Cet argent, mais tu en gagnes autant en deux ans, et honnêtement !

— Clara, chérie, depuis dix ans je n'ai pas gagné un sou honnêtement. Mais le pire est que, même ainsi, je ne peux plus me tirer d'affaire. Ce million a payé d'autres dettes. De nouveau, je n'ai plus rien ! De nouveau, je suis aux abois.

— Mais vends tout ! Vends tout ce que tu possèdes !

— Et que ferai-je après ? Vois-tu le docteur Asfar dans un petit appartement des Batignolles, avec une bonne à tout faire, sans auto ? Mais qui viendra chez moi ? Qui croira en moi ? C'est la malédiction qui pèse sur moi. Je vis de la folie et de l'avidité des gens, et si je cesse de flatter leur folie, ils se détourneront de moi et me perdront. J'ai besoin d'argent. Pour me défendre. Pour vivre. Pour te faire vivre.

Elle pressa doucement sa main.

— Pour moi ? Je n'emporterai pas notre argent là où je vais. Tu sais bien que je suis perdue.

— Tu me parles de ta mort, Clara, dit-il après un instant de silence. Et moi, je me sens si fatigué, si vieux que je redoute par-dessus tout que ma mort vienne avant que j'aie pu assurer l'avenir de Daniel. Mais même si je savais n'avoir que six mois à vivre, pendant ces six mois, du moins, je voudrais avoir de l'argent, même au prix d'un crime. Pardonne-moi, Clara. Je te parle comme à Dieu. Je crains la pauvreté par-dessus tout. Ce n'est pas seulement parce que je la connais, mais parce que des générations de malheureux avant moi l'ont connue. Il y a en moi toute une lignée d'affamés ; ils ne sont pas encore, ils ne seront jamais rassasiés ! Jamais je n'aurai assez chaud ! Jamais je ne me sentirai assez en sécurité, assez respecté, assez aimé, Clara ! Rien n'est plus terrible que de n'avoir pas d'argent ! Rien n'est plus odieux, plus honteux, plus irréparable que la pauvreté ! Clara, je mourrais pour toi, s'il le fallait, je te le jure, mais, même pour toi, je ne renoncerai pas à Wardes. Je ne laisserai pas Wardes libre, jamais !

— Dario, je ne comprends pas. Puisque tu as touché l'argent dont tu avais besoin, ce malheureux ne peut plus te servir à rien. Donne-lui la liberté, Dario... sous n'importe quel prétexte ! Reconnais que tu t'es trompé ! Déclare qu'il est guéri ! Mais ne garde plus ce crime sur ta conscience... cela nous portera malheur !

— Mais, ma chérie, il continue à me servir...

— Comment cela ?

— Sa femme me paie pour le garder enfermé. C'est de cela que nous vivons.

— Mais tes malades ? Tes consultations ?

— Tous les ans cela devient pire. Tous les ans le fisc et les dettes mangent tout d'avance.

— Mais cet homme désespéré peut un jour se tuer ! s'écria Clara en lui saisissant les mains.

Il haussa les épaules.

— Il est bien gardé.

— Oui, dit Clara, mais si un malheur arrive, il te serait sans doute bien payé...

Il répondit avec douceur :

— Naturellement.

— Tu me fais horreur.

De nouveau il haussa les épaules avec une expression de lassitude et de pitié.

— Pauvre Clara, tu récites une leçon. Ce ne sont pas des mots de toi, cela, mais de notre fils. À lui, oui, sans doute, je fais horreur, s'il sait, s'il a deviné. Comment pourrait-il en être autrement ? Rappelle-toi ma vie, à son âge. Lui... Tiens, je ne dirai qu'un mot. Tu comprendras : il a toujours eu assez à manger. C'est pourquoi nous ne pouvons pas nous comprendre.

Il marchait avec agitation dans la chambre.

— Il est gâté, gâté... Sais-tu ce que disait mon beau-père ? « Lorsqu'un enfant couche sur un matelas et non par terre, il est déjà gâté, faible, incapable de se battre comme il faut. »

— Dario, pourquoi se battre ?

— Pourquoi ? C'est à moi que tu dis cela, Clara : Mais que serais-je devenu si je n'avais pas su me défendre ? Te rappelles-tu que nous étions pauvres, affamés, deux misérables émigrants, et que nous sommes devenus riches, honorés et puissants, dit-il avec orgueil, en regardant autour de lui les beaux meubles, les hauts plafonds, les riches tentures, comme s'il cherchait à se rassurer en contemplant les signes visibles de sa réussite ; que serait devenu Daniel si je m'étais laissé arrêter par des scrupules ou de la pitié ?

— Dario, tais-toi ! Tu parles contre ton cœur, contre ta vraie nature ! Tu n'étais pas ainsi autrefois ! Que s'est-il passé ?

— J'ai vécu, dit-il en soupirant.

— Dario, dit-elle en russe, et il la regarda, étonné, car depuis de longues années ils ne parlaient plus entre eux que le français ; tu m'as donné le pain de chaque jour, puis la fortune, un enfant qui a vécu et le bonheur... oui, le bonheur, car tu m'as aimée à ta façon.

Maintenant, tu ne peux plus rien me donner que la paix au moment de mourir. J'ai peur, Dario.

— Du scandale ? Rassure-toi, Clara, il n'y aura aucun scandale. Elinor est une femme riche et puissante. Elle sait distribuer de l'argent où il faut et combien il faut. Avec elle, on peut être tranquille. Enfin, tout a été fait, en son temps, avec le maximum de précautions.

— Daniel pourrait te dénoncer, dit-elle à voix basse.

— Jamais ! tu le sais bien ! Il ne fera pas cela à cause de toi.

— N'auras-tu pas honte devant lui ?

— Bah ! Laisse-le dire ! Un jour, à ma mort, s'il est riche, il me pardonnera d'avoir été une canaille. Le meilleur des pères, s'il ne laisse à ses héritiers que le souvenir de ses vertus, crois-moi, bien vite, on le blâme : « Il était honnête, c'est entendu ! On n'a jamais rien dit sur son compte. Mais... pourquoi n'a-t-il pas pensé à moi ? N'aurait-il pas dû s'arranger ? Il était faible... Il était trop honnête... » Les enfants sont ainsi, Clara. Non, ma chère, ma vieille, ma fidèle amie, ni pour toi, ni pour lui je ne lâcherai Wardes...

— Combien, docteur? murmura la malade.

— Cinq cents francs, dit Dario Asfar.

La femme vieillissante entrouvrit son sac et lui donna l'argent en pinçant les lèvres, avec un regard irrité et désespéré, comme si elle pensait : « Charlatan, tu vends cher l'espoir ! »

Mais, au fond de son cœur, elle le croyait. Les yeux, la voix, le sourire de Dario inspiraient confiance. Et elle avait tellement entendu parler de ses guérisons miraculeuses ! Il traitait exclusivement ces maladies étranges du système nerveux qui donnent lieu à mille interprétations, à mille thérapeutiques. Et si le mal, qui avait paru céder, renaissait sous d'autres formes, si une névrose nouvelle apparaissait, personne ne blâmait le docteur : on lui était reconnaissant d'avoir vendu quelques mois, quelques années de répit.

Dario froissa l'argent dans sa main, souleva le rideau qui retombait devant la porte du salon, laissa passer la malade au teint jaune, aux yeux caves, à la démarche saccadée. Elle s'éloigna. Le salon était à demi vide. Une femme, vêtue de noir, attendait près de la porte. Il lui fit signe d'entrer.

Lorsqu'elle passa devant lui, le visage dans l'ombre, il ne la reconnut pas, mais tressaillit cependant. Une seule femme au monde avait ce pas tranquille et ce long et fin cou qu'il apercevait sous le chapeau noir.

— Madame Wardes !

C'était Sylvie. Depuis quinze ans, ils ne s'étaient pas rencontrés. Elle avait près de cinquante ans maintenant. C'était presque une vieille femme.

Elle s'assit, il alluma la lampe sur son bureau pour mieux la voir. C'était un jour de printemps, lourd d'orage et sombre. Il regarda ce visage sans un atome de poudre et de fard, d'une femme qui ne songeait plus à plaire, cette chair noble et délicate, à peine meurtrie par l'âge, ces grands yeux dont l'expression était si sereine et si sage.

Il était pâle, attentif, aux aguets. Mais, peu à peu, ses paupières frémirent et s'abaissèrent.

— Vous, Sylvie ! Qu'il y a longtemps, mon Dieu...

— Très longtemps, dit-elle.

Elle avait pâli un peu. Elle croisa lentement ses mains sur ses genoux. Il pensa tout à coup qu'il aimerait ôter les gants noirs qui cachaient ses doigts. Comme ses mains étaient belles... Avait-elle encore ce diamant qui le fascinait autrefois ?

— Vous savez, n'est-ce pas, que je connais Daniel ? Il vient souvent chez moi. Nous sommes de bons amis. Ne vous l'a-t-il pas dit ?

Il secoua la tête.

— Il me l'a dit une fois, il y a plus d'un an. Puis il n'a jamais reparlé de vous. Daniel n'est pas... très libre... avec moi.

— Pourtant, c'est de sa part que je viens.

— Comment cela ?

— Regardez-moi, dit-elle.

Il leva vers elle ses beaux yeux aux longs cils de femme, étranges dans ce sec et sardonique visage de vieil Oriental.

— Je viens de sa part et au nom de mon mari. C'est à moi que Daniel a demandé de vérifier si certains récits qu'on lui avait faits sur l'internement arbitraire de Philippe étaient exacts. J'ai vu Ange Martinelli. J'ai obtenu une lettre de lui. Dario, si vous redoutez le scandale, un procès, laissez Philippe. J'obtiendrai de lui qu'il se taise.

Il dit avec effort, car ses lèvres formaient péniblement les mots :

— Laissez Wardes où il est. Vous venez, avec pour seule arme, les divagations d'un vieil ivrogne. Je ne crains pas le procès.

— Vous aurez contre vous les médecins français. Vous savez que l'on vous accuse de faire une besogne de charlatan. Vous aurez contre vous les psychiatres de l'école de Vienne qui disent que vous avez plagié leurs théories et que vous les discréditez. Vous aurez contre vous vos dettes et la vie que vous menez.

— J'entends. Mais j'ai pour moi l'argent d'Elinor, la corruption du monde, l'influence et les relations. Ma chère Sylvie, cela est mieux, cela est plus précieux.

— Dario, ce serait votre perte.

— Eh bien ! j'aurai joué et perdu.

— Je porterai plainte, dit-elle, en sortant d'ici, si je n'ai pas obtenu votre promesse.

— Vous me parlez comme si vous menaciez du feu un homme qui se noie. Dès l'instant où Wardes sera libre, c'est lui qui portera plainte.

— Non. Il ne le fera pas. Je vous en réponds, moi. Je connais bien Philippe. Le procès, les expertises, les mois d'attente, les articles perfides ou moqueurs, tout cela lui fait plus peur qu'à vous. Libre, rentré en possession de sa fortune, il partira d'ici, il finira sa vie hors de France, j'en suis sûre. Vous n'entendrez plus parler de lui.

— Que vous fait Wardes ? Il vous a trompée, il vous a abandonnée. Il est faible, corrompu, malfaisant. S'il n'est pas fou, du moins il vacille depuis vingt ans à la limite de la raison. Quel bien peut-il faire ? À qui peut-il servir ? Rappelez-vous cette nuit à La Caravelle, la maladie de Claude, enfant, votre abandon... Pourquoi, au nom de quoi, de quel amour lui pardonneriez-vous ? Il vous forçait à partager sa sale vie, dit-il plus bas. Parfois, j'ai pensé qu'il avait été aussi brutal avec vous qu'avec les malheureuses qu'il ramassait sur le trottoir. Ne vous a-t-il jamais frappée ?

Elle l'interrompit.

— Mais si... souvent, dit-elle avec tranquillité, mais son visage devint plus pâle encore et comme creusé, vieilli tout à coup.

— C'est un malade ! Un fou !

— Mais non. Entre ces deux termes tient une nuance, peut-être, mais cette nuance, c'est la vérité. Il faut le soigner, mais pas ainsi. On ne peut le retrancher des vivants, parce qu'il gêne la femme qui vit avec lui, et vous-même. Ce serait trop facile !

— Ah ! dit-il avec ironie, je vous admire. Vous avez une loi non écrite, infaillible, au fond du cœur. Moi, je ne suis pas ainsi. C'est la réalité que je vois. Un homme qui vous a fait tout le mal possible et qui serait aussi malfaisant en liberté qu'une bête sauvage. Votre fille qui aurait autour de son nom le scandale d'un procès, toute cette boue, cette honte, car toute la vie intime de Wardes serait mise en lumière. Moi, qui ai toujours été votre ami fidèle, dévoué, et que vos révélations perdraient. Mon fils, enfin, qui est bien innocent de tout cela et qui mérite la pitié. Que je vous envie de savoir si bien toujours où est la vérité !

— J'ai avec moi une lumière qui ne trompe pas, dit-elle doucement.

— Vous parlez de Dieu ? Je sais que vous êtes croyante. Ah ! vous êtes, vous, des enfants de lumière ! Vous n'avez que des passions nobles, vous êtes infiniment beaux... Mais moi, je suis formé de ténèbres, du limon de la terre. Je ne me soucie pas du ciel. Il me faut les biens de cette terre et je ne demande pas autre chose.

— Laissez Philippe, dit-elle, je vous en prie. Ne gardez pas ce crime sur votre conscience. Réparez-le dans la mesure du possible. Pour l'amour de Daniel !

— Daniel, dit-il en haussant les épaules, pauvre

enfant innocent... je voudrais le voir dans cinq ou dix ans d'ici, lorsque je serai mort, n'ayant laissé que des dettes, et lorsqu'il pensera à la fortune qui eût pu être la sienne si je ne vous avais pas écoutée!

— Mon pauvre Dario, dit Sylvie en souriant, il faut en prendre votre parti. Daniel ne se soucie pas uniquement des biens de la terre...

Il répondit avec amertume :

— Si j'avais été heureux comme lui, je lui ressemblerais peut-être...

— Au nom de l'amour que vous avez eu pour moi, je vous supplie...

Dario resta longtemps silencieux.

— C'est la première fois que vous usez d'une arme de femme... Mon amour pour vous... vous n'avez jamais paru vous en apercevoir. Pourquoi en parler si tard?

— Parce que maintenant, dit-elle à voix basse, il n'y a plus de danger.

— Sylvie, comprenez-vous à quel point je vous ai aimée? Je n'avais jamais rencontré un être semblable à vous. C'est cela, mon malheur. Cela vient de loin, de l'enfance. Croire de tout son cœur que la vie est peuplée de monstres. Et que croire d'autre? quand on n'a vu que misère, que violence, que rapines et cruautés? Plus tard, la vie n'arrivera pas à vous détromper. Elle fera de son mieux, souvent. Elle vous comblera des biens de ce monde : richesse, honneurs et même affections véritables. Vous la verrez, jusqu'au dernier jour, avec vos yeux d'enfant : une mêlée horrible. Mais vous auriez changé mon cœur.

Il parlait, d'une voix sourde et rauque, sans la regarder.

Elle dit doucement :

— Non. Vous avez un cœur affamé qui ne sera jamais comblé.

— Sylvie, écoutez bien. En souvenir de mon amour pour vous, je renoncerai à ce que j'ai entrepris. Je ferai en sorte de libérer Wardes, le corps de Wardes, mais il reviendra me trouver. Pendant si longtemps, il a été en mon pouvoir... Ne me regardez pas ainsi. Je ne suis pas un démon, mais, de ce pouvoir, je ne pourrai pas le délivrer. C'est un homme faible, usé, un malheureux qui depuis longtemps n'a plus d'âme, et ce qui lui en tient lieu, ses impulsions, ses actions, ses désirs, ses rêves eux-mêmes, c'est moi qui les lui souffle. J'ai votre parole. Je sais que vous veillerez à ce qu'il ne fasse rien contre moi. Mais il reviendra se jeter entre mes mains et alors...

Il ne reviendra pas.

29

Deux ans après, Wardes revint. Ce n'était pas le jour des consultations de Dario. Le docteur n'était pas chez lui, lui dit-on, mais il devait revenir vers sept heures. Wardes obtint de l'attendre.

Le domestique le fit entrer dans le grand salon désert et sombre ; il voulut allumer les lustres, mais Wardes l'arrêta, il y avait encore un peu de jour ; on était en mars. Wardes avait en horreur, maintenant, l'éclat de la lumière. Il fit quelques pas et s'assit devant la cheminée vide. Il demeura là, sans bouger, affaissé dans son fauteuil, jusqu'à sept heures.

À sept heures, Dario rentra pour s'habiller. Quand il apprit que Wardes l'attendait, il songea :

« Logiquement, il devrait tout à l'heure m'abattre comme un chien. »

Il ne put se défendre d'un frisson de peur, mais il trouvait, parfois, dans l'excès même de l'émotion, un vif et ardent plaisir. Il alla s'habiller avant de recevoir Wardes, pour faire durer cet instant d'incertitude, si cher aux joueurs, où l'anxiété et l'espoir, tous deux portés au point le plus haut, se confondent.

Il fit entrer Wardes dans son bureau. Tous deux, sans parler, longtemps se regardèrent. Wardes dit d'une voix sourde :

— Vous avez agi avec moi d'une manière atroce, infâme. Pas un tribunal au monde, si j'avais porté plainte, n'eût jugé autrement.

— Pourquoi n'avez-vous pas porté plainte ?

— Vous le savez bien. Parce que, en sortant de vos mains, un homme ne peut plus dire que son âme est à lui. Vous m'avez ôté la force, la volonté, l'instinct de défense. Vous le saviez bien. Vous spéculiez sur cela quand vous m'avez relâché.

— Qu'est-ce que vous êtes venu faire ici ? Attendez. Ne mentez pas. Vous allez me dire que vous vouliez m'injurier, me tuer, mais la vérité est que vous avez besoin de moi.

— Non ! cria Wardes.

— Non ?

Dario s'approcha de lui et posa doucement sa main sur le bras de Wardes.

— Vous avez dit tout à l'heure une parole remarquable, que votre âme n'est plus à vous. Mais c'est là votre salut et cela peut-être votre guérison, si vous le désirez. Vous êtes venu, autrefois, m'apporter une âme affligée, comme on abandonne au chirurgien un corps malade, en me disant : « Guérissez-moi. Chassez les démons. » Tant que je vous gardais entre mes mains, comme vous dites, vous étiez délivré.

— Non ! Mille fois non !

— Alors, pourquoi êtes-vous revenu ?

Wardes ne répondit pas.

— Vous avez repris votre vie normale, maintenant ?

— Oui.

— Que puis-je faire pour vous ?

— Écoutez, dit Wardes, depuis deux ans, tous les soins, tous les traitements ont échoué là où vous aviez, dans une certaine mesure, réussi. Vous comprenez à quel point je suis désespéré, puisque je suis aujourd'hui devant vous. Je n'ai pas peur de vous.

Il se reprit :

— Je n'ai plus peur de vous. Je sais que vous avez joué un jeu qui ne réussit pas deux fois. D'ailleurs, une lettre de moi est en mains sûres, et une plainte sera déposée à l'instant même, si jamais...

Un flot de sang monta à son visage.

— Calmez-vous, dit doucement et avec autorité Dario, taisez-vous immédiatement. Vous vous intoxiquez moralement avec des paroles et des pensées de haine.

— C'est Elinor, n'est-ce pas, qui a tout fait ? demanda Wardes plus bas ; je n'ai pas à me plaindre d'elle, d'ailleurs ; en mon absence, l'affaire a été admirablement conduite, de main de maître. Tout de même, vous deux, vous avez fait là...

Dario l'interrompit :

— Vous venez à la fois m'insulter et m'implorer. Je connais votre état, croyez-le bien. Je savais que vous viendriez. Moi seul peux vous donner le repos.

— Oui, je crois, du fond même de mon âme, que vous êtes un homme vil, capable de méditer et d'exécuter froidement un crime. Vous avez commis un crime en ce qui me concerne. Mais vous seul pouvez me sauver, comme un stupéfiant, comme l'alcool, ou je ne sais quelle sale drogue !

— Votre accusation, dit doucement Dario, est une calomnie infâme... ou un délire de malade.

— Non. Je suis votre client, mais je suis aussi... j'ai été Philippe Wardes. Je sais ce que c'est que l'argent. Vous m'avez vendu, vous m'avez livré à ma femme, pieds et poings liés, pour une somme de un million, dont elle n'a payé que le tiers, le reste ayant été probablement versé par mon conseil d'administration, qui désirait se débarrasser de moi et de mes méthodes trop hardies pour un temps de crise. Voilà la vérité.

— J'ai accompli avec douleur, mais fermement, mon métier de médecin. L'isolement, même forcé, vous était nécessaire. Vous avouez vous-même que vous vous portez plus mal depuis que vous m'avez quitté.

Wardes haussa les épaules avec colère.

— Vous me prenez donc pour un enfant ? La nourriture saine, l'air pur, l'absence de l'alcool m'ont fait du bien, mais vous savez vous-même ce que moi et d'autres nous venons chercher chez vous : le secret de continuer à vivre comme nous aimons vivre, sans en souffrir.

— Manger le raisin vert et ne pas avoir les dents agacées, murmura Dario.

Il ferma à demi les yeux.

— Au fait, au fait... Il est tard. Je dîne à l'ambassade d'Angleterre. Je n'ai pas un instant à perdre. Vous voulez que je continue mon traitement ?

— Je veux tout tenter ! Je veux guérir ! Mais je vous répète qu'une plainte au procureur de la République est déposée entre les mains de mon notaire. Au premier pas, au premier acte hostile contre moi, le scandale éclatera. Je suis tranquille ; vos confrères seront trop contents de vous faire payer votre fortune et les honneurs qui vous accablent, dit-il en regardant avec ironie les décorations de Dario. Cette fois-ci, vous paycriez cher, très cher toute tentative de ce genre. Mais je sais que vous ne ferez rien, imaginez-vous. C'est un coup qui ne réussit qu'une fois.

— Je vous répète, dit Dario d'un ton glacial, que toute cette ténébreuse machination n'a existé que dans votre cerveau malade. Vous souffrez. Vous venez à moi. J'ai le pouvoir de vous soulager. Cette nuit même, vous dormirez sans peur, sans un frisson d'angoisse. Quel genre d'existence menez-vous maintenant ?

— La vie la plus normale en apparence, mais les crises nocturnes sont revenues, plus fortes et plus pénibles qu'autrefois.

— Plus fréquentes ? Deux, trois fois par mois ? Davantage ?

— Toutes les nuits, à présent, dit Wardes.

Il était mortellement pâle. Sa bouche tremblait.

— L'angoisse a pris une forme qui n'est, je crois, que l'exagération d'une crainte bien commune à l'humanité : j'ai peur de la mort.

Il s'efforça de rire.

— Concevez-vous cela, docteur? À mon âge? Cette phobie d'adolescent... J'ai fait la guerre, pourtant. Vous savez que j'ai été brave, et même téméraire. J'ai peur de la mort! Peur... quel faible mot! Je me couche et je ne peux pas rester étendu : je pense à la forme du cercueil. Je ne puis rester sans lumière; je pense à la nuit, à la terre. Je ne puis fermer les yeux : je crains de ne plus jamais les ouvrir. Si le drap couvre ma bouche, je... J'ai peur de monter en voiture, en chemin de fer, en avion. Enfin, je fais sans cesse le même rêve.

Il passa lentement la main sur son front.

— Je rêve que je me trouve dans une ville détruite par les obus, que les maisons sont en flammes, que je marche le long d'une rue dévastée, déchirée par les bombes, sous des maisons qui s'éventrent et d'où jaillissent des flammes... Enfin, je vous fais grâce de la description, vous comprenez... ce n'est pas cela le plus terrible. J'entends les cris des femmes, des blessés... Un cri surtout, poussé par une affreuse fille peinte, un cri..

Il frissonna.

— ... un cri que j'ai encore dans les oreilles... Puis, à une fenêtre, je vois une femme qui se penche, qui me fait signe... Cette femme change de traits. Parfois, je rêve de Sylvie, jeune. Je monte, je lui dis que je suis poursuivi, je lui demande de me cacher... Puis, le cauchemar devient trouble et effrayant, peuplé de monstres... Je ne sais pourquoi, j'accuse cette femme de m'avoir livré. Je sens ma colère s'éveiller en moi, vous savez, cette rage, cette frénésie de destruction qui s'empare du cœur. Je pousse la femme vers la fenêtre ouverte, mais, toujours, avant de la voir tomber, précipitée par moi dans le vide, je me réveille... Mais tout ceci n'est rien... Je ressens d'autres hallucinations, plus terribles. Je...

Dario se leva, posa doucement sa main sur l'épaule de Wardes.

— Étendez-vous, ici, sur ce canapé. Ne parlez plus. Plus un mot. Voyez, je mets ma main sur votre front. Je vous calme. Écoutez ma voix. Ne désespérez pas. Réjouissez-vous, au contraire. Vous allez être guéri. Vous allez être sauvé.

30

Dans le vestibule de la boîte de nuit, Dario, un instant, s'arrêta. Il respira, en fermant les yeux, cette tiède odeur de fourrures de femmes, imprégnées de parfum. Il avait rendez-vous avec Nadine Souklotine. Elle le trompait. Elle l'avait toujours trompé, et il le savait, mais, jusqu'ici, elle avait observé, en le trahissant, une certaine réserve, une certaine décence. Une femme a une manière d'être infidèle, tant qu'elle tient encore à un homme, qui est différente de la manière dont elle le trompera lorsqu'il lui sera égal d'être quittée par lui et, avec son expérience des femmes, il reconnaissait ce changement de ton apporté dans leur liaison, comme un amateur de musique, dès les premières notes, retrouve un air souvent entendu.

Il entra dans la petite salle étroite et longue, aux murs gris, aux canapés violets. Les tables étaient pressées les unes contre les autres. Nadine n'était pas là encore. Viendrait-elle seulement ?

À la table voisine de celle que Dario occupait, il y

avait deux hommes et deux femmes. Grands, lourds, décorés, les hommes parlaient entre eux à voix basse, avec une animation visible. Ils avaient rapproché leurs chaises. On entendait des noms de valeurs et des chiffres, et lorsqu'ils les avaient prononcés, ils s'arrêtaient et se regardaient d'un air heureux. Ainsi on parle de paysages ou de tableaux à un amant de la nature ou de l'art ; et, à demi-mot, l'autre comprend, se souvient et soupire, attendri.

Les femmes, visiblement, étaient légitimes ; elles paraissaient riches ; elles étaient couvertes de bijoux. Elles les arboraient avec la dignité fière et tranquille de la femme honnête qui a gagné son luxe sans effort et le considère comme son dû, qui lui attache le même prix qu'à son compte en banque ou à un héritage, qui arrive à transformer les diamants et les perles en une matière terne, solide, sérieuse. Tandis que chaque bijou, pour les maîtresses, est le souvenir d'un combat et d'une victoire, semblable aux décorations gagnées au feu, ces femmes les portaient comme la Légion d'honneur qui ne parle que de relations et de démarches, et dont on pare sa poitrine sans émotion, mais simplement pour ne pas se singulariser.

« Bien nourries », pensa Dario.

Lorsqu'il voyait un inconnu, il le classait aussitôt dans une de ces deux castes : les repus, les affamés.

Elles parlaient, elles aussi, entre elles et, pour se faire entendre malgré le bruit de l'orchestre, elles avaient élevé la voix à un diapason extrêmement aigu. Dario, tout d'abord, les écouta sans rien entendre, occupé uniquement du retard de Nadine. Mais, brusquement, son nom : « Dario Asfar... le docteur Asfar... », l'une d'elles disait même : « Le professeur Asfar... », le frappa. Ces femmes parlaient de lui.

— Il n'est plus à la mode, dit l'une d'elles de ce ton tranchant et sans appel que prennent les femmes du monde, surtout lorsqu'elles parlent de ce qu'elles ne comprennent pas, compensant ainsi avec bonheur leur ignorance par leur insolence.

Dario inclina doucement la tête ; il tournait entre ses mains la coupe de champagne, où il avait à peine trempé ses lèvres. Il écoutait maintenant les femmes avec un intérêt passionné ; ce bavardage, surpris dans le bruit de la foule et de la musique, signifiait bien plus qu'un vain jacassement de femelles ignorantes et sottes. C'était la réponse à une question qu'il se posait depuis près de quatre ans, la question la plus angoissante pour l'homme qui vit d'autrui — de la fantaisie, de l'engouement, de la crédulité d'autrui —, la seule question importante pour le charlatan qu'il était devenu (il était assez cynique pour se l'avouer à lui-même sans vergogne).

« Ainsi, je ne suis plus à la mode... »

Il ne mésestimait pas cet avertissement du destin. Il regarda ses voisines. La lumière violette éclairait leurs figures fardées — l'une large, lourde et meurtrie, avec une petite bouche cruelle, peinte en rouge sombre, en forme d'arc de Cupidon, et de grosses joues roses. Elle se penchait, et on voyait la naissance des seins poudrés dans l'échancrure d'une robe de tissu doré. Elle était coiffée à l'enfant, blonde, avec de petites frisettes sur les tempes. L'autre était grande, maigre, brusque, au long cou ligoté de perles. En parlant, elles regardaient les hommes qui dansaient devant elles. Leurs yeux étaient durs, méprisants, mais gourmands comme une bouche peut être gourmande, yeux qui savent ce qu'ils cherchent, ce qu'ils veulent, yeux qui comparent, qui se souviennent. Un jeune garçon, dans la reprise d'une danse, s'arrêta un instant auprès d'elles, et elles le regardèrent de cet air connaisseur, tranquille et concupiscent à la fois avec lequel le gourmet d'un certain âge contemple un plat qui lui a déjà procuré du plaisir, qu'il a dégusté en pensée, avec une certaine reconnaissance et, en même temps, la certitude insolente de le posséder de nouveau quand il voudra.

Elles ne parlaient plus. Le jeune homme s'éloigna. Elles reprirent leur conversation interrompue.

— Il avait la vogue, à un moment, c'est indéniable.

— Regardez la femme en robe rose! C'est Lily. Dieu, qu'elle a engraissé, la malheureuse! Le petit Italien qui est avec elle n'est pas mal.

— Il va sans dire qu'il est un charlatan. On cite de lui des traits que l'on n'invente pas. Le fils d'une de mes amies est allé trouver ce Dario Asfar, qui lui fixe un prix, je ne me souviens pas du chiffre exact, je crois qu'il s'agissait de cinq ou six mille francs pour un certain nombre de séances. Ce garçon est pauvre. Il essaie de marchander. Alors Asfar a le front de lui dire que le traitement, pour être efficace, exige du patient le sentiment de faire un effort, un sacrifice douloureux, et que, dans son cas, puisqu'il n'avait pas de fortune, le sacrifice le plus douloureux était l'abandon d'une grosse somme d'argent !

— Mais vous savez qu'il n'a rien innové ? C'est un dogme de la psychanalyse.

— Oui, mais la psychanalyse est une théorie sérieuse, scientifique. Cet Asfar, ce « maître des âmes », on ne sait même pas d'où il vient.

Ici, leurs voix furent couvertes par le bruit, subitement furieux, de l'orchestre. Dario inclina davantage la tête, dissimula ses traits dans l'ombre.

Il entendit encore :

— ... Henriette, depuis six mois, ne pouvait plus supporter les hommes. Elle me l'a dit en toute confidence. Elle ne pouvait laisser approcher d'elle ni son mari, ni son amant. C'était pour elle une souffrance épouvantable, vous le comprenez, une femme encore jeune, mais qui est déjà à l'âge où on ne peut se permettre de laisser échapper un seul instant de plaisir.

— Pauvre femme...

— Mais, pourquoi la plaignez-vous ? Vivre sans passions, en somme, est-ce un grand malheur ? Elle s'était d'abord adressée à un grand psychanalyste de l'école de Vienne...

— Je ne crois plus à la psychanalyse, c'est vieux.

— Personnellement, je n'ai jamais eu affaire à lui,

Dieu merci, dit la blonde, assise près de Dario, en posant sa main blanche, chargée de bagues, sur la naissance de sa belle gorge nue, qui s'élevait et s'abaissait doucement.

— Mais Henriette ? A-t-il guéri Henriette ? demanda avidement la brune en robe rouge, dont le visage, à la chaleur, perdait le premier éclat du fard et prenait l'aspect sombre, insatisfait et consumé qu'il devait avoir à d'autres heures.

— Ce Dario doit être extrêmement riche, murmura la blonde, sans répondre à la question de son amie.

— Ne croyez pas cela, il est très gêné.

— On ne peut plus dépenser ce qu'on dépensait autrefois, voilà la vérité. Je me fais soigner par notre médecin de famille, le brave petit docteur Gingembre, à soixante francs la visite, qui a vu naître mon mari, et je ne m'en porte pas plus mal.

— Oui, ces étrangers abusent de notre crédulité.

— Vous savez qu'il y a un nouveau médecin, remarquable celui-là, qui traite les maladies selon une formule d'hypnotisme toute nouvelle ?

— Mais quelles maladies ?

— Toutes les maladies, je crois.

— Qui vous en a parlé ?

— Je ne me rappelle plus. J'aurai son adresse, si cela vous intéresse. Je sais seulement qu'il est jeune et très beau. Et enfin, il a une grande vogue.

Dario soupira imperceptiblement. Il se versa encore du champagne qui coula sur la nappe. La mode, la vogue... Perruches jacassantes... folles et sottes femelles... Encore dix femmes qui les entendraient, qui répéteraient : « Mais Henriette Durand ne va plus chez Dario Asfar. Mais personne ne va plus chez Dario Asfar », il n'en fallait pas davantage pour lui casser les reins ! Oui, comme à un acteur, comme à un tenancier de boîte de nuit, comme à une fille...

Il songea :

« La vérité est que je n'ai pas abusé sciemment de leur crédulité, je les ai soulagées souvent, guéries parfois, mais je les ai fait payer le plus haut prix, et c'est cela qu'elles ne me pardonnent pas, quoique, si Dieu me prête vie, elles paieront encore et encore ! »

31

Il était trois heures du matin. Elinor Wardes, avec des amis, une bande d'Américains ivres, entra dans la boîte de nuit. Presque aussitôt, elle aperçut Dario. Elle ne l'avait pas rencontré depuis le jour où il lui avait dit qu'un scandale couvait, qu'il craignait un procès, qu'il fallait libérer Wardes. Maintenant, de nouveau, Wardes était retombé dans les mains de Dario, sous sa griffe.

« Bien joué », pensa-t-elle.

Elle admirait cela ! Qu'un homme ne fût jamais vaincu, qu'il tirât parti de tout, et de l'échec même, qu'il fût monté, avec peine, en s'ensanglantant les doigts, en retombant, en se redressant par miracle, sur la dure échelle de la réussite, rien ne pouvait lui plaire davantage ! La réussite ! Elle savait ce que cela signifiait, combien la part de chance était petite, combien d'efforts, combien de luttes, combien de larmes représentait une carrière semblable à celle de Dario, ou à la sienne...

Mais comme il paraissait harassé, triste ! Elle n'aimait pas le voir ainsi. Elle lui toucha le bras en passant.

— Seul ?

— Oh ! c'est vous, Elinor ? murmura-t-il en lui baisant la main ; oui, seul. Venez près de moi. C'est une charité...

Elle s'assit à ses côtés.

— J'attendais quelqu'un qui n'est pas venu, dit-il.

— Cette Nadine Souklotine ? Combien vous a-t-elle coûté ?

— Ne parlez pas d'argent, Elinor.

Elle éclata de rire.

— Vous n'avez vécu que pour l'argent !

— Elinor, vous m'étonnez ! Je croyais que si une femme au monde pouvait me comprendre, c'était vous. Prenez une bête affamée, harcelée, avec une femelle et des petits à nourrir, et jetez-la dans une riche bergerie, parmi de tendres moutons, sur un vert pâturage... Mais, rassasié, j'aurais, comme un autre, été doux et sans défense. Seule une femme peut donner sa vie pour de l'argent.

— Vous croyez donc que les affaires et l'argent, cela seul compte dans ma vie ? murmura Elinor.

— Cela, et des amours sans importance...

— Je suis une femme comme les autres, pourtant, dit-elle. Je voulais trouver en un homme mon égal. Mais il y a une malédiction sur moi, ou peut-être est-ce un côté de ma nature, trop viril, qui cherche, malgré moi, des hommes faibles, féminins, asservis à moi. Jamais je n'ai pu en trouver d'autres. Mitenka, d'abord. Vous rappelez-vous ce malheureux ? Wardes, ensuite...

Et les autres... Je cherchais — et je trouvais — de beaux gaillards, physiquement sains, forts, bons pour écraser une femme dans leurs bras, mais il faut croire que quelque chose en moi réclamait encore, n'était jamais satisfait... Je ne parle pas seulement du corps...

— Moi non plus, dit Dario, je n'ai jamais trouvé de femme qui fût exactement à mon plan, à ma hauteur...

Il sourit faiblement.

— ... Vivant dans un autre univers, située loin de moi, peut-être... Mais pareille à moi, jamais.

Elle prit une cigarette et la fuma quelque temps en silence. Puis, elle demanda :

— Quand avez-vous vu Wardes pour la dernière fois ?

— Hier.

— Il vient tous les jours chez vous ?

— Presque. Il me harcèle.

— Et... aucun changement ?

— En ce qui concerne sa raison ?

— Oui.

— Oh ! toujours la même chose, murmura Dario avec précaution ; parfois, paraissant parfaitement sain ; parfois, à la limite de la folie, où il semble que le moindre mouvement le précipitera.

— ... Et ne le précipite jamais.

— Il y a toutefois des signes plus graves.

— Vraiment ?

Il regarda autour de lui, avec inquiétude, mais tous dansaient. Ils étaient seuls lucides, à cette heure de la nuit où l'amour et l'alcool règnent.

— Il a maintenant des obsessions de suicide... mêlées à ses anciennes terreurs de la mort.

— Mais il s'arrête... à temps.

— Oui. Ce qui le retient, je le crois sincèrement, et je vous le dis sans vanité, c'est moi.

— Vous ? murmura-t-elle en souriant.

— Ces séances chez moi, ces longues analyses, ses confessions qui le torturent et le soulagent, c'est cela sa vie ! Il les absorbe comme s'il se droguait.

Les lumières, baissées pendant le numéro de danse sur la piste, devenaient plus vives et tournaient au rose. Les femmes, instinctivement, profitèrent de cet éclairage flatteur pour ouvrir leur sac et regarder leur visage. Elinor soupira en jetant un coup d'œil dans le miroir.

— Je vieillis. Non, dit-elle en arrêtant les protestations de Dario, je le vois bien, et non seulement là, dit-elle en montrant la petite glace. Tout ceci m'ennuie, ces boîtes, ces têtes, toujours les mêmes... la perspective d'un travail épuisant, demain, sans l'aide d'un homme prudent, sage, connaissant la vie et dont les intérêts seraient semblables aux miens. C'est un signe de décrépitude, je sais bien.

— C'est odieux, ici, dit Dario avec une grimace légère de dégoût, mais je vous assure que, par instants, je n'ai plus le courage de demeurer à la maison, de voir lentement mourir ma femme, ni de supporter la présence de Daniel, qui ne desserre plus les lèvres lorsque je suis là. On me reproche... Nadine... Mais Nadine est une fille fraîche et jeune, pleine de santé et de gaieté, qui parvient à détourner mes pensées de cet intérieur funèbre. Il est curieux de voir à quel point les sentiments les plus naturels forment le fonds même et la substance de ce que le monde voit en nous de plus sombre, de plus corrompu. Le docteur Asfar et Elinor Wardes n'aspirent qu'à la vie la plus bourgeoise, à l'union la plus tendre.

Il restait un peu de champagne au fond de leurs verres ; ils les portèrent à leurs lèvres et burent lentement en silence.

32

À la fin de l'été, Dario conseilla à Wardes de quitter Paris. Il lui indiqua, comme un lieu de repos idéal, une petite station thermale d'Auvergne. De là, Wardes devait adresser à Dario, toutes les semaines, de longues analyses écrites des moindres sensations de son corps, de chaque mouvement de son âme.

Au commencement de septembre — le temps d'automne était chaud et lourd d'orages — Dario lui prescrivit :

« Vivez à l'hôtel de votre choix, mais dans le plus strict isolement. Méditez. Reposez-vous. Écrivez-moi. Attendez mon arrivée qui ne saurait pas tarder. Je vous examinerai et nous repartirions ensuite ensemble pour Paris. »

Quelque temps passa, et Dario cessa de répondre aux lettres de Wardes. Wardes attendit, écrivit encore, puis il télégraphia. On lui répondit que le docteur était absent pour quelques jours. Il recommença à attendre. Certes, rien n'était plus facile que de prendre, un matin, le train ou une auto et de partir, de rentrer à Paris, ou d'aller s'installer ailleurs, mais l'habitude d'obéir à Dario en toutes choses, la lente dépersonnalisation de Wardes, l'abandon de son âme entre les mains de son médecin, avaient enfin porté leurs fruits. Wardes se sentait enfermé, par la volonté de Dario, dans un cercle magique dont il n'était pas en son pouvoir de s'échapper. Avec impatience, avec colère, avec une sourde et sauvage fureur, il attendit.

Les pluies d'automne se mirent à tomber. Wardes vivait dans l'unique compagnie d'un secrétaire épouvanté par ses violences, qui, depuis longtemps, le considérait, dans son âme, comme un « fou méchant », mais qui tenait à son gagne-pain et ne le quittait pas. Il suppliait tous les jours Wardes de rentrer à Paris, mais Wardes refusait ; bientôt, il ne se donna même pas la peine de refuser, il s'enfermait dans un sombre silence.

Wardes haïssait à la fois Dario et le craignait comme un possédé peut craindre celui qui chasse de son corps les démons. Il ne dormait tranquillement que lorsque Dario lui avait commandé, par lettre ou en paroles, de dormir, d'être calme. Dario seul avait le pouvoir d'apaiser d'inexplicables angoisses : Wardes avait peur de se trouver dans une foule, de traverser un pont, de monter dans une auto ou dans un wagon de chemin de fer. Cette maladie mentale, qui oscillait entre la mélancolie et la violence, maladie lente, presque invisible à autrui, mais terrible, et que Wardes appelait, dans ses lettres à Dario, « un cancer de l'âme », était arrivée à sa période de dépression, à ce morne spleen, fait d'un silence et d'une immobilité de mort qui finissent par satisfaire l'esprit ; il ne cherche plus d'issue aux ténèbres qui l'entourent et s'endort dans une torpeur profonde.

L'hôtel était confortable, et ses chambres belles et vastes, mais bâti et décoré avant la guerre, ses murs sombres, ses meubles lourds, ses draperies de peluche, tout lui donnait une apparence vétuste et solennelle qui serrait le cœur. En cette saison, il était quasi désert : les pluies de septembre avaient chassé les derniers clients. Il faisait froid. On avait allumé les feux des radiateurs, mais le hall était si grand, si haut, si vide que la chaleur se perdait. Les garçons, désœuvrés, erraient tristement d'un salon à un autre.

Wardes vivait au bar. On ne lui avait pas interdit l'alcool, rien ne lui était défendu, mais lui-même se ligotait sans cesse de défenses, de scrupules, de peurs. Seules, les séances chez Dario le libéraient. Il songeait :

« Tout son traitement consiste à arriver à l'instant où on montre la lie honteuse de l'âme, ce que l'on ne confesserait pas à son père, à son meilleur ami. Étrange que Sylvie seule arrachait de moi ainsi, autrefois, la confidence... Mais, après, je la haïssais... »

Lorsqu'il quittait le bar, il revenait dans le hall. Il interpellait un des garçons sur un ton querelleur et plaintif :

— On gèle...

Le directeur accourait : l'hôtel était très bien tenu. Il montrait à Wardes que les radiateurs étaient tournés à fond ; il lui faisait approcher la main de leur surface brûlante ; il ajoutait, en écartant les bras avec un geste douloureux et résigné :

— C'est le temps, monsieur... Et pourtant, l'arrière-saison est souvent belle dans nos montagnes ; mais, cette année, vous n'avez pas de chance !

Wardes n'aimait pas — il n'avait jamais aimé — cette expression : « Vous n'avez pas de chance » appliquée à lui. Les crises de violence avaient été exorcisées, croyait-il, par Dario, mais elles étaient remplacées par une végétation parasitaire de manies, de peurs et de superstitions. Ceci, dans les bons moments, car, à d'autres, il sombrait dans une mélancolie si désenchantée, si noire, qu'il regrettait ses rages aveugles d'autrefois.

Dario seul pouvait le galvaniser et le forcer à entreprendre telle ou telle démarche, écrire telle lettre, franchir tel seuil. Seul, il chassait les démons. Sans lui, la peur s'emparait de l'âme du malade. Chacun de ses mouvements était paralysé par une angoisse dont Dario seul parvenait à le délivrer. En l'absence de Dario, des rites, des incantations magiques, des interdictions formulées par lui-même le liaient de telle sorte que les actes les plus humbles paraissaient impossibles. Il ne pouvait traverser certaines rues. Certains aliments ne passaient pas ses lèvres. L'obscurité, le vide, la foule, le bruit, le silence, la lumière, tout lui était danger, trouble, embûches. Désespérément, il attendait Dario.

Ainsi passèrent les dernières journées de septembre. Il

n'avait pas plu la veille ; un demi-jour maussade avait régné et, le soir, le sommet des montagnes s'était éclairci d'une pâle lumière. De nouveau, aujourd'hui, l'averse ruisselait.

Wardes avait déjeuné. Il était seul dans le hall. Il marchait d'une porte à une autre. Il comptait les fleurs du tapis, les lampes électriques, les vieilles mouches d'automne, à demi mortes, sur les vitres, qui parfois s'éveillaient et laissaient entendre un long bourdonnement.

Il écouta le bruit des gouttes de pluie qui tombaient sur les fenêtres. Il regarda les grands pins sombres et leurs troncs rougeâtres, luisants sous l'averse. Quel silence ! On entendait le froissement d'un journal remué par le barman, mais bientôt cela même cessa. Le barman se retira dans le petit réduit voisin du bar où il dormait aux heures creuses, et Wardes, de nouveau, fut seul. Qu'allait-il faire ? Remonter dans sa chambre ? Existait-il un lieu plus sinistre que ces appartements d'hôtel si bien clos, calfeutrés, si bien défendus contre l'extérieur que personne au monde ne fût venu à votre secours à l'heure de la mort ? Il imaginait un évanouissement, une hémorragie. Il se voyait perdant son sang sur ce tapis pourpre, sans force pour atteindre la sonnette. Il frissonna. Il fallait conjurer la peur. Mais Dario seul pouvait le faire ! Personne n'avait ce pouvoir ! Où était Dario ?

Depuis deux ans, au moindre geste de Wardes, il était là : « Et comment ne serait-il pas là ? Je le paie. »

Il essaya de calculer ce que Dario lui avait coûté. Plus cher qu'un yacht, plus cher qu'une écurie de courses, plus cher qu'un harem, mais, du moins jusqu'ici, il avait toujours été à ses côtés. Jour et nuit, dès que s'étendait sur son âme cette première ombre qui annonce les ténèbres, le froid, le néant de l'angoisse, Dario était là. D'une part, Wardes méprisait et haïssait Dario. Il pensait : « Il m'exploite. Il vit et engraisse de mon mal. » De l'autre, il avait en lui une foi aveugle : « J'ai besoin de lui », songea-t-il. « Je mourrai sans lui. »

Il se dressa brusquement, alla au bureau, écrivit une formule télégraphique, la donna au concierge. C'était le troisième télégramme qu'il envoyait à Dario depuis la veille. Dario lui avait commandé d'attendre patiemment ; mais il n'avait plus de patience. Il deviendrait fou. Il se tuerait. Il lui fallait cette aura de paix que créait la parole de Dario. Parfois, sournoisement, pour tenter de se délivrer de ce pouvoir sur son âme, il se rappelait Dario, lorsque pour la première fois, en 1920, un hasard — ou Ange Martinelli — l'avait fait surgir au chevet de Wardes, misérable petit médecin étranger, au veston étriqué, lustré aux coudes, avec son air inquiet, son regard affamé.

« Mais il m'a soulagé ! Il m'a délivré ! Comment ? »

Ce besoin de dépendance et d'humilité, naturel à l'homme, mais qu'un Wardes incroyant ne pouvait satisfaire qu'avec une aide humaine, seul Dario avait su le reconnaître, et lui donner les apparences de la sécurité, de la paix, du pardon. Mais Dario l'avait abandonné, et il se sentait aussi perdu qu'un enfant sans défense.

Un brusque et aveugle sursaut de rage le secoua.

« Mais pourquoi ne vient-il pas ? Sale charlatan ! Il veut se faire désirer. Il veut se faire payer plus cher. Comme si je lésinais avec lui ! »

Il fit signe — pour la dixième fois cet après-midi — au concierge.

— Pas de télégramme ?

— Rien, monsieur Wardes.

Depuis que, sur le conseil de Dario, il avait complètement abandonné à Elinor la direction de ses affaires, on l'oubliait, on le traitait en quantité négligeable. Il était le maître, pourtant ! Comme il regrettait les accablants courriers d'autrefois !

Il retrouva le ton dur et bref de sa jeunesse pour dire :

— J'attends un télégramme. Vous me le ferez porter immédiatement, n'est-ce pas ?

— Certainement, monsieur Wardes, dit avec douceur le concierge, qui pensait que Wardes attendait une femme.

Wardes resta debout devant le tambour de la porte, regardant tomber la pluie sur la terrasse vide.

Le secrétaire, humble, effacé, s'approcha de lui. Le patron lui inspirait une peur abjecte. Il écrivait à sa femme : « Je t'assure que c'est un fou, un fou méchant. » Sa femme, alors, se sentait satisfaite, en comparant son sort à celui de Mme Wardes : « Moi, j'ai épousé un incapable, un imbécile, mais tout vaut mieux que d'être liée à un fou ! » Sa joie était gâtée par le souvenir des confidences de la dactylo, que « Mme Wardes ne s'en faisait pas », qu'elle seule faisait marcher la maison, qu'elle était la maîtresse de ce médecin célèbre, cette espèce d'aventurier, de charlatan, Dario Asfar.

— Quel temps, dit Wardes.

— Oui, monsieur... Il ne vous plairait pas de... sortir un peu ?

— Vous ne voyez pas la pluie, non ?

— Si, monsieur... je pensais... l'auto...

— L'auto ? Non ! dit Wardes avec une expression presque sauvage.

Seul Dario savait, seul Dario exorcisait cette peur de l'auto qui, tout à coup, était née en lui, lui qui trouvait, autrefois, que jamais une voiture n'allait assez vite. Il avait peur de l'auto, peur du train ; oh ! qui peut décrire l'angoisse quand siffle le train, longuement, lugubrement et qu'on imagine, avec une vision aiguë et coupante (oui, parfois les pensées traversent l'esprit comme un coup de couteau), que l'on imagine la catastrophe, le fracas des vitres brisées, le sifflement de la chaudière renversée, les cris des blessés, jusqu'au craquement des os écrasés sous le wagon ! Et, de même, l'auto... Et, de même, la nuit, la terreur de l'incendie... Non, non, rien de ceci n'est vrai, songea-t-il en s'éveillant brusquement ; ce sont des visions, des rêveries de malade... Dario, Dario, Dario...

— Dites donc, Chose... (il avait oublié le nom du secrétaire) ; il fit un effort terrible, douloureux et vain pour retrouver ce nom, tandis que le secrétaire rougissait de colère, parce qu'il considérait cet oubli comme une offense, une marque de mépris des riches pour les salariés, vous avez bien téléphoné au docteur Asfar ?

« Il le demande pour la troisième fois depuis ce matin », songea le secrétaire en étouffant un soupir. Il dit :

— Oui, monsieur, le docteur était absent.

Wardes poussa brusquement la porte, sortit. Que restait-il à faire ? L'unique ressource était ce pauvre petit casino de famille, où il était seul dans la salle de jeux avec les croupiers. Un peu plus tard, une femme entra. Il l'invita à prendre un verre au bar désert. Elle n'était pas jolie, une blonde dont la peau déjà se griffait, rayée de fines rides, une peau meurtrie, froissée comme celle des pêches en automne. Ils sortirent ensemble, cheminèrent un instant le long de la rivière, sous la pluie. Il lui donna, pour le lendemain, un rendez-vous où il savait qu'il ne viendrait pas. Il rentra à l'hôtel.

— Chasseur, va voir s'il y a une dépêche pour moi.

— Il n'y a rien, monsieur.

Il envoya encore un télégramme :

« D'extrême urgence, vous demande instamment, vous commande enfin de venir. Wardes. »

La journée du lendemain passa sans réponse.

À onze heures, la nuit suivante, le secrétaire fut réveillé par Wardes.

— Téléphonez à Paris demain matin, à la première heure, au docteur. Il faut qu'il soit là demain soir.

Wardes était dévêtu. Il avait défait son col, arraché sa cravate qu'il froissait dans sa main. Il parlait et respirait avec peine, et on voyait battre une pulsation rapide sur son cou, comme palpite le cœur d'un oiseau effrayé. Ses yeux brûlaient de fièvre.

Le secrétaire eut tellement pitié de lui qu'il oublia sa peur et le ressentiment naturel qu'éprouve un homme pauvre vis-à-vis de celui à qui il doit son pain.

— Monsieur, pardonnez-moi... Écoutez-moi. Permettez-moi de vous donner un conseil. Partons d'ici. Cela ne vous vaut rien. Le temps, cet hôtel sinistre, cela peut pousser n'importe qui à la folie, au suicide... Écoutez-moi, monsieur... Partons ! Partons dès demain !

Wardes le regarda et, tout à coup, éclata de rire.

— Dites-moi ? demanda-t-il d'une voix bizarre, aiguë comme celle d'une femme hystérique, dites-moi ? Est-ce vrai que lorsqu'on dessine un cercle autour d'un oiseau de basse-cour, et quoiqu'il ne s'agisse pas d'une barrière, mais d'un *signe*, d'un dessin fait sur le sol avec la pointe d'un bâton, la poule (ou le canard, je ne sais plus) bat des ailes, pousse des cris affolés et ne peut se décider à s'enfuir ?... Est-ce vrai ?

— Je ne sais pas, monsieur...

Wardes se tut. Il demeurait debout, appuyé contre la porte close.

— Monsieur, dit tout bas le secrétaire.

Wardes dit :

— Allez-vous-en.

Et le secrétaire rentra chez lui

— Toute la nuit, dit-il plus tard, je l'ai entendu marcher dans sa chambre. Le lendemain, on me répondit au téléphone que le docteur était parti pour un long voyage, sans laisser d'adresse. Je m'attendais à être injurié par M. Wardes, quand je me verrais forcé de lui dire la vérité. Il espérait ce charlatan comme le bon Dieu. C'était un homme violent. Mais il ne dit rien. Toute la journée, je restai dans ma chambre, pour éviter de me rencontrer avec lui. À dîner, il commanda une bouteille de champagne. Il paraît qu'il avait bu beaucoup, dans le temps, mais, depuis deux ans que j'étais chez lui, je ne lui avais jamais vu prendre qu'un peu de vin pur aux repas et une quantité extraordinaire d'eau gazeuse. La nuit, de ma chambre, qui était séparée de la sienne par une salle de bains, j'entendais le bruit des bouchons d'eau Perrier qui sautaient au plafond. Il but toute la bouteille de champagne et me dit : « Je suis guéri maintenant. Je n'ai plus peur. Jamais je n'ai été aussi bien, aussi heureux, aussi libre. » Après le dîner, il voulut sortir. Il faisait un temps à ne pas mettre un chien dehors. Il n'y avait pas une âme dehors, bien certainement. Je voulus sortir avec lui. Il me le défendit, et quand il parlait sec, comme un coup de trique, il n'y avait qu'à obéir. D'ailleurs, il paraissait gai et exalté comme un homme saoul. Il sortit. Il se dirigea, sans doute, vers le bas de la ville, vers la rivière. Est-ce le pied qui a glissé ? Est-ce le brouillard qui l'a trompé ? Est-ce, comme les médecins l'ont dit, qu'il a eu une crise de folie ? On est venu me dire, au petit matin, qu'il s'était noyé et qu'on avait repêché son corps.

33

Le dîner, chez Dario Asfar, venait de commencer. Clara avait pris sa place à table, entre le ministre et l'académicien.

C'était un des derniers repas de la saison, des plus importants, où s'accrochaient de suprêmes espoirs. À toute force, malgré les prières de Dario, Clara avait voulu se lever, veiller à tout et le présider.

Sa faiblesse était telle que, par moments, la longue table éclairée, fleurie, se voilait à ses yeux et les voix des invités paraissaient lointaines et à peine perceptibles. Heureusement, elle n'avait plus à parler : un sourire suffisait, courtois et machinal, il accueillait avec une égale indifférence les saillies du ministre et les réflexions pessimistes de l'académicien qui annonçait la guerre pour le début du printemps. Mais tous deux seraient enchantés de leur hôtesse parce qu'ils étaient enchantés d'eux-mêmes. Les deux maîtres d'hôtel faisaient correctement leur service : l'un présentait les plats, l'autre le pain et les sauces. La maison de Dario était bien tenue.

Clara ne regardait aucun des convives ; elle avait vu tant d'hommes riches et influents, d'écrivains, d'hommes d'État, et même de grands médecins (ils méprisaient le charlatan... mais sa table était excellente — il était facile de lui nuire en sortant de chez lui) s'asseoir à ses côtés, qu'ils ne lui inspiraient même plus de curiosité. Elle était de ces femmes qui ne voient au monde qu'un seul être ; les autres sont, à leurs yeux, comme s'ils n'existaient pas. Elle ne trouvait ni beauté ni intelligence à ceux qui n'étaient pas Dario, elle s'intéressait à eux uniquement dans la mesure où ils pouvaient servir son mari. Elle leur reconnaissait de la sensibilité, de la vertu s'ils aimaient Dario, s'ils l'admiraient ou s'ils lui étaient utiles.

Dans ces dîners, si longs, si épuisants, il y avait une seule halte, un instant de repos lorsque, entre deux services, par-dessus la jardinière pleine de roses, son regard rencontrait celui de Dario et qu'elle apercevait son sourire, imperceptible pour les autres, cette moue légère, tendre et railleuse de sa bouche, par laquelle il la remerciait et la payait de toute sa peine.

Le service, les fleurs, tout ceci était impeccable et impersonnel : ils avaient eu la sagesse, tous deux, de se méfier de leurs propres goûts. Ils suivaient aveuglément la mode. Ils dînaient, ce soir, sur une nappe lamée d'or, recouverte d'une dentelle rose, que tous deux trouvaient affreuse. Mais cela se faisait partout... À la droite de Dario était Elinor, la veuve de Philippe Wardes. Clara la regardait parfois et lui souriait. Elle remerciait Dieu dans son cœur pour l'existence d'Elinor. Elle savait ce qui se passerait quand, elle, Clara, ne serait plus là — elle savait ce qui se passait maintenant. Quel bonheur d'être tranquille enfin sur le sort de Dario et de Daniel. Personne ne connaissait mieux qu'elle la situation de Dario, affreuse, sans issue, plus sombre à mesure que venait la vieillesse, avec ses dettes, ses vices, ses terribles besoins d'argent. Il épouserait Elinor. Il serait heureux avec elle ; cette femme froide et rompue aux affaires lui assurerait la fortune. Elle le garderait des aventures hasardeuses et que la vieillesse faisait dégradantes. Elle était libre depuis la mort de son déplorable mari. Qu'elle mît son argent au service de Dario et de son fils ? Pourquoi non ? Depuis si longtemps, Clara n'était plus jalouse. Elle était vieille et fatiguée. Qu'importait le corps ? On souffre par lui lorsqu'on peut encore jouir par lui.

Elle savait bien que, malgré les infidélités, elle avait eu de Dario ce que personne d'autre ne connaîtrait : sa plus pure tendresse, et ceci, maintenant qu'elle n'était plus une femme, lui suffisait.

Elle répondait lentement, mais courtoisement et avec propos, à ses voisins, en souriant avec un effort surhumain, et elle pensait à la note du fleuriste, à la fin du mois, à la caisse de champagne dont on avait bu ce soir la dernière bouteille, aux gages des jardiniers de La Caravelle, à son mal, à l'heure dernière, et, par-dessus tout, plus qu'à Dario lui-même, à son enfant, à son petit garçon, son petit Daniel, qui touchait à peine aux plats qu'on lui servait et dont le regard véhément, chargé de haine et de mépris, ne quittait ni Dario ni Elinor.

Elle priait Dieu :

« Que le petit ne fasse pas d'éclat ! Qu'il se taise ! Mon Dieu, inspirez-lui l'indulgence, l'amour de son père ! Mon Dieu, je vous offre mes tristes nuits, mes maux, tout ce que j'ai souffert, mais faites que Dario se croie toujours aimé par son fils, faites que son fils lui pardonne, comme moi je lui ai toujours pardonné, du fond du cœur, l'en aimant davantage encore à cause de la grande pitié que j'avais pour lui, comme vous lui pardonnerez, mon Dieu !... Il voulait le bien plus fort, plus ardemment qu'un autre, mais ce n'est pas sa faute si vous lui avez donné ce sang, ces désirs, cette fièvre, cette faculté d'aimer et de haïr plus forte que chez les autres. Il est pétri du limon de la terre, et non fait de pur esprit, mais, Dieu, qui l'avez créé ainsi, vous aurez pitié de lui ! Dario, Daniel, mes chéris ! Mon Dieu, faites que tout soit bien pour eux ! »

Elle s'éveillait par moments de ses pensées, suivait le maître d'hôtel du regard. La sauce verte n'était pas aussi onctueuse qu'il eût fallu. Voyons, qu'avait-on servi avec le saumon chez la duchesse de Dino ? Pour la cuisine, Clara était tranquille. La décoration et le service n'étaient pas toujours tout à fait... mais pour la cuisine, elle était tranquille. Il y avait peu de maisons à Paris où la chère fût aussi délicate, luxueuse, variée et, en même temps, saine. Le ministre et l'académicien reprenaient de chaque plat. Que ce dîner était long !... À la dérobée, elle portait son mouchoir roulé en boule à ses tempes, essuyait la transpiration glacée.

Enfin, le ministre mangea le dernier quartier d'orange sur son assiette et l'académicien but jusqu'à la dernière goutte le Bollinger 1914. Le dîner était fini.

Ils étaient seuls maintenant, tous trois, les parents et leur enfant, dans le salon où brillaient encore les lumières. Clara, en bonne ménagère, eût voulu les éteindre, mais elle n'en avait plus la force. Elle retenait avec peine les plaintes de mortelle fatigue qui montaient à ses lèvres. Daniel était debout devant la fenêtre.

Clara commit la maladresse de demander, avec douceur :

— T'es-tu amusé, mon enfant ?

Elle savait qu'il ne s'était pas amusé. Elle savait bien que quelque chagrin le dévorait, mais l'extrême amour est gauche et tremblant. Elle espérait sans doute un miracle, une bonne réponse, un sourire ; il était si sérieux maintenant, son Daniel, ne riant jamais, lui qui avait été un enfant heureux et tendre.

— T'es-tu amusé, mon enfant ? répéta-t-elle.

— Oui ? Es-tu content ? demanda Dario ; j'avais invité exprès pour toi ce romancier que tu admires, pour te faire plaisir.

— Vois, dit Clara d'une voix faible, comme ton père est bon.

Elle implorait Daniel du regard.

« Qu'il lui dise un mot de remerciement, non, même

pas cela, qu'il lui parle d'une voix affectueuse, gaie... Pauvre Dario... Qu'il est fatigué!... Qu'il a mauvaise mine... Il s'inquiète pour moi. Il s'inquiète pour l'argent. Il n'a jamais eu un instant de tranquillité sur la terre. Les enfants sont implacables... »

— Je n'ai vu que cette... cette femme, dit Daniel de sa jeune voix stridente pleine de honte et d'horreur : cette Elinor Wardes ! Et je n'ai pu voir personne d'autre à votre table.

On ne lui répondit pas. Les parents, effarouchés, pudiques, cherchaient désespérément un autre sujet de conversation, mais :

— Pourquoi recevez-vous cette femme ? dit-il en s'adressant à sa mère ; n'avez-vous pas honte ?

— Daniel ! cria Dario d'une voix impérieuse.

Daniel leur fit face, les bravant tous les deux du regard.

— Vous avez peur de la vérité, dit-il avec défi ; je me tairais, vous pensez bien, si j'avais un instant l'espoir que maman ignore votre liaison. Mais, enfin, maman, il n'est pas possible que tu oublies ce que tout le monde dit, que papa et cette femme ont tué Wardes, que cette femme donne de l'argent à mon père, enfin !

— Qui t'a dit cela ? murmura Dario, les lèvres blanches.

— Tout le monde, je te dis, tout le monde ! Derrière ton dos, tes invités, je les entendais chuchoter, je les voyais sourire... Maman, pour moi, et si tu m'aimes, je te supplie de ne plus permettre cela, de ne plus supporter cela !

— Mais, Daniel, tu es fou... Mais jamais...

— Tu pensais donc que j'étais crédule à ce point, naïf à ce point ? Que je te prenais vraiment pour ce que tu voulais passer à mes yeux ? un grand médecin, un inventeur génial, peut-être un second Freud ? Un charlatan, voilà ce que tu es, un triste spéculateur, et de la plus vile des spéculations ! Les autres trafiquent de la poche et du corps des hommes, et toi, de leurs âmes.

— Tais-toi, Daniel, tais-toi, tu m'avais promis de te taire ! C'est ton père. Tu ne peux pas le juger. Tu n'as pas le droit de le juger. C'est Sylvie Wardes qui te monte contre nous !

Mais tous deux, en même temps, se tournèrent vers elle.

— Pas un mot sur Sylvie Wardes !

— Mais c'est elle ! Tu ne comprends donc pas, Dario ? C'est à cause d'elle qu'il nous méprise, qu'il nous repousse...

— Oh ! pas toi, maman, pas toi !

— Moi ? dit Dario.

Il s'efforçait de sourire, mais il sentait jusque dans ses os, jusque dans son cœur, la profondeur de cette blessure.

— Imbécile, dit-il plus bas. Pour qui ai-je voulu devenir riche ? Pour ta mère et pour toi. Pour te donner une vie meilleure que la mienne ! Pour que tu ne connaisses pas la faim, ni les tentations, ni la misère, pour toi et pour tes enfants, quand le temps viendra pour toi d'être payé au centuple de toute la joie que tu me donnes aujourd'hui. Pour que tu puisses, toi, être honnête, désintéressé, noble, bon, sans tache, comme si tu étais né dans une de ces familles où l'honneur est héréditaire ! Tu n'étais pas destiné à être un honnête homme, toi, pas plus que moi, mais je t'ai donné tout cela, je t'ai fait cadeau de la culture, de l'honneur, de la noblesse des sentiments... Mon fils bien nourri, comblé de biens terrestres et spirituels, tu ne peux pas me comprendre. Je ne m'en étonne pas et je ne m'en inquiète pas. C'est dans l'ordre. Tu me blesses, tu me déchires, mais s'il le fallait, je recommencerais ce que j'ai fait, je tromperais et je trahirais, je volerais et je mentirais, si je pouvais te procurer un morceau de pain, une vie plus douce, et cette vertu qui m'écrase. Je ne me défendrai pas. C'est indigne de moi. Je continuerai à recevoir Elinor Wardes, puisque je le fais avec l'approbation de ta mère...

— Je te jure, cria la mère, je te jure, moi, que tu te trompes ! Je te jure qu'il n'y a rien entre eux ! Je te défends, entends-tu, Daniel, je te défends...

Elle voulut lui saisir les mains et retomba en sanglotant et gémissant sur les coussins du canapé où elle était assise. Dario prit son fils par les épaules et le mit dehors.

34

Le lendemain, Clara voulut se lever comme à l'ordinaire, mais elle eut une syncope et il fut bientôt visible que le cœur cédait et qu'elle allait mourir.

Lorsque Clara demanda à voir son fils, Dario abandonna tout espoir. Il était dans la chambre de sa femme, près de son lit, penché sur elle ; il tentait en vain de la faire revivre avec des drogues et des piqûres. Mais tout finirait cette nuit même.

La femme de chambre vint prévenir Daniel, avec cet accent secret et important que prennent les domestiques quand ils ont à annoncer une mauvaise nouvelle.

— Monsieur Daniel, madame est au plus mal. Monsieur vous demande.

Jamais Daniel ne s'était douté que sa mère fût en danger, il courut vers la chambre, défaillant de peur.

« Ah ! qu'ai-je fait ? qu'ai-je fait ? » répétait-il en pleurant ; il était sûr qu'il avait tué sa mère. On lui avait caché si soigneusement son mal, et il se souvenait maintenant seulement de sa fragilité, de ses mains maigres, de sa pâleur. Il fut frappé par le désordre de la chambre; fioles et linge traînaient sur le lit; on avait allumé toutes les lampes, débarrassé celle qui était près du lit de son abat-jour, pour donner plus de clarté pendant la piqûre. C'était l'automne et un sombre temps.

Dario lui fit signe de la main d'approcher, mais lui, honteux, se coula contre le mur et se cacha là comme un enfant puni. Il vit sa mère tourner lentement la tête vers lui. Il la reconnut à peine.

« Deux heures peuvent changer ainsi un être humain », pensa-t-il avec stupeur.

« Pourvu qu'elle n'exige pas de moi que j'embrasse mon père, que je lui demande pardon », songea-t-il tout à coup. Rien n'était difficile ni humiliant pour apaiser sa mère, mais quel mensonge dégradant, quelle comédie indigne!

Mais elle ne demanda rien de pareil. Elle paraissait désirer seulement la présence de son fils, mais ni ses paroles, ni même son dernier baiser. Elle ne quittait pas son mari du regard comme la femme néglige ses autres enfants bien-aimés pour celui-là seul qui est le plus faible, malade ou menacé. Peu à peu, Daniel finit par se rapprocher du lit; il se mit gauchement et silencieusement à genoux, sans s'en apercevoir il priait à haute voix. Dario et peut-être Clara entendaient les mots qu'il murmurait, répétant, dans sa douloureuse stupeur, toujours les mêmes : « Mon Dieu, pardonnez-moi... »

Mais, ainsi qu'autrefois, lorsqu'il pleurait ou jouait à côté d'eux et qu'ils continuaient à parler sans l'entendre, de même, ce soir, ni ses prières, ni ses larmes ne parvenaient jusqu'aux époux.

Elle, qu'il avait toujours vue pâle, avec un reflet jaunâtre sous les yeux, ses joues s'étaient empourprées brusquement. Elle semblait avoir repris quelques forces. Voyant sans doute qu'une seconde piqûre était inutile, Dario avait éteint toutes les lumières, sauf celle qui se trouvait au chevet du lit. Il voulut remettre à sa place l'abat-jour ôté, mais ses mains tremblaient tellement qu'il dut le jeter. Il s'arrêta un instant, regarda Clara avec désespoir. Elle murmura faiblement : « Laisse... », mais il s'acharnait, les dents serrées avec rage, pensant sans doute que c'était le dernier service qu'il pourrait lui rendre. Il y renonça enfin. Il prit un petit vêtement de laine tricotée, doublé de soie, qu'elle avait laissé glisser quelques heures auparavant de ses épaules, se plaignant d'avoir chaud, et il le jeta sur la lampe.

Puis Daniel vit son père s'asseoir au bord du lit et prendre la main de Clara ; par moments, il baisait cette main avec emportement, sans rien dire, mais parfois l'habitude professionnelle reprenait le dessus ; il lui touchait le pouls ; sa figure, alors, devenait attentive et glacée.

Vers la fin, Clara eut quelques moments de délire. Elle avait oublié où elle se trouvait. Elle parlait en russe. Daniel ne comprenait pas cette langue.

Ainsi, il assistait, sans le comprendre, au dernier entretien de Dario avec sa femme. Clara regardait les murs de sa chambre ; elle entendait arriver jusqu'à son oreille affaiblie le bruit de l'avenue Hoche, sous ses fenêtres, mais, en pensée, elle était en Orient, dans le magasin de son père, l'horloger. Elle prit la main de Dario en chuchotant :

— Entre ! Viens vite ! Mon père n'est pas là. As-tu mangé ? Veux-tu du pain ? Comme tu es fatigué, mon pauvre Dario, comme tu es pâle et maigre ! Quel long chemin tu as fait...

La mourante se mit à pleurer.

— On t'a encore battu... On t'a encore humilié... Mon Dario...

Tout à coup, elle revint à elle, parla français de nouveau ; elle demanda doucement à être haussée sur ses coussins ; elle voulut boire, puis, mêlant le passé et le présent :

— Que tu as toujours été bon pour moi, Dario, et pour le petit ! Qui aura pitié de toi quand je ne serai plus ? demanda-t-elle tout à coup sérieusement et simplement.

Elle inclina la tête.

— Moi, je t'aime. J'aurais volé pour toi. J'aurais tué pour toi et l'enfant. C'est pourquoi tu es destiné à moi, à moi, et non à elle. Laisse-la. Sylvie Wardes ne te sauvera pas. Ceux qui sont comme nous ne peuvent être sauvés. Oh ! Dario, prends toute autre, mais pas celle-là...

Elle haletait. Il se pencha sur sa bouche pour recueillir avec ses derniers mots, le dernier souffle :

— Pas celle-là..

— Je n'ai jamais aimé que toi, cria Dario, comme si, en élevant la voix, il espérait se faire entendre d'elle, qui, depuis longtemps, n'entendait plus.

Pourtant, quelque temps après, elle souleva la main avec un effort terrible et la posa sur la tête baissée de son mari, dans un geste de bénédiction et de caresse. Elle mourut dans la nuit.

35

C'était la deuxième nuit après l'enterrement. Dario entra dans la chambre de son fils, portant à la main un tube de somnifère.

Tu vas prendre ceci. Tu ne dors pas, n'est-ce pas ?

— Si, murmura Daniel, quoique, depuis quarante-huit heures, il n'eût pas fermé les yeux, mais comment son père le savait-il ?

Il se rappela qu'il l'avait entendu, la nuit précédente, marcher doucement derrière sa porte. Dans sa cruelle insomnie, rien ne l'avait irrité autant que ce pas léger. Son père avait toujours marché sans bruit, comme une bête sauvage. Au temps même où il l'aimait, cette démarche silencieuse lui avait toujours inspiré un profond malaise.

Dario versa de l'eau dans un verre, y jeta deux comprimés.

— Tu vas boire ceci, mais, auparavant, je voudrais te dire de ne pas imaginer — un enfant comme toi est prompt à maudire et à s'accuser cruellement ensuite —

ne pas imaginer que tu as tué ta mère. Elle était condamnée. Je ne devrais pas te le dire. Il serait plus sage de te laisser sous l'impression de cette... coïncidence, déplorable, afin que tu sois plus indulgent, plus tolérant à l'avenir. Mais je ne peux pas... te voir souffrir. Je t'aime, mon enfant.

— Papa, je suis désespéré, mon cœur se déchire, mais même ainsi, en présence de maman, car il me semble qu'elle est présente..., dit-il plus bas.

Tous deux frémirent, et, involontairement, ils regardèrent les coins sombres de la chambre.

Enfin, Dario dit à voix basse :

— Ce n'est rien. On le ressent toujours lorsque quelqu'un qu'on a aimé est mort... C'est un mensonge. Ce n'est rien. Que voulais-tu dire, mon petit ?

— Je te supplie d'être dur avec moi. Ta dureté me sera plus légère que ta bonté. Je ne peux pas t'aimer. Ce n'est pas terrible de haïr ses parents. Ce qui est terrible, c'est de s'efforcer en vain de les aimer.

— Mais pourquoi, enfin ? Pourquoi ? s'écria amèrement Dario.

Il ne voulait pas le demander. Les mots jaillirent de lui malgré sa volonté.

— Si tu étais un pauvre homme, misérable, abandonné, si tu étais resté le petit médecin obscur qui fait des avortements pour gagner sa vie — tu vois, je sais tout, on ne m'a rien épargné —, si tu étais le marchand de tapis ou de nougat que tu étais destiné à demeurer dans quelque bazar du Levant, j'aurais pu t'aimer. Si tu étais grossier, inculte, si tu ignorais que tu fais mal... Mais être assez fort, assez malin pour venir de si loin, monter de si bas et mettre son intelligence, sa culture doublement précieuse, puisqu'elle a été si difficilement acquise, au service du succès et de l'argent, cela, c'est un crime ! Et ces femmes, cette Elinor, ce cortège de folles qui viennent te confier leurs sales secrets, tout ceci est affreux, me répugne...

— Oui, parce que, naturellement, tu n'aimes pas l'argent ni le succès !

— Non, non, mille fois non, dit Daniel avec une expression de lassitude et de dégoût.

— Tais-toi !

— Je hais le succès comme tu le comprends.

Dario haussa les épaules.

— Je hais l'argent.

— Pschah ! Tais-toi !

Il répéta :

— Pschah !

Pour exprimer le mépris, dans les moments d'émotion, lorsqu'il oubliait ses manières civilisées, il exhalait ce sifflement de chat sauvage.

— Est-ce que tu comprends ce que tu dis ? Crève de faim, comme moi, avec une femme et un enfant sur les bras ! Sois abandonné. Sache que tu es seul, sans personne pour prendre soin des tiens si tu meurs, sans un parent, sans un ami, suspecté de tous, un étranger ! Quand tu auras laissé ton premier enfant mourir, presque de faim, quand tu auras une autre misérable larve à nourrir (toi !), quand tu auras passé des semaines collé à ta fenêtre, attendant des malades qui ne viennent pas, quand tu auras traîné de Belleville à Saint-Ouen pour réclamer ton dû sans rien toucher, quand tes voisins t'auront traité de sale étranger, de métèque, de charlatan avant que tu aies rien fait pour mériter cela, alors tu pourras parler d'argent et de réussite et comprendre ce que c'est, et si, alors, tu dis : « Je n'ai pas besoin d'argent », je te respecterai, car tu sauras de quelle tentation tu parles. Mais, pour le moment, tais-toi ! Seul un homme a le droit de juger un autre homme !

— Nous ne parlons pas la même langue, murmura Daniel. Nous sommes à peine de la même race.

— Je croyais ne pas être de la même race que mon père, moi, mais d'une autre, infiniment supérieure. Tu m'as appris le contraire. Ce sont des questions que le temps seul peut aider à résoudre.

Il s'approcha de Daniel, lui baisa légèrement le front, sans paraître sentir le frémissement de son fils. Avec une ferme tendresse, il lui fit boire la potion préparée et disparut sans bruit, comme il était venu.

36

Le mariage de Dario Asfar et d'Elinor Wardes avait été célébré « dans la plus stricte intimité », selon la formule, à cause de l'âge des nouveaux époux, de leur double deuil récent et, surtout, parce qu'ils étaient tous deux extrêmement pris par leurs affaires et n'avaient pas de temps à perdre. Pourtant, ils avaient décidé de passer huit jours tranquilles à La Caravelle. Dario aspirait à l'instant où il se trouverait à La Caravelle, où il regarderait la maison et le jardin qu'il aimait, en pensant qu'ils ne lui seraient jamais ôtés, qu'il en garderait la jouissance inaliénable jusqu'à sa mort, qu'ils appartiendraient à son fils après lui. Elinor, n'ayant pas d'enfant, avait fait, sur la prière de Dario, un testament en faveur de Daniel, qu'elle nommait son héritier.

Dario se sentait faible et malade, mais en même temps heureux, de ce bonheur humble et charnel que l'on éprouve quand on va goûter le repos, au terme d'une dure et longue journée. Son plus vif désir était de mourir sur cette terrasse, où il attendait autrefois Sylvie.

Oui, c'était le terme d'un long et épuisant voyage, plein de périls, qui fait paraître plus douce la halte sous un toit, la chaleur d'une maison, le réconfort d'un repas et, ensuite, on reprend le long chemin inconnu qui s'enfonce dans la nuit.

Il avait été entendu que quelques amis viendraient chez eux les féliciter et boire une coupe de champagne à leur santé, mais ils n'avaient pas d'amis comme le commun des mortels, seulement un flot de relations, une cour — car quel est l'homme un peu connu à Paris qui n'est entouré d'une sorte de cour? On n'osait mécontenter personne, évincer personne, et un grand nombre d'invités attendaient, avenue Hoche, au retour de la mairie du 8e.

Elinor avait un bouquet d'orchidées à la main et une orchidée pâle, au long calice d'un violet sombre, presque pourpre, épinglée à son corsage. Elle portait une longue robe de velours violet, un chapeau noir et un manteau de fourrure admirable, quelques bijoux très beaux, mais sans ostentation. Ainsi elle s'était présentée, au côté de Dario, devant le maire chargé de les unir. Sa main, à demi dégantée, était un peu crispée; c'était son troisième mariage, mais elle était une créature humaine : elle se sentait émue. Elle serrait contre elle, d'un mouvement sans doute machinal, le sac de velours violet, fermé d'une agrafe de diamants, qui recelait parmi d'autres papiers importants la copie du testament exigé par Dario. Sous la chair délicatement peinte, les muscles durs de la mâchoire se tendaient; les lèvres se retroussaient légèrement sur les belles dents aiguës, un peu trop longues ; les cheveux rouges brillaient sous le chapeau noir.

Maintenant, chez elle, elle était aimable pour tous. Elle regardait en souriant les têtes des gens. Ils étaient tous là, ceux qu'on ménage et qu'on flatte, ceux dont on se sert, les utiles, les puissants, les élus.

« Mais, au fait, je n'ai plus besoin d'eux », pensa Dario avec étonnement, comme s'il voyait tomber des chaînes — mais s'ils n'étaient plus ses clients, ils demeuraient ceux d'Elinor : ils achèteraient des moteurs de la marque Wardes.

La générale Mouravine était là. Elle remuait des millions maintenant : on pouvait l'inviter. Il se rappela tout à coup le soir où Daniel était né, quand il se tenait devant cette femme, affamé, tremblant, misérable, ne sachant que répéter : « J'ai besoin d'argent... » Et, toute sa vie, il avait répété et paraphrasé ces mots. Il ne pouvait croire que c'était fini, qu'il ne les dirait plus à personne. Comme tout le monde l'admirait maintenant ! Les naïfs le croyaient presque génial. Les autres le respectaient, puisque, enfin, il était riche, il avait séduit la femme de Wardes. (« Le pauvre Wardes, comment se sont-ils débarrassés de lui ? » « Non, vous exagérez, je vous accorde sa femme, la malheureuse Clara, celle-là, il l'a certainement tuée, mais Wardes... ») Il croyait les entendre.

Dans cette rumeur de la foule autour de lui, en prêtant l'oreille, que n'eût-il pas entendu ? « Dario Asfar, le charlatan, que de crimes il a sur la conscience... Vous avez connu l'histoire de... ? et celle-ci ? et l'autre ? », tandis qu'une voix timide proteste : « Vous pouvez dire ce que vous voulez, il a guéri ma belle-sœur ! » Il y a toujours quelqu'un qui murmure (le dernier fidèle, l'âme innocente, l'ultime et obstiné esclave) : « Il a guéri ma belle-sœur... »

Peu à peu, cependant, Dario devenait sombre et inquiet. Il avait espéré que Daniel — ne fût-ce que pour un instant — viendrait. La veille encore, il avait presque imploré : « Un instant seulement, mon chéri », et l'enfant avait dit enfin : « Oui » du bout des lèvres. Il avait défendu à Elinor de donner à Daniel le cadeau qu'elle avait acheté pour lui, un porte-cigarettes trop beau, trop riche. Après avoir dépensé une si grande somme, elle eût trop visiblement attendu et exigé, en retour, la reconnaissance et l'amitié de Daniel.

« Mon enfant, songea-t-il avec une douloureuse tendresse, tu souffres maintenant, tu me méprises, mais hélas ! je connais le cœur humain, pour mon malheur. Un jour, lorsque tu hériteras de la fortune d'Elinor, tu me jugeras moins sévèrement et, si tu désires l'offrir à Claude Wardes, tu béniras ma mémoire, peut-être ? »

Mais Daniel ne venait pas. Enfin, les invités partirent.

Dario profita du premier instant où il fut seul pour demander au domestique :

— Est-ce que Mr Daniel est chez lui ?

— Monsieur Daniel est rentré il y a une heure. Il est

monté dans sa chambre. Je crois l'avoir entendu ressortir. Monsieur désire que j'aille voir?

— Non, dit Dario malgré lui.

Il alla jusqu'à la chambre de Daniel. Il faisait deux pas et il s'arrêtait en portant la main à son cœur. Il ne savait pas exactement ce qu'il craignait. Il poussa un profond soupir en voyant que la chambre était vide. Oui, c'était bien ce qu'il pensait : l'enfant était parti. Il avait emporté la photographie de Clara. Dario ouvrit le tiroir. Il vit qu'on avait pris un peu de linge; il chercha du regard le nécessaire, un cadeau de Clara; il avait disparu. Il chercha une lettre : rien! Il n'y avait rien! Mais Sylvie saurait où il était et lui donnerait de ses nouvelles.

« Si j'avais encore longtemps à vivre, pensa-t-il, il me resterait une chance de le revoir. Il vieillirait, il deviendrait plus cynique, plus sage. Mais, quand je mourrai, il sera un enfant encore. Il ne me pardonnera pas encore. Je ne le verrai plus. »

Il était debout au milieu de la chambre, sombre, la tête basse.

Elinor entra et vint à lui.

— Daniel n'est pas là?

— Non. Il est parti.

— Oh! fit-elle après un instant de silence.

Il comprit qu'elle en était heureuse, mais elle s'efforça de donner à ses yeux durs une expression de pitié.

— Oh! pauvre Dario, c'est affreux!

— Il reviendra, dit Dario. Pour l'héritage.

Édition exclusivement réservée aux adhérents du club
Le Grand Livre du Mois
15, rue des Sablons
75116 Paris
réalisée avec l'autorisation des Éditions Denoël

Composé et achevé d'imprimer
par la Société Nouvelle Firmin-Didot
à Mesnil-sur-l'Estrée, le 12 octobre 2005.
Dépôt légal : novembre 2005.
Numéro d'imprimeur : 76080.
ISBN 2-286-01758-1/Imprimé en France.